HEYNE <

Zum Buch

Maura O'Donnell verspricht ihrem Vater auf seinem Sterbebett, dass sie den Fluch, der seit zwei Jahrhunderten das Leben der O'Donnells überschattet, bannen wird. Der Fluch nahm seinen Anfang, als dem Clan eine wertvolle Familienreliquie gestohlen wurde. In dem undurchsichtigen Alec McBride erkennt Maura den Nachfahren jenes gewissenlosen Mannes, der den O'Donnells ihr Glück raubte. Um ihren Widersacher für immer auszuschalten, besinnt sie sich auf die Waffen einer Frau: Immer dichter spinnt sie das Netz ihrer Verführungskunst, um sich das Vertrauen Alecs zu erschleichen. Doch gerade das schenkt ihr der skeptische Duke nicht, dafür aber unzählige Stunden der Leidenschaft, bis Maura kaum noch einen klaren Gedanken fassen kann …

Zur Autorin

Samantha James ist ein Pseudonym. Die Autorin gehört zu den erfolgreichsten Verfasserinnen historischer Liebesromane und verlor sich schon in ihrer Kindheit am liebsten in romantischen Geschichten mit Happy End

Lieferbare Titel

»Herr meiner Sehnsucht« (978-3-453-77250-2)
»Herr meiner Träume« (978-3-453-49078-9)
»Sinnliche Versuchung« (978-3-453-58031-2)

SAMANTHA JAMES

Die Verführung des Highlanders

Roman

Aus dem Englischen von
Eva Malsch

WILHELM HEYNE VERLAG
MÜNCHEN

Das Original
BRIDE OF A WICKED SCOTSMAN erschien
bei Avon Books/HarperCollins, New York.

Vollständige deutsche Erstausgabe 05/2010

Printed in Germany 2010
Umschlagillustration: Richard Newton © via Agentur Schlück GmbH
Umschlaggestaltung: Nele Schütz Design, München
Satz: IBV Satz- und Datentechnik GmbH, Berlin
Druck und Bindung: GGP Media GmbH, Pößneck
ISBN: 978-3-453-40761-9

www.heyne.de

Prolog

Ein alter irischer Mythos

Aus dem Nebel und der Magie ferner Zeiten stieg ein Mythos empor – geboren auf dem Land des Volkes, das sich später »Clan McDonough« nannte. Auf der Spitze einer Halbinsel trifft der Wind den Himmel und das Meer. Dort herrschten die Druiden, und die Heiden fanden sich ein, um in einem Tempel, den hohe Hinkelsteine schützten, ihren keltischen Göttern zu huldigen. Wie die Legende berichtet, entstand hier der Kreis des Lichts, von den Druidenpriestern heraufbeschworen. Aus dem Himmel und dem Meer, dem Wasser und der Erde schufen sie dieses Symbol des ewigen Lebenskreises. Der Ring bestand aus reinem Silber und schlichten, ineinander verschlungenen Ornamenten, und er wies weder ein Ende noch einen Anfang auf.

Der Kreis des Lichts schwebte aus eigener Kraft hoch oben über einem steinernen Altar. Langsam drehte er sich, schimmerte in unzähligen Farben und verströmte die Wärme des Lebens. Die Druiden behaupteten, alle Mitglieder des Clans McDonough, die den Silberring verehrten und an seine dauerhafte Macht glaubten, würden gesegnet sein.

So wundervoll war der Kreis des Lichts, dass der heilige Patrick persönlich erschien, um ihn zu betrachten. Auch er segnete den Silberring, alle McDonoughs und ihr Land. Er erklärte, das Symbol müsse für immer an diesem geheiligten Ort bleiben, und trug dem Clan auf, es zu hüten. Zum Dank für den Segen bauten die McDonoughs eine Kirche zu Ehren St. Patricks, der ihrem Land und all seinen Bewohnern Glück und Wohlstand geschenkt hatte.

Im Lauf der Zeit wuchs die Überzeugung der McDonoughs, ihr Glück und ihr Wohlstand würden ein Ende finden, wenn sie den Kreis des Lichts, das Symbol des Lebens, verlieren sollten. Unverbrüchlich glaubten sie daran. Nacht für Nacht, viele Jahrhunderte lang, zeigte sich der Kreis des Lichts im Nordfenster der St. Patrick-Kirche und sandte seinen Glanz in die Finsternis.

Sanft bewegt leuchtete er im Nebel, überstrahlte den Mondschein und erhellte die dunkelste Nacht. So wie es prophezeit worden war, bescherte er dem Land der McDonoughs Glück und Wohlstand.

Bis zu der Nacht, in welcher der Schwarze Schotte plündernd über die Meere segelte, zum Land der McDonoughs, und ihnen den Kreis des Lichts raubte …

Und so bewahrheitete sich die Legende.

Erstes Kapitel

Irland, Sommer 1853

Der Tag begann wie jeder andere.

Und doch – aus unerfindlichen Gründen gewann Lady Maura O'Donnell den Eindruck, an diesem Tag habe sich irgendetwas verändert.

Während das Dunkel der Nacht verblasste, erwachte der neue Morgen. Von ihrem warmen Bett im Castle McDonough aus sah Maura schwaches rosiges Licht auf dem Meer schimmern, so weit das Auge reichte. Es verbannte die Schatten, vertiefte sich zu Bernsteingelb und Rot. Schließlich erreichte es das Land und strömte zwischen den geöffneten Vorhängen ins Schlafzimmer.

Ha! Wer da behauptete, nirgendwo auf der Welt würde es so oft regnen wie in Irland, hatte niemals hier gelebt, an der nördlichsten Spitze der Insel!

Inzwischen hellwach, stieg sie aus dem Bett. Es war Mitte Juni, aber am frühen Morgen immer noch kühl. Auf dem Boden lag kein Teppich, und sie zuckte unbehaglich zusammen, als ihre nackten Zehen das kalte Holz berührten. Jen, die Haushälterin, hatte in Lady Mauras Abwesenheit den einst kostbaren Teppich unter dem Himmelbett hervorgezerrt und weggebracht.

Das uralte Ding sei ein Brandrisiko gewesen, betonte die Frau. Mit einem mutwilligen Funkeln in den Augen forderte sie ihre Herrin, die das eigenmächtige Handeln der Haushälterin beklagte, zum Widerspruch heraus. Letzten Endes gab Maura ihr Recht, als der fadenscheinige Teppich im Hof verbrannt wurde und die Flammen emporloderten. Dreimal so hoch, wie Jens Ehemann Murdoch groß war, was sie genüsslich verkündete.

Papa hatte versprochen, bei ihrer nächsten Fahrt nach Dublin einen Teppich zu kaufen.

Daran hatte Maura ihn nicht erinnert. Sie kümmerte sich um die Buchführung des Haushalts, und für extravagante Neuanschaffungen wie schöne, handgewebte Teppiche fehlte das Geld.

Im Lauf der Jahre waren einige Dienstboten entlassen und immer mehr Räume des alten, zugigen Gebäudes geschlossen worden. Jetzt wohnten nur mehr der Earl, seine Tochter, der Butler Murdoch und die Haushälterin Jen im Haupttrakt des Schlosses. Noch vor Mauras sechstem Geburtstag war ihre Mutter gestorben, mit der sie nur vage Erinnerungen verband.

Fröstelnd eilte sie über den kalten Boden zum Waschtisch. Ein Bodenbrett knarrte. Sekundenlang blieb sie stehen und spähte nach unten. Beim nächsten Schritt stieß ihr Fuß gegen die Kante der nächsten Planke, und sie strich mit dem großen Zeh über den zerfurchten losen Rand. Während sie sich das

Gesicht wusch, die Haare kämmte und mit einem Band im Nacken zusammenfasste, beschloss sie, Patrick den Kraushaarigen anzuheuern.

Diesen Boden musste er unbedingt instand setzen, bevor sie auf die Nase fiel. Papa behauptete, Patrick der Kraushaarige – keine Menschenseele im Tal nannte ihn anders – sei der beste Zimmermann im County Donegal. Und das stimmte tatsächlich; vorausgesetzt, man beanspruchte seine Dienste zu einer frühen Tageszeit, wenn er noch nicht allzu tief in den Bierkrug geschaut hatte.

Nun war Eile geboten. Falls er die Bodenbretter nicht möglichst bald reparierte, würde sie straucheln und stürzen. Und dann würde ihr Vater vielleicht glauben, sie hätte sich zusammen mit Patrick dem Kraushaarigen betrunken.

Wehmütig seufzte sie. So inbrünstig wünschte sie, Papa würde genug Geld besitzen, um das Schloss renovieren und im alten Glanz erstrahlen zu lassen. Wie glücklich er wäre ... Aber dazu würde es nicht kommen, das wusste sie. Immer wieder hatten sie Antiquitäten und wertvolle Kunstgegenstände verkaufen müssen. Noch waren sie nicht völlig mittellos. Doch sie fürchtete, dieses Schicksal würde ihnen eines nicht allzu fernen Tages drohen ...

Nein. Nein. An so etwas durfte sie nicht denken. Sie musste einfach an eine bessere Zukunft glauben.

Überall im Schloss hatte das Morgenritual bereits begonnen. Sie hörte die Stiefelschritte ihres Vaters in seinem Zimmer am Ende des Korridors.

Während sie in ihre Unterröcke und das Kleid schlüpfte, polterten Murdochs schwere Schritte auf der knarrenden Treppe. Auch dort klafften mehr Risse im Holz, als man zählen konnte.

Nun wurde die wuchtige Tür ihres Schlafzimmers geöffnet und geschlossen. Noch ein Knarren. Maura unterdrückte einen Seufzer und drehte sich um. Wie eh und je war Jen überpünktlich.

Die kleinere Frau knickste, so weit es ihre rundliche Gestalt erlaubte. »Guten Morgen, Mylady.«

»Was, Mylady?« Maura lächelte belustigt. »Mit welcher Missetat habe ich mir Ihre Gunst verscherzt?«

Jen schüttelte den Kopf, und es dauerte sehr lange, bis sie aufblickte. In ihren Augen glänzte es verdächtig. Waren es Tränen?

»Was ist passiert, Jen? Warum weinen Sie?« Maura ergriff die Haushälterin bei der Hand und zog sie ins Zimmer. »Was stimmt denn nicht? Sagen Sie's mir!«

»Alles in Ordnung«, erwiderte Jen in entschiedenem Ton. Dann begann ihre Stimme zu beben. »Es ist nur ... Nun ja, jetzt sind Sie nun mal eine Lady, Maura. Noch dazu eine sehr schöne ...«

Erschrocken über die Tränen, die Jen nicht verbergen konnte, und das unkontrollierbare Zittern in der Stimme, runzelte Maura die Stirn. Sie erforschte ihr Gedächtnis. Soviel sie sich entsann, hatte sie die Frau noch nie weinen sehen. Nicht einmal, als ihre Söhne nach Amerika ausgewandert waren und sie ebenso wie ihr Mann Murdoch gewusst hatte, sie würden die beiden wahrscheinlich nie wiedersehen …

»O Jen!«, flüsterte Maura. Auch ihre Kehle verengte sich.

»Ehe ich wusste, wie mir geschah, sind Sie erwachsen geworden. In Ihrer Kindheit habe ich Sie betreut. Und jetzt sind Sie eine Lady«, wiederholte Jen, »und so schön, dass es mir die Tränen in die Augen treibt. Bald wird ein hübscher, charmanter junger Mann auftauchen und Sie als seine Braut heimführen. Dann werde ich Sie schmerzlich vermissen, Maura. So sehr werden Sie mir fehlen.« Verzweifelt versuchte sie zu lächeln und strich über die seidigen schwarzen Locken, die auf der Schulter ihrer Herrin lagen.

Tief bewegt schlang Maura die Arme um die korpulente kleine Frau und drückte sie ganz fest an sich.

Nach dem Tod ihrer Mama hatte der Vater nicht mehr geheiratet. Jen hatte sie großgezogen und ihr die Mutter ersetzt. Liebevoll tröstete sie ihren Schützling, wenn er mit Schürfwunden oder blauen Flecken zu ihr gerannt kam. Das geschah sehr oft. Und sie schimpfte wortreich, wenn das übermütige kleine Mädchen wieder einmal Unfug anstellte. Auch Murdoch hatte sich fürsorglich um Maura gekümmert. Für sie waren die Eheleute stets viel mehr gewesen als Dienstboten.

Genauso wie der Vater waren sie ihre Familie.

Eine Zeit lang umarmten sie sich schweigend. Maura dachte an das eigenartige Gefühl, das sie beim Erwachen verspürt hatte – dass irgendetwas anders war.

Doch sie wusste noch immer nicht, was es bedeuten mochte. Schließlich ließ sie Jen los und betrachtete ihr Gesicht.

Dabei entdeckte sie Falten, die ihr zum ersten Mal auffielen. Mit ihrem Daumen zeichnete sie die Linien nach, die sich in die Wangen der Haushälterin gegraben hatten. Für Maura waren es keine Zeugen des Alters, sondern die schönen Spuren eines Lebens, das von Arbeit, Fleiß und Hingabe erfüllt war. In dieser Schönheit zeigten sich Jens starker Charakter, ihr tapferer Geist und ihre Herzensgüte.

»Keine Bange, meine Liebe, ich werde nirgendwo hingehen.« Maura bemühte sich um ein Lächeln, und es gelang ihr. »Warum sollte ich? Die jungen Männer, die ich kenne, sind weder hübsch noch charmant. Und die meisten werfen immer noch Steine nach ihren Schwestern. Also werde ich wohl kaum einem Gentleman begegnen, der sich zu meinem Bräutigam eignen würde.«

Mutwillig streckte sie die Zunge heraus. Obwohl sich Jen mit einem Schürzenzipfel Tränen aus den Augenwinkeln wischte, musste sie lachen.

Castle McDonough war ihr Zuhause, dachte Maura, und sie konnte sich nicht vorstellen, das Land ihrer Ahnen jemals zu verlassen.

Sie umarmten einander noch einmal, dann trat Maura in den Flur hinaus. Vorhin hatte sie den Vater nach seiner Zeitung rufen gehört. Murdochs Schritte auf der Treppe hatten bekundet, dass der Befehl befolgt worden war.

Normalerweise traf die Zeitung aus Derry erst einen Tag später ein, was den Earl nicht störte. Er war es gewohnt, bei einer Tasse Tee in Ruhe die Nachrichten zu lesen. Erst danach ging er zum Frühstück hinunter.

Maura klopfte an die Tür, um ihrem Vater einen guten Morgen zu wünschen.

Doch sie erhielt keine Antwort, und so klopfte sie noch einmal an.

Als sich noch immer nichts rührte, öffnete sie die Tür und schaute ins Zimmer. »Papa?« Sie lachte leise. »Allmählich glaube ich, Jen und du wollt ein boshaftes Spiel mit mir treiben …«

Sie unterbrach sich.

»Papa?«, flüsterte sie. Dann schrie sie auf. »Papa!«

Er starrte sie an, das Gesicht zu einer Grimasse verzerrt, die sie nie zuvor an ihm gesehen hatte. In seinem Blick spiegelte sich Entsetzen wider – und etwas anderes, das sie nicht zu deuten vermochte. Seine Wangen schimmerten schneeweiß. Am Boden lag die Zeitung, seiner Hand entglitten. Mühsam versuchte er aufzustehen.

Zutiefst erschrocken, lief Maura zu ihm und rief nach Murdoch. Irgendwie gelang es ihr, eine Schulter unter die Achsel ihres schwankenden Vaters zu schieben und zu verhindern, dass er stürzte. Dann umschlang sie ihn mit beiden Armen. Um ihn festhalten zu können, musste sie ihre ganze Willenskraft aufbieten. Endlich erschien der Butler und half ihm, auf das Bett zu sinken.

Mit aschfahlem Gesicht lag der Earl reglos da. Nach einer Weile wollte er wieder aufstehen. Doch er fiel zurück, völlig geschwächt. Er rang krampfhaft nach Luft, bemühte sich zu sprechen, aber er brachte kein einziges Wort hervor.

»Pst!« Besänftigend legte Maura eine Hand auf seine Brust. »Bleib liegen und warte, bis es vorbei ist.«

Was immer ihn heimgesucht hatte, er kämpfte dagegen an. Das spürte Maura. In seiner Miene las sie Zorn und Kummer, Enttäuschung und andere seltsame Emotionen. Seine Lippen öffneten sich. Erneut versuchte er ihr etwas zu sagen.

Mit einem tiefen Atemzug bezwang sie ihre wachsende Panik. Noch nie hatte sie den Vater in einer so beängstigenden Verfassung gesehen.

Nun musste sie einen klaren Kopf behalten. Sie wandte sich zu Murdoch, der auf der anderen Seite des Betts stand. »Holen Sie den Arzt«, bat sie leise. Sie ahnte, dass der Butler ihre Furcht erkannte. Wenigstens schaffte sie es, in ruhigem Ton zu sprechen. Niemals würde sie ihren Vater merken lassen, wie sehr sie sich um ihn sorgte.

Auf einmal spürte sie die sonderbare Hitze, die sein Körper verströmte. Sie berührte seine fieberheiße Stirn. Langsam senkte er die Lider, hob sie wieder und sah Maura an, mit Augen, die ihren eigenen glichen – so grün wie die Wiesen in den umliegenden Tälern.

Und dann verdunkelte sich sein Blick. »Was es ist, weißt du, Maura.«

»Nur eine Erkältung, Papa. Sicher nichts Schlimmes ...«

»Schon immer ist es den McDonough-Lords so ergangen.

Dagegen können wir uns nicht wehren, mein Kind, es lässt sich nicht verhindern. Auch meinen Vater traf dieser Schicksalsschlag. Und davor meinen Großvater. Ein plötzlicher Tod, ohne Vorwarnung – unerwartet ... Alle Earls mussten daran glauben. Seit der Zeit Randall O'Donnells, er war der Großvater meines Großvaters ...«

Nach einer kurzen Atempause sprach er weiter, das Gesicht schmerzverzerrt.

»Ah, Maura!« Qualvoll schrie er auf. »Einst zählten die McDonoughs zu den mächtigsten Clans in Irland, mein Mädchen. Unser Heim, Castle McDonough, war eine starke Festung, geschützt durch unseren gesegneten Kreis des Lichts. Das hat sich geändert. Vor ... Wie lange ist her? Hundert – nein, fast zweihundert Jahre. In einer Nacht vor so langer Zeit stahl dieser Schurke, der Schwarze Schotte, den Kreis des Lichts aus unserer Kirche.«

Inzwischen hatte Jen das Schlafzimmer betreten, und Maura hörte sie seufzen. Aus den Augenwinkeln beobachtete sie, wie die Haushälterin sich bekreuzigte.

Maura kannte dieses Ritual. Wann immer der Name des Schwarzen Schotten erwähnt wurde, bekreuzigten sich alle Leute, die auf dem McDonough-Land lebten.

Über ihren Rücken rann ein Schauer. Wie schrecklich, den Vater so sprechen zu hören … Eine grausige Gewissheit beschleunigte ihren Puls. Er war immer so stark und gesund gewesen. *Immer.* Und ihn jetzt derart hilflos zu sehen, seinen beklemmenden Worten zu lauschen – das erschien ihr so schmerzhaft, als würde sich ein scharfes Messer in ihr Herz bohren.

Tiefe Verzweiflung drohte sie zu überwältigen. Doch sie kämpfte energisch dagegen an. Nein, sie durfte nicht schwach werden. Jetzt musste sie stark sein – für ihren Vater und sich selbst.

Entschlossen schüttelte sie den Kopf. »Glaub mir, Papa, du bist nur erkältet …«

»Nein, mein Kind«, entgegnete er, »es ist kein Mythos. Keine Legende. Das weißt du ebenso gut wie ich. In der Nacht, in der uns der Kreis des Lichts gestohlen wurde, sank ein Schatten auf das Land unserer Familie herab – das Land, das den Earls of McDonough gehört. Früher ein blühendes Land … Davon sprach mein Großvater, von den fruchtbaren Feldern in unseren Tälern, von reicher Ernte. Jahr um Jahr lag eines nach dem anderen brach. Leid und Unglück – das ist unser grausiges Erbe.«

Was er meinte, wusste sie nur zu gut. Der Kreis des Lichts. O Gott, beinahe hasste sie ihn.

Bedrückt dachte sie an die Kirche. Vor etwa hundert Jahren war sie niedergebrannt. Die Einheimischen hatten sie wieder aufgebaut, denn es war die Kirche der Vorfahren gewesen, die Kirche des heiligen Patricks. Dann hatte ein so gewaltiger Sturm, wie die Insel ihn nie zuvor erlitten hatte, das Gebäude dem Erdboden gleichgemacht. Eine neue Kirche wurde errichtet. Aber sogar die Familien, die dem Clan McDonough in all den Jahrhunderten treu geblieben waren, zogen schließlich fort, eine nach der anderen. Und als sich die Hungersnot ausbreitete, vermuteten einige Leute, der Fluch würde ganz Irland überschatten.

Könnte sie diesen Bann doch brechen … Doch dazu war sie nicht fähig. Um ihn in seiner ganzen Macht wahrzunehmen, musste sie nur zu den Bergen hinaufsteigen …

Maura vermochte sich nicht an eine Zeit zu erinnern, als sie *nichts* über das Unheil gewusst hatte, das seit dem Raub des Lichtkreises auf ihrer Heimat lastete. Wie die Familienchronik berichtete, hatte einer ihrer Vorfahren sich die Ohren zugehalten und Zuflucht im Keller gesucht, tief unten im Erdreich, während die heulenden Stürme über die Landspitze hinweggerast waren. Hoch oben am Ende der Halbinsel ragte sein Schloss empor, unterhalb erstreckten sich die einst fruchtbaren Täler. Angeblich glaubte er, die Festung würde ins Meer stürzen, so wie der Küchentrakt von Dunluce Castle im Jahr 1639.

Aber sein Schloss hielt den Elementen stand. Außerhalb der McDonough-Ländereien gedieh die Saat immer noch auf den Feldern. Nur die Äcker des früher so reichen Clans verdorrten allmählich. Und im Lauf der Jahre lagen sie alle brach.

Eine böse Ahnung stieg in Maura auf, durchströmte sie wie ein kalter Schauer, dem sie machtlos ausgeliefert war. Als wüsste sie, wie die nächste Nacht enden würde – noch bevor es tatsächlich geschah …

Nein, sagte sie sich. Nein!

Mit zitternden Händen zog sie ihrem Vater die Stiefel aus und breitete eine Decke über seinen fieberheißen Körper, die er stöhnend beiseite schob.

»O Gott, er ruft nach mir, Maura – der Kreis des Lichts ruft nach mir, er will heimkehren … Und er wirft mir vor, ich sei zu schwach gewesen, ihn nach Hause zu holen. So wie meine Ahnen habe ich versagt.« In seinen Augen erschien ein unheimliches Glitzern. »Ja, ich höre den Ruf«, keuchte er verzweifelt. »Auf diese Weise werde ich bestraft – weil ich es versäumt habe, den Kreis aufzuspüren, zurückzuerobern und gegen alle Angriffe zu verteidigen. Randall O'Donnell verbrachte den Rest seiner Tage mit der Suche nach dem Schwarzen Schotten. Denn er wollte den Kreis des Lichts zurückgewinnen und an seinen angestammten Platz in unserer Kirche bringen, damit die Familie und das Land erneut gesegnet wären.«

Mauras Blut drohte zu gefrieren. »Ohne Erfolg«, erinnerte sie ihren Vater.

Weder Randall noch seinen Söhnen war es gelungen, den Kreis des Lichts heimzuholen. Schließlich hatte der Clan McDonough die Suche aufgegeben.

Die Leute behaupteten, der Schwarze Schotte sei ein Aristokrat gewesen. Doch offenbar würde seine Identität für immer geheim bleiben. Und der Kreis des Lichts war wohl für alle Zeiten verloren.

»Hätte ich es bloß versucht!«, klagte der Earl. »Warum habe ich mich nicht darum bemüht? Wäre ich doch nach Schottland gesegelt!«

Tröstend strich Maura über seine Stirn. »Zu viele Jahre sind vergangen, Papa. Sicher zu viele, um …«

Sie verstummte, als er sich wieder aufrichten wollte. Kraftlos sank er ins Kissen zurück, heftige Krämpfe erschütterten seinen ganzen Körper. »Siehst du es, Maura? Der Tod wird mich ereilen. Noch heute …«

»Nein!« Schmerzhaft hämmerte ihr Herz gegen die Rippen. »Sag so etwas nicht!«, flehte sie, bezwang ihre Angst und kämpfte tapfer mit den Tränen. »Du wirst nicht sterben, Papa!«

Bis die Tür aufschwang und Murdoch den Arzt ins Schlafzimmer führte, saß Maura in wachsender Sorge neben dem Bett des kranken Vaters. Er fieberte, die Stirn glühend heiß. Oder er fröstelte, als sei er in eisigen Meereswellen untergetaucht.

Hastig sprang sie auf. »Bitte, Dr. Mulligan, helfen Sie ihm!«

Der Doktor musterte sie über den Rand seiner Brille hinweg. »Mal sehen, was ich tun kann«, erwiderte er sanft. Dann schickte er Maura und Murdoch in den Korridor hinaus, wo Jen aufgeregt umherwanderte.

Angespannt warteten sie. Als Dr. Mulligan das Zimmer endlich verließ, trat Maura vor.

»Was fehlt ihm denn?«, fragte sie atemlos. »Was quält ihn so sehr? Sagen Sie mir, dass Sie ihn retten werden!«

Seufzend hob der Doktor die Schultern, seine Resignation war unverkennbar. Er nahm seine Brille ab und putzte sie mit einem Taschentuch. Offensichtlich wollte er Zeit gewinnen, um die richtigen Worte zu finden.

Nach einer Weile, die Maura wie eine halbe Ewigkeit vorkam, setzte er die Brille wieder auf und räusperte sich. »Mylady, ich habe den Earl untersucht, so gut ich es vermochte. Seien Sie versichert, ich wünschte inständig, ich könnte ihn heilen. Aber ich fürchte, das steht nicht in meiner Macht, denn ich habe keine Ahnung, woran er leidet. Nur eins weiß ich – er ist sehr krank.« Nach einer langen Pause fügte er zögernd hinzu: »Todkrank.«

Entsetzt schrie Jen auf.

Maura versuchte die Fassung zu wahren. »Wie viel Zeit bleibt ihm noch?«, fragte sie tonlos.

Wieder zauderte der Arzt.

»Bitte, wie viel?«, bedrängte sie ihn.

»Das kann ich Ihnen nicht sagen.«

Nein, dachte Maura, er wird es nicht aussprechen. Aber sie las tiefes Mitgefühl in seinen Augen. Also wusste er Bescheid.

Manche Leute mochten es Aberglauben nennen – reinen Unsinn. Aber es bestand kein Zweifel. Nur zu gut kannte Maura die beklemmende Wahrheit. Einzig und allein der Fluch stürzte die McDonoughs immer wieder ins Unglück. Seit der schurkische Pirat – der Schwarze Schotte, der seinen richtigen Namen weder den Iren noch den Schotten verraten hatte –

in jener verhängnisvollen Nacht davongesegelt war, den kostbaren Kreis des Lichts in seinem Besitz … Und alle wussten es.

Noch vor Mitternacht würde der Earl of McDonough sterben.

Maura neigte den Kopf. »Danke«, sagte sie leise. »Murdoch, würden Sie den Doktor bitte zur Tür begleiten und ihm sein Honorar auszahlen?«

Dann kehrte sie ins Schlafzimmer ihres Vaters zurück. Qualvoll verengte sich ihre Brust, von unerträglichem Grauen erfüllt. Ein stechender Schmerz drohte ihr Herz in Stücke zu reißen.

Beim Anblick des Vaters wuchs ihre Verzweiflung. In der kurzen Zeit, die sie auf dem Flur verbracht hatte, war eine erschreckende Veränderung mit ihm vorgegangen. Papierdünne Haut spannte sich über seinen eingefallenen Wangen.

Mit zitternder Hand winkte er sie zu sich. »Bald wird er kommen, Maura. Wieder einmal …«

»Wer, Papa?« Sie setzte sich auf den Stuhl neben dem Bett und neigte sich zu ihrem Vater.

»Der Schwarze Schotte.«

»Oh, dieser verdammte Pirat!«, rief sie. Heißer Zorn stieg in ihr auf. »Seit so vielen Jahren ist er schon tot, und ich wünschte, er hätte die ganze Zeit in Höllenflammen geschmort! Diesen elenden Schurken verfluche ich – so wie wir verflucht wurden!«

Von einem Hustenanfall erschüttert, bäumte der Earl sich auf. Maura hielt ihm ein Wasserglas an die Lippen und ließ ihn trinken.

»Ihn zu verfluchen, wird es uns nichts nützen, mein Kind«, gab er zu bedenken, als seine schwache Stimme ihm wieder gehorchte. »Und er wurde ohnehin schon verflucht – von seinem ersten Opfer, Randall O'Donnell, der das Piratenschiff in der Nacht verschwinden sah.« Röchelnd rang er nach Luft. »Aber du kannst uns retten, Maura, das ist deine Bestimmung.«

Wenn es doch so wäre … Inständig hoffte sie, ihr Vater behielte Recht. Ja, alles wollte sie tun, um die Familie von dem bösen Fluch zu befreien. Aber wie sollte sie Mittel und Wege finden? Jedes Jahr zogen Pächter in andere Teile des Landes. Und die wenigen, die blieben, konnten nur mühselig für ihren Lebensunterhalt sorgen.

Während des restlichen Tages und nach Einbruch der Dunkelheit klagte der Earl unentwegt.

»Maura«, flüsterte er in einem fort, »du allein kannst uns retten. In deinen Händen liegt das Schicksal unserer Leute und des Landes.«

Eine Zeit lang schwieg er. Nur vage nahm Maura die Anwesenheit Jens und Murdochs wahr, die hinter ihr warteten. Sie glaubte, der Vater werde schlafen. Ein heilsamer Schlaf, ein Genesungsschlaf, betete sie unbrünstig. Doch sobald sie neue Hoffnung schöpfte, hustete er wieder. Und es klang so gespenstisch, als würde der Wind über ein Stoppelfeld hinwegfegen, das unter den Sonnenstrahlen vollends ausgetrocknet war.

Beinahe gewann sie den Eindruck, er welke vor ihren Augen dahin. Sie versuchte ihn zu beruhigen, wann immer er im Fieberwahn mit seinem Leid haderte. Unvermittelt richtete er sich auf, erstaunlich kraftvoll, und schaute sie mit klaren Augen an.

»Der Schwarze Schotte«, wisperte er. »Hast du mir nicht zugehört, mein Kind? Er ist zurückgekehrt. Jetzt ist er in Irland. Hier in Irland!«

Offenbar halluzinierte er wieder. Denn nichts, was er sagte, ergab Sinn.

»Papa …« Mit sanfter Gewalt wollte sie ihn dazu bringen, sich wieder auszustrecken. Aber er griff nach der Zeitung, die er gelesen hatte, bevor er so schwer erkrankt war. Maura hatte sie auf den Nachttisch gelegt.

Nun drückte er sie in ihre Hand und sank dann wieder in die Kissen zurück. »Lies das!«, befahl er in einem entschiedenen Ton, der sie überraschte.

Wie von einer seltsamen Macht gesteuert, fiel ihr Blick auf den Artikel, den er meinte.

Alec McBride, der Duke of Gleneden, ist für ein paar Wochen in Irland eingetroffen, um zu angeln. Vor seiner Heimkehr nach Schottland wird er in der letzten Woche seines Besuchs die Gastfreundschaft Lord Prestons, des Baron of Killane, genießen. Am Donnerstag, dem 10. Juni, will Lord Preston dem Duke zu Ehren einen Maskenball geben. Dieser soll den Abschluss des Aufenthalts Seiner Gnaden bilden. Man kann nicht umhin, sich zu fragen, ob der attraktive Schwarze Schotte die Herzen unserer irischen Mädchen ebenso betören wird wie die zahlreicher Schottinnen.«

Verblüfft und reglos saß Maura neben dem Bett ihres Vaters. In ihrer Brust regte sich ein eigenartiges Gefühl.

»Begreifst du es jetzt, Maura?«, fragte der Earl. »Der Schwarze Schotte ist zurückgekehrt! Nach Irland!«

Verwirrt schüttelte sie den Kopf. »Papa, dieser Mann – der Duke …«

»Er ist es, mein Kind. Das weiß ich. Du musst zu ihm gehen. Versprich es mir!«

Es fiel ihm immer schwerer, Atem zu schöpfen. Beinahe hasste sie sich für den Gedanken, er werde nun bald sterben. Aber sie konnte fast sehen, wie das Leben seinen geschwächten Körper unaufhaltsam verließ.

In ihren Augen brannten Tränen. »Bitte, Papa, bleib bei mir!« Es war ein Schrei voller Wut und Trauer. Als könnte sie das Unausweichliche verhindern …

Ein eiserner Ring drohte ihre Brust zu umklammern, und sie bekam kaum noch Luft. So heftig schmerzte ihr Herz, dass sie glaubte, es würde in tausend Stücke zerbrechen. Über ihre Wange rann eine Träne – und noch eine.

Dieses Versprechen mochte sie ihrem Vater nicht geben. Stattdessen wollte sie ihn festhalten und nicht verlieren. Sie ergriff seine Hände. Da umfasste er ihre Finger mit übermenschlicher Kraft. In ihrem Gehirn, in ihrem Blut schienen grelle Blitze zu zucken – als würde eine sonderbare, unbekannte Energie aus dem Körper des Earls in ihren strömen.

Viele Leute behaupteten, er besäße das Zweite Gesicht. Und es stimmte – oft waren Dinge geschehen, die er vorausgesehen hatte. Von solchen hellseherischen Fähigkeiten wollte er nichts wissen. Immer wieder hatte er über das Gerede gelacht und erklärt, das sei reiner Unsinn. Aber jetzt erkannte Maura zum ersten Mal die unwiderlegbaren Tatsachen – ihr Vater erblickte tatsächlich, was anderen Menschen verborgen blieb.

Natürlich gab es keinen logischen Grund für die Annahme, der Mann, der in dem Zeitungsartikel »Schwarzer Schotte« genannt wurde, sei ein Nachfahre des schurkischen Piraten, der den Kreis des Lichts gestohlen hatte.

Und doch – mit fast beängstigender Gewissheit fühlte Maura die Wahrheit in der Tiefe ihrer Seele. In den Adern dieses Aristokraten, des Dukes of Gleneden, floss das Blut seines Ahnen, des Schwarzen Schotten.

»In deinen Augen lese ich es, Maura!«, stieß der Earl hervor. »Auch du spürst es – du verstehst es. Ebenso wie ich weißt du Bescheid. Oh – aye, mein Mädchen, sein Vorfahre war es, der uns alles geraubt hat. Geh zu ihm, Maura! In Lord Prestons Haus … Und dann musst du dem Schwarzen Schotten in seine Heimat folgen. Dort wirst du den Kreis des Lichts finden. Bring ihn nach Hause, mein Kind. Nimm dir, was uns gehört. Beende den bösen Fluch, damit unser Land und seine Bewohner erneut gesegnet werden. Damit sie auf eine Zukunft voller Glück und Wohlstand hoffen dürfen. Versprich es mir, Maura.

Schwöre mir, du wirst diesen Mann aufsuchen – den Schwarzen Schotten.«

Ihre Kehle war wie zugeschnürt, und sie konnte kaum sprechen. »O Papa, ich weiß nicht …«

»Irgendwie wirst du einen Weg finden, mein Kind. Denn nur du kannst uns retten. Das fühle ich hier drin.« Er berührte seine Brust. In seinen Augen glänzten Tränen.

So wie in ihren.

»Versprich es mir, meine Tochter«, wiederholte er. »Schwöre mir, du wirst den Kreis des Lichts nach Hause bringen – in unsere Kirche, an seinen angestammten Platz.«

»Ja, Papa.« Mauras Stimme war ein kraftloses Flüstern. »Ich verspreche es dir.«

Erleichtert seufzte der Earl auf. Dann legte er den Kopf schief. »Hörst du es?«

Durch die Nacht hallte ein geisterhafter Laut.

Das Geheul eines Wolfs.

Und in Irland lebten keine Wölfe mehr.

Ein seltsamer Schauer ließ Maura frösteln. Zweifellos ein Zeichen, dachte sie, ein Omen, das über Glauben und Vernunft und Erklärungen hinausgeht, das symbolisiert, was geschehen ist …

Und was kommen wird …

Der Vater drückte ihre Hand. »Fürchte dich nicht, meine geliebte Maura. Alles wird gut – alles wird wieder so sein, wie es sein soll.« Nun umspielte ein schwaches Lächeln seine Lippen. Offenbar hatte ihm ihr Versprechen inneren Frieden geschenkt.

Kaum war ihr dieser Gedanke durch den Sinn gegangen, als seine Finger, die ihre Hand umschlossen hatten, auch schon erschlafften. Und im nächsten Moment spürte sie, wie das Leben aus seinem Körper wich.

Im Erdgeschoss schlug die große Standuhr und verkündete die mitternächtliche Stunde.

Jetzt wusste Maura, was an diesem Tag anders war. Sie erkannte es erst in diesem Augenblick. Ihr Vater, der Earl of McDonough, das Oberhaupt des Clans McDonough, war am Jahrestag des verhängnisvollen Ereignisses gestorben.

Am gleichen Tag, vor zweihundert Jahren, hatte der Schwarze Schotte den Kreis des Lichts gestohlen.

Maura wischte die Tränen von ihren Wangen und küsste die Stirn ihres Vaters. »O Papa, ich werde mein Wort nicht brechen«, flüsterte sie. »Ganz sicher nicht.«

Dann stand sie auf, von einer eisernen Entschlusskraft erfüllt, die in ihrem Blut pulsierte.

Ja, sie würde ihr Versprechen halten und den Kreis des Lichts nach Hause holen.

Sie würde die Seele ihres geliebten Vaters nicht enttäuschen.

Zweites Kapitel

Geh zu ihm, Maura! In Lord Prestons Haus … Und dann musst du dem Schwarzen Schotten in seine Heimat folgen.

Und sie hatte sich tatsächlich auf den Weg gemacht. Es war kaum zu glauben. Jetzt war sie hier – im Herrschaftshaus des Baron of Killane, Lord Ellis Preston, im County Clare. In einem schönen Zimmer mit einer Damasttapete half ihr eine pausbackige Zofe namens Eileen bei den Vorbereitungen für den Maskenball, der zu Ehren des Schwarzen Schotten stattfinden würde …

Um Gottes willen, so durfte sie ihn nicht mehr nennen, nicht einmal in Gedanken. Sie musste sich an seinen Namen erinnern, an seinen Titel – so schwer es ihr auch fiel, denn sie hatte sich daran gewöhnt, ihn stets als Schwarzen Schotten zu bezeichnen.

Alec. Ja, so hieß er: Alec McBride, der Duke of Gleneden.

Außerdem hatten Maura und Murdoch inzwischen herausgefunden, dass der »Schwarze Schotte« ein Spitzname war, den der Duke einigen Debütantinnen in England verdankte. Offenbar hielten die jungen Damen ihn für eine besonders gute Patie.

Leise Wehmut stieg in ihr auf. Erst knapp zwei

Wochen waren seit dem Tod ihres Vaters verstrichen. Und in weniger als vierzehn Tagen würde der Schwarze Schotte aus Irland abreisen. Kurz nach dem Begräbnis des Earls hatten sich die Pächter und ihre Familien auf den steinernen Eingangsstufen des Schlosses versammelt. Eine längere Trauerzeit konnte Maura sich nicht leisten.

Von jedem Einzelnen hatte sie sich verabschiedet und Daniel den Flinken ermahnt, seine Finger von den Schafen der Nachbarn zu lassen und Patrick den Kraushaarigen nicht dauernd am Bart zu zupfen. Grinsend nickte er ihr zu.

Und dann stand Jen vor ihr. Ganz fest umarmten sie sich. Als Maura die treue Haushälterin losließ, glaubte sie, ihr Herz würde brechen. Ihr Blick schweifte zum Friedhof, der hoch oben auf einem Hügel lag. Bedrückt dachte sie an ihren Vater – seinen unwandelbaren Stolz, seine Liebe zum McDonough-Land.

Einer plötzlichen Eingebung folgend zog sie einen kleinen Samtbeutel aus ihrer Handtasche. Fast instinktiv schüttete sie die Münzen, die er enthielt, auf den Boden der Tasche. Zutiefst aufgewühlt bückte sie sich, hob eine Handvoll Erdklümpchen und Kieselsteine auf und verstaute sie in dem Beutel.

Diese unerwartete Aktion schien Murdoch zu verwirren, und er trat vor. »Lady M …«

Abrupt verstummte er. Maura richtete sich zu ihrer vollen Größe auf und reckte herausfordernd das Kinn empor. Dann verschnürte sie den Beutel. Ihre besten weißen Handschuhe waren ruiniert. Doch das störte sie nicht im Geringsten. Wenn sie ihre Heimat schon verlassen musste – beim Himmel, dann sollte sie wenigstens ein winziger Teil dieses geliebten Landes begleiten. Nun nahm Murdochs erstaunte Miene einen anderen Ausdruck an. Während er ihr in die Kutsche half, wich sie seinem Blick absichtlich aus.

Doch schon ein paar Sekunden später drehte sie sich um – und wäre fast in Tränen ausgebrochen. Gerührt beobachtete sie, wie Murdoch seine Frau küsste. Jen klammerte sich verzweifelt an ihn, so lange wie nur möglich. Bei diesem Anblick musste Maura die Lippen zusammenpressen, um nicht schmerzlich aufzuschreien.

Schließlich stieg Murdoch in den Wagen und setzte sich ihr gegenüber, die Hände auf den Knien. Sie hasste sich beinahe, weil sie den beiden das antat. Solange sie denken konnte, hatten sie keine einzige Nacht getrennt verbracht.

Als die Peitsche des Kutschers knallte, atmete Maura auf – erleichtert, weil der leidvolle Abschied beendet war. Patrick lüftete seinen Hut, verbeugte sich formvollendet, und die zahnlose Nan zwinkerte ihrer Herrin zu, die sich zu einem Lächeln zwang.

Und dann fuhren sie davon, zum Landsitz des Baron of Killane.

Seit der Todesnacht ihres Vaters hatte Maura unentwegt nachgedacht. Irgendwie musste sie auf den schottischen Landsitz des Dukes of Gleneden gelangen. Sie erwog mehrere Möglichkeiten. Sollte sie sich als entfernte Verwandte ausgeben? Nein, entschied sie, das führte wohl kaum zum Erfolg. Vielleicht würde Alec McBride ihr nicht glauben. Zudem konnte sie nicht sicher sein, ob er sie in sein Haus einladen würde. Selbst wenn sie das erreichte, würde sie seine Gastfreundschaft nur für wenige Tage genießen. Und sie hatte keine Ahnung, wie lange es dauern würde, bis sie den Kreis des Lichts aufspürte.

Oder sollte sie sich um eine Stellung im Haushalt des Dukes bewerben? Aber – wenn er kein zusätzliches Personal benötigte? Und falls sie eingestellt wurde und die Arbeit einer Spülmagd leisten musste, würde sie gewiss keine Gelegenheit finden, das Haus nach dem Lichtkreis abzusuchen. Nicht einmal als Dienstmädchen wäre sie dazu imstande.

Um ihre Mission zu erfüllen, musste sie sich frei in allen Räumen des Dukes bewegen können – wann immer sie wollte, wann immer sie es wünschte.

Auf einmal erinnerte sie sich an den Zeitungsartikel.

Man kann nicht umhin, sich zu fragen, ob der attraktive Schwarze Schotte die Herzen unserer irischen Mädchen ebenso betören wird wie die zahlreicher Schottinnen.

Unaufhörlich verfolgte sie dieser Gedanke. Und letzten Endes hatte sie ihren Plan geschmiedet …

Das erste Hindernis musste sie überwinden, indem sie sich Zugang zum Maskenball des Baron of Killane verschaffte. Die Lösung des zweiten Problems – und die erschien ihr am schwierigsten – würde Kühnheit und eine beträchtliche Risikobereitschaft verlangen.

Außerdem eine ganze Menge Glück, denn alles musste auf perfekte Weise ablaufen!

Ja, sie würde ein sehr großes Wagnis eingehen …

Nun, dazu war sie bereit. Ihr Entschluss stand fest. Was immer nötig war, um den Kreis des Lichts zurückzuerobern – sie würde es tun.

Im Schlafzimmer ihres Vaters hatte sie Geld gefunden. Damit bezahlte sie für Murdoch und sich selbst bescheidene Quartiere in einem Hotel nahe dem Landsitz des Barons of Killane. Während der Reise hatte sie Kleider und verschiedene Anzüge für ihren Butler gekauft. Wenn ihr Plan gelingen sollte, musste er wie ein Gentleman auftreten.

Glücklicherweise brauchte sie ihm keine Manieren beizubringen. Obwohl ihr Vater nicht auf Formalitäten bestanden hatte, wussten Jen und ihr Mann sich gut zu benehmen, wann immer es diese oder jene Situation erforderte. Bevor Mauras Eltern die beiden eingestellt hatten, waren sie im County Cavan auf dem Landsitz des Earls of Rawlins tätig gewesen.

»O Murdoch!«, kicherte sie, als er ihren Befehl befolgte und ihr einen seiner neuen Anzüge vorführte. »Wenn Jen Sie jetzt sehen könnte! Sicher würden Sie ihr den Atem rauben, so wie vor all den Jahren.«

»Eigentlich ist es eher *mein* Atem, der mir Sorgen bereitet«, gestand er und schob einen Finger in den hohen Hemdkragen unter dem modischen Halstuch. »Hätte Ihr Vater verlangt, ich müsste mich jeden Tag so kleiden, wäre meine Anstellung in seinem Haus schon nach einer Woche beendet gewesen.«

»Ach, hören Sie zu jammern auf!« In gespielter Strenge runzelte Maura die Stirn. »Jedenfalls finde ich dich sehr hübsch …«, fuhr sie lächelnd fort und schnippte eine imaginäre Fluse von seinem Ärmel. »Mein lieber Onkel!«

Da sie möglichst viele Informationen über den Baron of Killane sammeln mussten, betonte sie, wie wichtig es sei, dass sie ihr Ziel frühzeitig erreichten. In einem Pub in einem Dorf nahe dem Landgut des Aristokraten fand Murdoch einiges heraus. Lord Preston war ein älterer Mann, seine Frau Lorraine vor fast zehn Jahren gestorben.

Vielleicht war es vermessen – oder einfach töricht, sich einzubilden, sie würde eine Einladung zu dem Maskenball ergattern. Notfalls würde sie sich ins Haus schleichen.

Ein paar Tage, nachdem sie in dem Hotel abgestiegen waren, hatte Maura in ihrem Zimmer am Schreibtisch gesessen. Ihr Herz klopfte wie rasend, ihre Gedanken überschlugen sich. Langsam – ganz langsam legte sie ein Blatt Papier zurecht, griff nach dem Federkiel und dem Tintenfass. Dann begann sie zu schreiben.

Sehr geehrter Lord Preston,
bitte gestatten Sie mir mein Beileid zum Ableben Ihrer Gemahlin auszudrücken. Ich weiß, Sie werden diesen

Brief viele Jahre zu spät erhalten. Dafür entschuldige ich mich. Soeben ist auch mein lieber Vater gestorben. Als ich sein Eigentum sichtete, entdeckte ich die Korrespondenz, die meine Eltern während ihrer Verlobungszeit geführt hatten. In mehreren Briefen erwähnte meine Mutter Ihre Frau, die ihr sehr viel bedeutete. Offenbar waren die beiden Damen in ihrer Jugend eng befreundet.

Da ich mich gerade in der Nähe Ihres Landsitzes aufhalte, um mit meinem Onkel Murdoch ein paar geruhsame Tage zu verbringen, erinnere ich mich natürlich an meine liebe Mama und Ihre Gemahlin. Ich bitte Sie mir zu verzeihen, dass ich so kühn bin und Ihnen schreibe, und die Bezeugung meines Beileids zu akzeptieren. Hochachtungsvoll, Lady Maura O'Donnell.

Sie drückte eine Münze in die Hand eines Hoteldieners, der den Brief im Haus des Adressaten ablieferte. Vielleicht würde der Baron die Flunkerei durchschauen, warnte Murdoch, die Behörden verständigen und sie der Lüge bezichtigen.

Stattdessen erschien Seine Lordschaft schon am nächsten Nachmittag im kleinen Speiseraum des Hotels, wo er zusammen mit Maura und Murdoch an einem Ecktisch Platz nahm.

Unter den buschigsten weißen Brauen, die Maura je gesehen hatte, warf er ihr einen prüfenden Blick zu. »Wie ich annehme, ist auch Ihre Mutter gestorben?«

»Aye, Sir«, bestätigte sie in ernsthaftem Ton. »Damals war ich noch ein Kind.« Sie senkte die Lider, als würde sie schmerzlichen Erinnerungen nachhängen.

»Oh, wie sehr sie die Hügel und die Blumenpracht im County Clare liebte!«

Auch diesen Hinweis hatte Murdoch in jenem Pub erhalten.

»Genau wie meine Lorraine!«, erklärte der Baron und strich über seinen üppigen Schnurrbart. »Wie ich gestehen muss – ich fand das Wetter in diesem County immer ein bisschen zu feuchtkalt.«

Maura legte den Löffel neben ihre Teetasse. »Nun, vielleicht werden Onkel Murdoch und ich in den Südosten fahren«, sagte sie lächelnd. »Mein Vater verreiste nicht gern. Am liebsten blieb er zu Hause. Bisher haben mein Onkel und ich noch nicht entschieden, wohin unser Weg führen soll. Wer weiß, was das Schicksal mit uns vorhat …«

»Wann werden Sie das County Clare verlassen?«, fragte Baron Killane.

»Vermutlich morgen«, erwiderte Murdoch, bevor Maura zu Wort kam.

»Schon morgen! Nein, so bald dürfen Sie nicht abreisen! Sie unternehmen doch eine Vergnügungsreise. Oder sind Sie an irgendwelche Pflichten gebunden?«

Maura räusperte sich. »Das nicht, aber …«

»Dann bleiben Sie hier! Für morgen Abend habe ich einen Maskenball geplant, und ich würde Sie beide sehr gern dazu einladen. Was noch erfreulicher wäre – Sie folgen mir noch heute ins Manor. Obwohl das Haus voller Gäste ist, stünden Ihnen dort angemessene Zimmer zur Verfügung.«

Auf diesen Vorschlag hatte Maura gehofft. Offenbar war der Baron ein herzensguter, großzügiger Mann, und ihr Täuschungsmanöver belastete ihr Gewissen. Sie mochte ihn, und es fiel ihr immer schwerer, ihn zu belügen.

Doch dann dachte sie an den Schwarzen Schotten und biss sich auf die Lippen. »Ich war noch nie auf einem Maskenball, Onkel.«

Die Stirn gefurcht, erweckte Murdoch den Eindruck, er erwöge das Für und Wider der Einladung. »Nun ja …«

»Was, noch nie auf einem Maskenball?«, rief Lord Preston. »Also wäre es beinahe eine Sünde, wenn unsere schöne Lady Maura dieses gesellschaftliche Ereignis versäumen würde. Ich flehe Sie an, begleiten Sie mich sofort in mein Haus! Dort finden Sie einen großen Raum voller Kostüme und können Ihre Wahl treffen.«

Murdoch zog die Brauen hoch und stieß einen übertriebenen Seufzer aus. »Das weißt du ja, mein Mädchen, ich bringe es einfach nicht übers Herz, dir einen Wunsch abzuschlagen.«

Lachend schüttelte der Baron of Killane den Kopf und schlug ihm auf die Schulter. »Dann tun Sie's nicht, Mann! Sobald ich zu Hause angekommen bin, schicke ich zwei Lakaien hierher, die Ihr Gepäck holen sollen.«

»Oh, aber in diesem Hotel sind wir gut untergebracht …«, begann Maura zögernd. »Nicht wahr, Onkel?«

Murdoch nickte. Ebenso wie sie wusste er, dass sie nicht allzu eifrig erscheinen durften.

Perfekt, dachte sie.

»Übernachten Sie wenigstens nach dem Maskenball in meinem Haus«, hatte Baron Killane gebeten. »Wenn Sie meine Gastfreundschaft ablehnen, wäre ich tief gekränkt.«

»Wenn das so ist, bleibt uns nichts anderes übrig, als Ihr großmütiges Angebot anzunehmen.« Murdoch hatte ihm die Hand geschüttelt. »Aber am Morgen danach werden wir schon in aller Herrgottsfrühe abreisen.«

Und jetzt hielt sie sich wirklich und wahrhaftig in Lord Prestons Haus auf.

Unter demselben Dach wie der Schwarze Schotte.

Eileens fröhliche Stimme lenkte Mauras Aufmerksamkeit wieder auf die Vorbereitungen für den Maskenball. »Soll ich das Unterhemd an Ihrem Rücken verschnüren, Mylady?«

»Ja, bitte«, antwortete Maura und umklammerte den Bettpfosten.

»Du meine Güte, Mylady, nie zuvor habe ich eine Dame mit einer so schmalen Taille bedient!«, rief die Zofe bewundernd und machte sich ans Werk.

Nur mit halbem Ohr hörte Maura ihr zu. Die Gewissheit, dass sich der Schwarze Schotte – den Versuch, ihn auch in ihren Gedanken anders zu nennen, musste sie wohl aufgeben – in ihrer Nähe befand, ließ sie erschauern.

Eileen führte sie zum Toilettentisch. »Runzeln Sie bloß nicht die Stirn, Mylady!«, tadelte sie energisch. »Die Stirn einer Frau muss so glatt sein wie der Allerwerteste eines Babys. Können Sie sich das vorstellen? Daran habe ich nie geglaubt, bis ich einer Lady aus England diente. Sie war so schön, in ihrem Gesicht gab es keine einzige Falte. Wie sie mir erklärt hat, sorgte sie dafür, indem sie niemals die Stirn runzelte oder lachte. Und wenn die Regeln der Höflichkeit ein Lächeln verlangen, darf eine Dame die Lippen nur ganz leicht verziehen.«

Im Spiegel, vor dem Maura saß, demonstrierte die Zofe, was sie meinte.

»Ihr Gesicht war völlig unbewegt. Und sie ging sogar so hölzern, als würden in ihren Beinen Stöcke stecken!« Sie begann zu lachen, dann schlug sie eine Hand vor ihren Mund und riss die Augen auf. »Oh, verzeihen Sie mir, Mylady …«

Aber Maura lachte mit ihr. Zum ersten Mal seit Papas Tod vor fast zehn Tagen konnte sie lachen. Vielleicht, überlegte sie vorsichtig, hat sich das Schicksal der McDonoughs bereits zum Guten gewendet.

»Lädt der Baron oft Gäste ein?«, fragte sie.

»Oh, zwei- oder dreimal im Jahr.« Eileen ergriff eine Haarbürste. »Am Ende des Sommers will er ein Fest geben. So wie jedes Jahr. Da ist es immer sehr schön hier, das sollten Sie sehen, Mylady. Alles grün und voller Blumen. Seinen Garten lässt er genauso sorgsam pflegen wie zu Lebzeiten seiner lieben Gemahlin. Und in der Jagdsaison findet normalerweise noch ein Fest statt.«

Nun strich die Zofe mit der Bürste durch Mauras üppige Locken.

»Was für schönes Haar Sie haben, Mylady! So dicht und dunkel und glänzend. Möchten Sie es unter Ihrem Tuch offen tragen?«

Maura nickte. Mittlerweile hatte Eileen sich bereits als interessante Informationsquelle erwiesen. Ihr Vater war der Oberreitknecht des Barons, sie selbst das älteste von acht Kindern. Seit drei Jahren stand sie in den Diensten Seiner Lordschaft.

»Und dieses Fest? Der Maskenball?« Maura konzentrierte sich wieder auf das Ereignis des Abends. »Werden viele Gäste erscheinen?«

»O ja, sehr viele. Die Freunde des Barons aus Dublin und die meisten Nachbarn. Und der Maskenball wird zu Ehren des Dukes veranstaltet. Sein Vater und der Baron waren gut befreundet, wissen Sie, Mylady. Immer wieder kam der Vater des Dukes zum Angeln hierher. Und der Duke setzt diese Tradition alle paar Jahre fort. Das hat mein Vater mir erzählt.«

Das Mädchen wusste bereits, dass die junge Lady und ihr Onkel dem Hausherrn schon begegnet waren – infolge des Briefs, in dem Maura die verstorbene Baronin erwähnt hatte.

Nun hob Maura in gespielter Unschuld die Brauen. »Der Duke? Also wird auch ein Duke am Maskenball teilnehmen? Das wusste ich gar nicht.«

»Oh, aye«, bestätigte Eileen, und ihre Augen begannen zu funkeln. »Der Duke of Gleneden, ein Schotte. Vorhin hörte ich Mrs. O'Hara beim Lunch sagen, bei ihrem letzten Aufenthalt in London habe man ihr erzählt, alle jungen Damen in England und Schottland möchten seine Duchess werden. Und nicht nur wegen seines Geldes und des Adelstitels. Auf unserer schönen Insel müssten die Mädchen genauso von ihm schwärmen. Der Schwarze Schotte. So wird er genannt.«

»Tatsächlich?«, murmelte Maura mit geheucheltem Gleichmut. »Und aus welchem anderen Grund wollen all die jungen Damen ihn heiraten, wenn ihnen nichts an seinem Reichtum und seinem Titel liegt?«

»Sobald Sie ihn sehen, werden Sie's wissen, Mylady.«

Erstaunt hob Maura die Brauen. »Warum sind Sie da so sicher?«

»Ganz bestimmt wird er Ihnen sofort auffallen, Mylady. Selbst wenn er maskiert ist. Sein Haar ist so schwarz wie Ihres. Und er überragt jeden Mann. Beinahe ist er ein Riese. Und ein sehr hübscher noch dazu. Deshalb sind die Frauen ganz verrückt nach ihm. Alle laufen ihm nach. Bisher hat er die meiste Zeit mit dem Baron am Fluss beim Angeln verbracht. Aber heute Abend wird er sich amüsieren. Mrs. O'Hara meint, er sei den Damen genauso zugetan wie sie ihm.«

Damit rechnete Maura. Mittlerweile hatte sie sich in allen Einzelheiten zurechtgelegt, wie sie vorgehen würde. Ihre Strategie war kühn und riskant. Kühn, weil sie den Baron täuschte und eine Rolle spielen musste, die ihr völlig fremd erschien. Und riskant, denn wenn der Plan fehlschlug, würde sie vielleicht nie wieder eine Gelegenheit finden, den Kreis des Lichts zurückzugewinnen.

Wenig später trug sie ihr Kostüm. Eileen klatschte begeistert in die Hände und lachte entzückt. Nur widerstrebend drehte Maura sich zum Spiegel um.

Mit fast trotziger Entschlossenheit hatte sie ihr Kostüm ausgewählt. Der zerfetzte Saum des purpurroten Satinrocks bedeckte kaum den oberen Rand ihre Reitstiefel. Darunter trug sie keine Unterröcke. Vage registrierte sie, welch angenehme Bewegungsfreiheit ihr das verschaffte. Ein rot-weiß gestreiftes Tuch bedeckte ihren Kopf. In losen Wellen fiel das Haar auf ihre Schultern und den Rücken, beinahe bis zur Taille hinab. Eine dünne Bauernbluse steckte im Rockbund, unter einem breiten Ledergürtel, an dem ein Säbel hing. Diese Waffe hatte sie im Kostümzimmer des Barons gefunden.

Doch es war die Bluse, die ihr gewisse Sorgen bereitete. Da sie sich nicht eingeengt fühlen wollte, hatte sie auf ein Korsett verzichtet. Über der Bluse trug sie eine ärmellose schwarze Lederweste, die Eileen an der Vorderseite eng geschnürt hatte.

Allein schon ein flüchtiger Blick in den Spiegel genügte, um Maura zu erschrecken. Entsetzt hielt sie die Luft an. Über hohen, runden, vollen Brüsten spannte sich der weiße Blusenstoff. »O Gott«, flüsterte sie, »o Gott …« Am liebsten hätte sie sich einen Schal um die Schultern gelegt.

Aber dann würde sie ihr Ziel nicht erreichen.

Lächelnd verließ Eileen das Zimmer. Ein paar Minuten später zuckte Maura zusammen, als es an der Tür klopfte.

»Maura?«

Sie schlang ein schwarzes Band um ihren Hals, an dem ein kleiner Seidenbeutel hing, und schob ihn zwischen ihre Brüste. Dann öffnete sie die Tür. Murdoch stand davor, sehr passend in der Kleidung eines Butlers. Sie trat in den Flur hinaus. Bei ihrem Anblick blinzelte ihr »Onkel». Doch er enthielt sich eines Kommentars.

»Wir sollten uns beeilen«, drängte sie, »wir sind spät dran.«

Murdoch schloss die Tür. »Haben Sie den Beutel von der zahnlosen Nan, der …«

»Ja, ja, ich habe ihn.«

»Wissen Sie, Lady Maura«, begann er nervös, »wenn wir nicht herausbekommen, wer der Schwarze Schotte ist, muss einer von uns den Baron um Auskunft bitten.«

Maura schwieg. Insgeheim spürte sie, dass sie ihn sofort erkennen würde – gleichgültig, welches Kostüm er tragen mochte. Doch das sprach sie nicht aus. Stattdessen mahnte sie: »Denken Sie an den Plan. Wenn ich nicht um Punkt sieben Uhr morgens ins Erdgeschoss komme …«

»Ja, ich weiß, wo ich Sie finden werde.« Murdochs Stimme nahm einen grimmigen Klang an. »Und jetzt muss ich Ihnen eine Warnung mit auf den Weg geben, Lady Maura. Falls nicht alles planmäßig läuft, zögern Sie nicht, tun Sie, was nötig ist, um ihn daran zu hindern, Sie …«

»Natürlich, Murdoch!«, unterbrach sie ihn ungeduldig.

Kurz bevor sie die Treppe zum Ballsaal hinabstiegen, legte er eine Hand auf ihren Arm. Forschend betrachtete er ihr Gesicht. »Wollen Sie das alles wirklich?«, seufzte er leise.

Ihre Augen verdunkelten sich. »Bitte, fragen Sie nicht, Murdoch. Ich *muss* es tun. Das habe ich Papa versprochen.«

»Ja, ich weiß, mein Kind«, seufzte er. »Aber da gibt es ein altes Sprichwort. ›Wer anderen eine Grube gräbt, fällt selbst hinein.‹ Deshalb mache ich mir Sorgen.«

»Keine Bange, Murdoch, ich werde es schon schaffen.«

Dann betraten sie den Ballsaal. Der Baron, als König Heinrich VIII. kostümiert, begrüßte sie herzlich. Auf einem langen Tisch war ein üppiges Buffet angerichtet, dem Maura allerdings keinerlei Beachtung schenkte. Sie würde keinen Bissen hinunterbringen. Suchend ließ sie den Blick durch den Raum schweifen.

Sie entdeckte einen Hofnarren, einen kleinen Mann in der Uniform Napoleons.

Nein, das war wohl kaum der Duke, denn Eileen hatte erklärt, er sei sehr groß.

Ihre Handflächen wurden feucht. In ihrem Innern

tobte ein Chaos widersprüchlicher Gefühle – Angst, Neugier, erwartungsvolle Aufregung. Nun erblickte sie einen Priester, ganz in Schwarz. In ihrem Gehirn hallten Eileens Worte wider. *Den Damen genauso zugetan wie sie ihm …* Unmöglich, es wäre die reinste Ironie, hätte er das Kostüm eines Priesters gewählt!

Rastlos begann sie an den Wänden des Ballsaals entlangzuwandern. Nichts entging ihrem wachsamen Blick. Unglücklicherweise hatten sie die Vorstellung des Dukes versäumt, weil sie zu spät gekommen waren. Oh, warum musste dies ausgerechnet ein Maskenball sein? Offenbar würden Maura oder ihr »Onkel« den Baron tatsächlich fragen müssen, wer der Duke sei.

Ihr Mund wurde trocken. Mühsam bezwang sie ihre flatternden Nerven. In ihrer Fantasie war ein Bild des Schwarzen Schotten entstanden, das Eileens Beschreibung nicht glich. Oh, aye, nur zu gut vermochte sie sich vorzustellen, wie er aussehen musste – so wie sein Ahnherr, der elende Pirat, ein unansehnlicher Kerl mit gelben, fauligen Zähnen – falls überhaupt noch Zähne übrig waren! Ohne jeden Zweifel war Alec McBride, der Duke of Gleneden, der hässlichste Mann auf Erden. Das ließ sie sich nicht ausreden.

Und dann – kein Geräusch auf der Welt, keine Vision, keine Worte hätten sie auf den Anblick vorbereiten können, der sich ihr auf einmal bot. In der Nähe der Tür lehnte ein hochgewachsener Mann mit einer schwarzen Augenklappe an der Wand, einen Schottentartan über die außergewöhnlich breite Schulter geworfen.

Maura erstarrte.

Ihr Herz raste.

Immer schneller pochte ihr Puls.

Ihre Blick trafen sich – und hielten einander fest. Endlos lange, dachte sie verwirrt.

Und während dieser überwältigenden Sekunden wurde sie von derselben Gewissheit erfüllt wie in der Todesnacht ihres Vaters. In seinem Blut hatte sie es gespürt – und jetzt fühlte sie es in ihrem eigenen.

Beim Himmel, er war es! Alec McBride, der Duke of Gleneden, bekannt als der Schwarze Schotte.

Welch passendes Kostüm sie doch gewählt hatte, dachte sie. Unfähig, sich zu bewegen oder auch nur zu blinzeln, sah sie ihn langsam auf sich zukommen …

Schließlich standen sie sich gegenüber.

Auge in Auge.

Der Pirat und die Piratin.

Drittes Kapitel

Alec McBride, der Duke of Gleneden, stand am Rand des Ballsaals und musterte erneut die Gäste. Welch ein Gedränge, dachte er. Seine Lippen verzogen sich zu einem dünnen Lächeln.

Von solchen Maskenbällen hielt er nicht viel. Aber als Ehrengast fühlte er sich verpflichtet, umherzuwandern und die Hände der Leute zu schütteln, die ihm während seines Ferienaufenthalts in diesem County begegnet waren – falls er sie trotz der Kostüme erkannte.

Sein Blick fiel auf Lady Alicia McDormand, die in der Kleidung eines weiblichen Vampirs erschienen war. Dann entdeckte er eine Marie Antoinette mit einer überdimensionalen weißen Perücke. Ein Mann in einer schwarzen Robe schlenderte an ihm vorbei, mit einer Kapuze, die sein Gesicht überschattete. Nun blieb er stehen. Zwischen den Falten seines Gewands tauchte eine Hand mit langen Klauen auf und zog die Finger einer kichernden Hexe an seine Lippen. Belustigt schaute Alec zu.

Was den Gentleman zu dem gespenstischen Kostüm inspiriert hatte, war allgemein bekannt. An diesem Abend verkörperte er den Dämon von Dartmoor, eine Romanfigur, die Alecs Schwägerin ersonnen hatte. Unter dem Pseudonym F. J. Sparrow hatte sie Schauerromane veröffentlicht.

Sicher würden Alecs Bruder Aidan und seine Frau Fionna in Gelächter ausbrechen, wenn sie wüssten, dass die Begeisterung für diese Bücher bis nach Irland gedrungen war. Doch davon ahnten sie nichts, denn sie unternahmen gerade ihre Hochzeitsreise um die halbe Welt.

Aye, wenn er die Zeit in Irland auch genossen hatte – jetzt sehnte er sich nach seinem Zuhause. Im Frühling war er wegen Aidans Hochzeit in London geblieben. Und vor der Reise nach Irland hatte er Annie und Simon in Yorkshire besucht, dann seine Mutter in Bath. Natürlich hatte er die Einladung Lord Prestons, der mit seinem Vater eng befreundet gewesen war, nicht ablehnen dürfen. Aber der Gedanke, nach Gleneden zurückzukehren, erschien ihm sehr verlockend. In seinem Lieblingssessel zu sitzen, die Füße hochgelegt, ein Glas Whisky in der Hand, und …

Abrupt verschwand diese Vision.

Er musste an etwas anderes denken.

Ja, in der Tat. Sehr verlockend …

Mit einem Mal war die Heimkehr nach Schottland vergessen. Etwa zwanzig Schritte von ihm entfernt, neben einer hohen, kannelierten Säule, stand eine junge Dame und ließ ihren Blick über die Gästeschar schweifen. Offensichtlich suchte sie jemanden.

Die Schultern stolz gestrafft, erschien sie ihm ungewöhnlich groß für eine Frau und trotzdem zart. Wie kühn von ihr, das lange Haar offen zu tragen – und einen Rock, der sich eng an die Hüften schmiegte und die Rundungen ihres Hinterteils erkennen ließ, als sie sich zur Seite wandte ... Alecs Blut floss schneller durch seine Adern, während er sie anerkennend beobachtete.

Welch eine exquisite Frau ... O ja, es gab sehr viel an ihr zu bewundern.

Glücklicherweise hatte sie sich für die gleiche Verkleidung wie er entschieden. Auf diese Weise konnte er sie ansprechen, ohne dass es zu aufdringlich wirkte ...

Ehe er wusste, wie ihm geschah, stand er vor ihr. Seltsam – er entsann sich nicht, den schwarz-weiß gefliesten Boden überquert zu haben.

Lächelnd verneigte er sich. Dann nahm er zwei Weingläser vom Tablett eines Lakaien, der gerade vorbeiging, und reichte ihr eines.

»Guten Abend, schöne Piratin«, grüßte er. »Erwarten Sie jemanden? Vielleicht Ihren Begleiter?«

Er schaute direkt in ihre Augen, die hinter den Schlitzen ihrer Maske funkelten. Welch verwirrendes, leuchtendes Grün ... Statt seine Frage zu beantworten, schüttelte sie den Kopf. Ihre Zungenspitze glitt über ihre Lippen und befeuchtete sie, ließ sie glänzen wie blühendes Heidekraut nach einem sanften Sommerregen. Plötzlich stieg ein heißes Verlangen in ihm auf, das ihn in seiner Intensität verblüffte.

Inzwischen hatte er sie von Kopf bis Fuß gemustert. Ihre Haut schimmerte fast transparent, zweifellos so glatt wie eine Perle. Und das Kostüm enthüllte sehr viel von diesen seidigen Reizen. Nur mühsam bezwang er den Impuls, den Busenansatz der Piratin zu berühren und festzustellen, ob sein Urteil stimmte.

Doch es bedurfte keiner Bestätigung. Das wusste er ohnehin – ihre Haut würde sich genauso wunderbar anfühlen, wie sie aussah.

Ein tiefer Atemzug ließ die reizvollen Brüste beben. Diesen Anblick genoss Alec in vollen Zügen. Sie schaute zu ihm auf. Eine Hand am Griff ihres Säbels, stand sie vor ihm, die Beine leicht gespreizt, als müsste sie auf dem Deck eines schwankenden Piratenschiffs ihr Gleichgewicht halten.

In der Art, wie sie ihn abschätzend betrachtete, lag keine Scheu. Und sie musterte ihn ebenso gründlich wie er sie, was ihm nicht entging. Er nahm einen Schluck Wein. Wollte sie mit ihm ins Bett sinken? Wenn ja, würde er ihren Wunsch noch in dieser Nacht erfüllen. Sogar mit dem größten Vergnügen.

Allmählich verlor er die Geduld. Verdammt, er musste endlich ihre Stimme hören. Wie würde sie klingen? Süß und melodisch? Tief und sinnlich? Eher Letzteres, entschied er.

»Ich gratuliere Ihnen zu Ihrem Kostüm.« Ein sanftes Lächeln umspielte seine Mundwinkel. »Nie zuvor habe ich eine Dame in Seeräubertracht gesehen.«

»Ach, tatsächlich nicht, Sir?« Also behielt er Recht. Ihre Stimme war tief. Kraftvoll. »Haben Sie noch nie von der berühmten irischen Piratin Grace O'Malley gehört?«

»Leider nicht. Bitte, erzählen Sie mir von ihr.«

Nun lächelte sie und fuhr sich wieder mit der Zunge über die Lippen. Durch Alecs Körper strömte das Feuer einer wachsenden Begierde. Wie mochte sie schmecken? Um sich auf ihre Worte zu konzentrieren, musste er seinen Blick von diesen betörenden Lippen losreißen. »Von vielen Leuten wurde Grace O'Malley die Meereskönigin von Connaught genannt. Ihr Vater war ein Kaufmann und Schiffseigner. Wie die irische Legende berichtet, wollte Grace ihn schon als junges Mädchen auf einer Seereise begleiten. Man erklärte ihr, das sei unmöglich, denn ihr langes Haar würde sich in der Takelage verfangen. Da schnitt sie es kurzerhand ab.« Lachend warf sie ihr eigenes Haar über eine Schulter.

Alec nippte wieder an seinem Weinglas. Jetzt galt seine Aufmerksamkeit ihrem Haar. Unter dem Piratentuch fiel es in dichten, rabenschwarz glänzenden Locken herab. Hätte er sie in einer anderen Situation kennengelernt, wäre ihr Haar natürlich gebändigt gewesen – straff zurückgekämmt, in einem züchtigen Knoten am Hinterkopf, oder von einem Hut halbverborgen.

Stattdessen hing es ungehindert herunter, so wild und ungezähmt, wie es zweifellos dem Wesen dieser Frau entsprach.

»In diesem Saal ist sicher jeder Mann froh, weil Sie Ihr Haar nicht abgeschnitten haben – im Gegensatz zur jungen Grace O'Malley«, murmelte er. »Das hielte ich für einen Frevel.«

Zu dieser Bemerkung gab sie keinen Kommentar ab, sondern setzte ihren Bericht fort. »Sobald Grace geheiratet hatte, fuhr sie zur See. Eine tollkühne Seglerin war sie, unsere Grace O'Malley. Tapfer und erfolgreich bekämpfte sie die Engländer, die sich irisches Land aneignen wollten.«

»Was für eine erstaunliche Frau sie gewesen sein muss ... Nun fällt es mir schwer, Ihnen zu gestehen, dass ich ein halber Engländer bin.«

Den Kopf schief gelegt, eine Braue hochgezogen, inspizierte sie den Tartan, der über seiner Schulter hing.

Alec zuckte die Schultern. »Und – aye, ein halber Schotte.«

»Oh?«

»Ja, wirklich und wahrhaftig. Bedeutet das, ich würde mich vergeblich um Ihre Gunst bemühen?«

Langsam vertiefte sich ihr Lächeln. »Kennen Sie den Giant's Causeway, den Damm des Riesen in Antrim?«

Alec nickte. »Vor drei Tagen bin ich dort gewesen«, antwortete er und erinnerte sich an die hohen Basaltsäulen, die sich wie gigantische Stufen von den Klippen zum Meer hinab erstreckten.

»Dann haben Sie vielleicht von der Legende Finn McCools gehört. Auf diesen Felsen lebte er mit seiner Frau Oonagh. Der schottische Riese Benandonner stand auf der anderen Seite des Kanals, verhöhnte ihn und behauptete, Finn sei nur ein kleiner Riese, verglichen mit ihm selbst. ‚Ich bin viel stärker', prahlte er. Und das würde er beweisen, wenn der Kanal nicht im Weg wäre.«

Sie strich mit einer Fingerspitze über den Rand ihres Weinglases. Während sie weitersprach, umspielte immer noch das verführerische Lächeln ihre vollen Lippen.

»Eine solche Beleidigung konnte Finn nicht dulden. Und so baute er eine Brücke aus großen Steinen über das Wasser hinweg und forderte seinen schottischen Widersacher auf, nach Irland zu kommen und sich mit ihm zu messen. Ehe Benandonner die Einladung annahm, brauchte Finn, vom Brückenbau ermattet, eine Ruhepause. Deshalb verkleidete Oonagh ihn als Baby und legte ihn in eine Wiege, falls der Schotte erscheinen sollte, bevor ihr Mann für den Kampf bereit wäre.«

Jetzt breitete die schöne Piratin ihre Arme aus, und Alec stellte fest, wie anschaulich sie ihre Schilderung mit Gesten unterstrich.

»Benandonner stieg die Klippen hinauf, fest entschlossen, seinen Gegner zu besiegen. Aber sobald er den schlafenden Finn in der Wiege erblickte, fürchtete er den irischen Riesen.

Wie stark musste der sein, wenn sogar sein Kind so unglaublich groß war! Nun fehlte dem Herausforderer der Mut, den Rivalen zu bekämpfen. Angstvoll flüchtete er nach Schottland zurück und zerstörte die steinerne Brücke, damit Finn ihm nicht folgen konnte.«

»Ja, diese Geschichte habe ich gehört.« Grinsend

fügte Alec hinzu: »Man hat mir allerdings erzählt, der schottische Riese sei viel größer gewesen als der irische.«

Zum Protest hob sie eine schmale Hand. »O nein, nein. Aber selbst wenn das stimmen würde – Finns Frau war viel schlauer als beide Riesen zusammen.«

Alec lachte leise. »Anfangs dachte ich, dass ich nur mein schottisches Erbe verteidigen müsste. Doch jetzt sehe ich mich gezwungen, auch die Ehre meines Geschlechts zu wahren.« Er schaute in ihre grünen Augen. »Vielleicht sollten wir uns auf unsere Rollen als Piraten besinnen. Sind wir uns schon einmal begegnet?«

»Das glaube ich nicht.«

»Niemals auf hoher See? Haben wir nie um das Beutegut eines gekaperten Schiffs gekämpft – kein einziges Mal in einer Hafenkneipe ein paar Krüge Ale miteinander getrunken? Oder eine Flasche Rum?«

»Jedenfalls sind wir einander auf dem Meer ebenbürtig, Sir«, erwiderte sie und nippte lächelnd an ihrem Wein. Als sie das Glas sinken ließ, erlosch das lockende Lächeln noch immer nicht. »Und wahrscheinlich auch anderswo«, ergänzte sie mutwillig.

»Ah, ich verstehe.« Alec lehnte sich an die Säule und erweckte den Eindruck, er würde gründlich nachdenken. »Welch eine Versuchung! Ich dürfte mich wohl kaum einen Piraten nennen, würde ich nicht wagen, schöne Frauen zu entführen und ...« Diesen Satz beendete er nicht, aber was er meinte, war unmissverständlich.

Prompt nahm sie die Herausforderung an. »Fürchten Sie lieber, was *ich* tun könnte, wenn ich Sie entführe, Schotte. Möglicherweise bringe ich Sie zu einer warmen, fernen Insel jenseits des Meeres. Dort wären Sie gezwungen, lange Nächte ganz allein in meiner Hütte zu ertragen. Und bei unserer Ankunft fessle ich Sie an einen Baum. Wehrlos sind sie meinen Launen ausgeliefert, und ich mache, was ich will. Wissen Sie, manchmal verspüre ich dieses drängende – nennen wir es mal ein Bedürfnis.«

»Oh, ein Bedürfnis?« Er zog die Brauen hoch. »Welches Bedürfnis?« Ihre Lippen schimmerten feucht, vom Wein gerötet. Wie gern würde er diesen süßen Mund kosten …

»Es hängt mit dem Land zusammen. Nach all den Tagen und Nächten an Bord eines Schiffs genieße ich das Gefühl, festen Boden unter meinen Füßen zu haben. Und dann …«

»Ja?«

»Nun, dann liebe ich es, nackt um ein Lagerfeuer herumzutanzen. Ich fürchte, das ist die wilde, hemmungslose Piratin in meiner Brust.«

Lachend warf er den Kopf in den Nacken. Eine kokette Verführerin? Zweifellos. Schüchtern war sie gewiss nicht. Ihr gewagtes Dekolleté und das kecke Geplänkel bewiesen das Gegenteil.

Er beobachtete, wie sie ihr Weinglas leerte. »Warum sehe ich Sie heute Abend zum ersten Mal?«, fragte er. »Sind Sie ein Hausgast des Barons?« Großer Gott, an diese Smaragdaugen würde er sich sicher erinnern. Nie zuvor hatte er ein so strahlendes, intensives Grün gesehen. So grün wie die Landschaft auf dieser Insel …

»Nur für diese Nacht.«

»Dann sollten wir Bekanntschaft schließen.« Alec wollte endlich erfahren, wer sie war. »Wenn ich mich vorstellen darf – ich bin …«

»Warten Sie!«, unterbrach sie ihn und hob wieder eine Hand. »Nein, nein! Sagen Sie's nicht! Das ist ein Maskenball, nicht wahr? Eine Nacht, in der wir unsere Identität verbergen. Also sollten wir unsere Namen nicht verraten.« Durch halbgesenkte Wimpern schaute sie ihn aufreizend an, und er musste lachen.

Wie zauberhaft sie war … »Was immer Sie wünschen, Irin.«

»Ja, genau das wünsche ich mir, Schotte.«

Alec beschloss das Wortgefecht zu genießen. »Soll ich Ihnen etwas bringen? Vielleicht einen Imbiss? Am Buffet gibt es köstliche Desserts.« O Gott, das Dessert, auf das *er* Appetit hatte, war *sie*.

»Nein, danke, ich bin nicht hungrig.«

Ich schon, dachte er. Nur mühsam verhehlte er seine Leidenschaft. »Oder möchten Sie tanzen, Irin?« Auf einem Ball erforderte allein schon die Höflichkeit diese Frage. Lächelnd fuhr er fort: »Leider dürfen Sie hier nicht nackt um ein Lagerfeuer tanzen.«

Oh, dieser Anblick wäre eine reine Freude! Unter der Maske sah er hohe Wangenknochen, ein zierliches Kinn. Am liebsten hätte er die Maske entfernt, um ihr ganzes Gesicht zu bewundern.

In gespieltem Bedauern seufzte sie. »Da haben Sie Recht, Schotte. Aber um Ihnen die Wahrheit anzuvertrauen – es würde mir nur gefallen, wenn *Sie* nackt mit mir um ein Feuer tanzen würden.«

Beim Himmel, er hatte sie richtig eingeschätzt – ihre Koketterie zeugte von hinreichenden Erfahrungen.

Ihre Blicke trafen sich und hielten einander fest. Als er näher an sie herantrat, berührten sich ihre Ärmel, ihr Duft stieg ihm in die Nase – warme, süße Haut, nur der Hauch eines Parfums.

Wie heiß er sie begehrte … Er war kein Lüstling, kein Mann, der sein Verlangen möglichst schnell und blindlings stillte. Niemals überschritt er gewisse Grenzen. In seinen Beziehungen zum weiblichen Geschlecht verhielt er sich sehr diskret, und es widerstrebte ihm, mit einer Frau ins Bett zu sinken, nur um körperliche Bedürfnisse zu befriedigen.

Nie zuvor hatte er eine so brennende Glut verspürt. Und dieses drängende Gefühl war erstaunlich rasch in ihm aufgestiegen. Natürlich hatte er auch andere Frauen begehrt – aber keine so sehr wie diese. Was er empfand, war geradezu dramatisch. Berauschend. Beinahe überwältigend. Gewiss, verständlicherweise reizte ihn die schöne Seeräuberin. Immerhin war sie eine Frau, die alle Männerblicke auf sich lenkte. Doch es war das Ausmaß seiner Begierde, das ihn verblüffte.

Vielleicht lag es an der Atmosphäre des Maskenballs, am Vorschlag der Irin, sie sollten anonym bleiben.

Er umfasste ihren Ellbogen. »Hier sind so viele Menschen. Die Luft ist stickig geworden. Wollen wir spazieren gehen?«

Lachende grüne Augen richteten sich auf ihn. »Und ich dachte schon, das würden Sie niemals fragen …«

An der Fassade des Hauses erstreckte sich eine steinerne Terrasse. Sie begegneten anderen Paaren, die Arm in Arm dahinschlenderten. Auf einmal stolperte die Piratin. Absichtlich, das wusste Alec. Nicht, dass es ihn gestört hätte, den Retter zu spielen …

Er umschlang ihre Taille und drehte die Piratin zu sich herum. »Vorsicht, Irin.«

»Danke, Schotte. Nun bin ich Ihnen etwas schuldig.« Sie sah zu ihm auf, die Fingerspitzen an seiner Brust, die feuchten Lippen leicht geöffnet.

Sofort beschleunigte sich sein Herzschlag. Welch Versuchung … Unwiderstehlich. Zu verlockend, um dagegen anzukämpfen …

In den grünen Augen hinter der Maske las er eine unmissverständliche Einladung und lächelte. »Wünschen Sie sich einen Kuss, Irin?«

»Bitten Sie um Erlaubnis, Schotte?«

Ihre leise Stimme schürte seine Sinnenlust. »Nein. Aber ich muss Ihnen etwas gestehen.« Er neigte den Kopf hinab, bis seine und ihre Lippen sich fast berührten. »Noch nie habe ich ein irisches Mädchen geküsst.«

»Und ich noch nie einen Schotten.«

»Also passen wir gut zusammen, nicht wahr?«

»Hmmmm – sieht so aus.«

Da konnte er sich nicht länger beherrschen, sie hatte es zu weit getrieben. Sobald er ihr mit einem heißen Kuss den Mund verschloss, schien ein Blitz seinen ganzen Körper zu durchzucken. Er spürte ihr Zittern. Und da erkannte er, dass sie seine Leidenschaft erwiderte. Seine Lippen öffneten sich über ihren. In diesem Moment wurde es ihm erneut bewusst – nie zuvor hatte er sich so inbrünstig nach einer Frau gesehnt. Als hätte sie ihn in einen machtvollen Bann gezogen …

Mit geschlossenen Augen küsste er sie so fordernd, wie er es sich seit den ersten Sekunden der Begegnung erträumt hatte – voll schwindelerregendem Feuer. Seine Zunge erforschte ihren ganzen Mund und kostete das Versprechen, das ihre Hitze verhieß. Immer wilder, immer verzehrender, bis seine Begierde ihn beinahe um den Verstand brachte …

Dann riss sie sich los. »O Gott, Schotte!«, wisperte sie atemlos.

Alec hob die Lider. Auch er musste nach Luft ringen, und es dauerte eine Weile, bis ihre Worte in sein benebeltes Gehirn drangen.

»Wenn – wenn man uns beobachtet …«, stammelte sie. »Vielleicht sollten wir – woanders hingehen.«

Was sie meinte, erriet er mühelos. Seine irische Piratenlady war zu allem bereit – und sein Verlangen unerträglich.

»Ja, eine gute Idee«, stimmte er zu, ergriff ihren Arm und eilte mit ihr zur nächstbesten Flügeltür.

»Wohin führst du mich?«

Abrupt blieb er stehen. »Was? Ich nahm an, das wüsstest du, Irin.«

»Sag es mir.«

Alec schob eine Hand unter ihr Haar und wandte ihr Gesicht zu sich. »Natürlich werde ich dich entführen«, verkündete er und lächelte dicht an ihren Lippen. »Ich fürchte, das ist der wilde, hemmungslose Pirat in meiner Brust.«

Viertes Kapitel

Nun, dann liebe ich es, nackt um ein Lagerfeuer herumzutanzen. Ich fürchte, das ist die wilde, hemmungslose Piratin in meiner Brust …

Beschämt erinnerte sie sich an diese skandalösen Worte. Heiliger Himmel, hatte sie das wirklich ausgesprochen? Was hatte sie sich nur dabei gedacht? Und dann hörte sie eine mahnende innere Stimme. *Piratinnen sind nun einmal abenteuerlustig, die kennen keine Skrupel.*

Um keinen Verdacht zu erregen, hatten Maura und der Schwarze Schotte sich im Ballsaal getrennt. Am Fuß der Treppe trafen sie sich wieder. Leise lachte er, als er sah, wie sie einen Dienstboten heranwinkte, der ein Tablett durch die Halle trug. Kurz danach hielt sie eine volle Weinflasche und zwei Kelche in den Händen.

Dass sie ihn auf diese Weise zähmen wollte, ahnte er nicht.

Und sie brauchte den Wein, um ihren eigenen Mut zu stärken.

Seit er im Ballsaal an sie herangetreten war, wuchs ihre Angst. Ein Teil von ihr wollte fliehen, sich irgendwo verstecken. Beinahe kam es ihr so vor, als hielte die Zeit inne. In ihren Ohren rauschte das Blut.

Obwohl Eileen erzählt hatte, die Frauen würden dem Duke scharenweise nachlaufen, entsprach er Mauras Erwartungen nicht – und andererseits doch …

In seinen hohen Stulpenstiefeln steckten hautenge lederne Breeches. Dazu trug er so wie Maura ein weißes Hemd. Unter der halbgeöffneten Verschnürung zeigte sich seine leicht behaarte Brust. Seine Weste glich ihrer eigenen. Damit endete die Ähnlichkeit der Kostüme. Statt eines Tuchs umgab ein schmales Band seinen Kopf.

Eileen hatte keineswegs übertrieben. Der Duke war unglaublich attraktiv. Verwirrend. Entwaffnend. Fast bedrohlich.

In seine Stirn fiel pechschwarzes Haar und betonte den Kontrast zu seinen hellblauen Augen. Ein Auge hatte er mit einer schwarzen Klappe verdeckt, was seine gefährliche Ausstrahlung noch unterstrich.

Genauso muss sein Ahnherr ausgesehen haben, dachte Maura. Unbesiegbar. Tödlich.

Dazu gehörte noch eine spürbare eiserne Selbstbeherrschung. Eine kühl verborgene Arroganz. Das bildete sie sich ganz gewiss nicht ein. Am meisten störte sie sein durchdringender Blick, der langsam, kühn und beinahe besitzergreifend über ihren Körper glitt.

Und seine Miene drückte ganz gewiss keine Langeweile oder Gleichgültigkeit aus.

Als sie voreinander gestanden hatten, war es ihr sofort klar geworden. Gleichsam von einem seltsamen Blitz getroffen, hatte sie die Wahrheit erkannt – ebenso schnell, wie ein Herzschlag dauerte.

Alec McBride, der Duke of Gleneden, erreichte stets, was er wollte. Da gab es keinen Zweifel. Bei diesem Gedanken musste sie ein Zittern bekämpfen. Was er sich wünschte, wusste sie – nämlich *sie!* Wieso hatte sie bloß geglaubt, sie könnte einen solchen Mann im Zaum halten?

Nun würde das Drama beginnen, die Hauptrollen standen fest – der Schwarze Schotte und sie selbst. Für einen Rückzug war es zu spät. Also zwang sie sich, ihre Angst zu bezähmen. Sie würde ihre Rolle spielen, eine kokette Verführerin. Denn ihr blieb keine andere Wahl.

Und so nahm sie ihren ganzen Mut zusammen. Nein, sie würde nicht wanken, keinen Fehlschlag erleiden. Immerhin hatte sie schon bewiesen, dass sie effektvoll zu kokettieren vermochte. Wie leicht ihr das gefallen war, schockierte sie ein bisschen.

Bisher war alles nach Plan verlaufen. Daran musste sie stets denken. Und so beängstigend sie diese Erkenntnis auch fand, der Kuss des Schwarzen Schotten war – nun ja, aufregend gewesen. Auf gefährliche Weise … Sogar das würde dem Zweck ihrer Unternehmung dienen.

Der Duke ergriff die Weinflasche und Mauras freie Hand. Dann führte er sie die Stufen hinauf. Vor seinem Schlafzimmer angekommen, nahm er ihr auch die Gläser ab und wies mit dem Kinn zur Tür. Maura öffnete sie. Dabei musste sie erneut ihre Angst bezähmen.

Nach kurzem Zögern schloss sie die Tür. Sekundenlang stand sie wie festgewurzelt da, eine Hand an das Holz gepresst, die andere auf der Klinke.

Sollte sie die Gelegenheit nutzen und die Tür weit aufreißen?

»Würdest du uns bitte einsperren, Irin?«

Wie gleichmütig seine Stimme klang – ganz im Gegensatz zu ihren Gefühlen ... Doch sie zwang sich zur Ruhe. Sie war stark. Und entschlossen. Bis jetzt hatte sie die Situation gemeistert, nicht wahr? Und das würde ihr auch weiterhin gelingen.

Sie tat, was der Duke verlangt hatte, das Schloss klickte. Langsam drehte sie sich um. Er stellte die Weinflasche und die Gläser auf die Kommode, die in einer Ecke des Zimmers stand. Dann wandte er sich zu Maura, schenkte ihr ein herausforderndes Lächeln und streckte eine Hand aus. In seinen hellblauen Augen erschien ein dämonisches Funkeln.

Ihre Fingerspitzen berührten sich. Feuer. Hitze. Durch Mauras Adern strömte eine verwirrende Glut.

»Sollen wir da anfangen, wo wir vorhin aufgehört haben?« Er setzte sich auf das Bett und zog sie zwischen seine Knie. Nun befand sich sein Blick auf gleicher Höhe mit ihren Brüsten. Als sie erkannte, wohin er schaute, hätte sie ihm das selbstgefällige Lächeln am liebsten aus dem Gesicht geschlagen. Und dann merkte sie, wie schwer ihr das Atmen fiel – als wäre sie auf einen Hügel gelaufen. Natürlich spielte sie ihm damit in die Hände.

Nun strich seine Fingerspitze durch die Vertiefung zwischen ihren Brüsten, und Maura widerstand dem Impuls, zurückzuzucken. »Was ist das?«, murmelte er und hob das Halsband hoch, an dem der kleine Beutel hing.

Hastig umfasste sie seine Hand. Niemals würde sie ihm gestatten, den Beutel zu öffnen. »Was soll das schon sein?« Ihren Kopf in den Nacken gelegt, lachte sie atemlos. »Die Beute einer Piratin.«

»Ja.« Der Duke stimmte in ihr Gelächter ein. »Was denn sonst? Das hatte ich vergessen.«

Geschickt öffnete er die Lederbänder, die ihre Weste verschnürten, streifte sie von ihren Schultern und warf sie auf einen Stuhl unterhalb des Fensters. Prompt quollen ihre Brüste noch weiter aus dem Ausschnitt, als würden sie die Befreiung begrüßen – zum sichtlichen Entzücken des Schurken!

Welch Schmach – das ärgerte sie ebenso wie der hungrige Blick des Dukes. Unter der dünnen Bluse zeichneten sich die harten Spitzen ihres Busens ab. Eine Lampe brannte auf dem Nachttisch, und Maura ahnte, dass er ihre Brustwarzen viel zu deutlich sah. Einen Mundwinkel leicht hochgezogen, bekundete er seine Anerkennung. Nun musste sie ihre ganze Willenskraft aufbieten, um nicht die Arme vor der Brust zu verschränken.

Stattdessen zeigte sie auf seine Weste. »Jetzt bist *du* dran, Schotte.«

Lachend schüttelte er den Kopf. »Du kennst kein Erbarmen, nicht wahr, Irin?«

»Auf beiden Seiten wird schonungslos gekämpft. Bin ich nicht eine herzlose Piratin?«

Da musste er wieder lachen. Seine Weste landete bei ihrer auf dem Stuhl. Dann nahm er sein Stirnband ab, zog sich das Hemd aus und warf es hinter ihr auf den Boden.

Nur mühsam unterdrückte sie einen Schrei. *Das* hatte sie nicht erwartet. Nicht, dass sie zum ersten Mal den nackten Oberkörper eines Mannes sehen würde ... Die Bauern und Pächter zogen zwar sehr oft ihre Hemden aus, wenn sie auf den Feldern arbeiteten. Doch sie hatte sich noch nie in unmittelbarer Nähe einer entblößten Männerbrust befunden. Sie versuchte, ihn nicht anzustarren. Obwohl er immer noch seine Breeches trug – in ihrem Innern tobte ein so heftiger Aufruhr, als wäre er splitternackt.

Dunkle Kraushaare bedeckten seine Brust. Über dem flachen Bauch verengten sie sich zu einem Streifen, der im Hosenbund verschwand. Noch ehe sie das alles richtig registriert hatte, wurde sie von einem starken Arm umschlungen und auf einen muskulösen Schenkel gesetzt.

»Komm her, Irin.«

Befangenheit – nicht einmal annähernd beschrieb dieses Wort, was sie empfand. Kraftvolle Hände hielten ihre Taille fest und drohten sie mit ihrer Hitze zu versengen. Angesichts seiner verwirrenden Maskulinität wusste sie nicht, was sie mit ihren eigenen

Händen anfangen sollte, ohne dass sie seine nackte Haut berühren würde. Oder seine nackte, mit dunklem Kraushaar bedeckte Haut. Dann zügelte sie den Impuls, in hysterisches Gelächter auszubrechen. Sie musste eine sinnbetörende Verführerin mimen, die an entblößte Männerkörper gewöhnt war. Also durfte sie sich nicht wie eine scheue Jungfrau verhalten.

Was sie natürlich war …

Fast verzweifelt umfasste sie sein Gesicht mit beiden Händen. Seine Wangen und sein Kinn fühlten sich rau an. Absurderweise gefiel ihr das. »Nimm die Augenklappe ab.«

»Und wenn ich nur ein Auge habe? Womöglich wurde mir das andere auf einem Schlachtfeld ausgestochen, und ich bin so grauenvoll entstellt, dass du bei meinem Anblick einen Schreckensschrei ausstoßen könntest.«

»Oh …« Maura hob die Brauen. »Besteht diese Gefahr tatsächlich?«

Jetzt erschien ihr sein Lächeln teuflischer denn je. »Ehrlich gesagt, es wäre mir lieber, du würdest in wilder Ekstase schreien als vor kaltem Entsetzen.«

Mauras Lächeln gefror. Was für dreiste Worte … Beinahe hätte sie sich losgerissen, um aus dem Zimmer zu stürmen.

»Nun, Irin? Möchtest du mich immer noch ohne meine Piraten-Augenklappe sehen?«

»Ja.« Zu ihrer eigenen Überraschung klang ihre Stimme einigermaßen ruhig.

In seinem sichtbaren Auge flackerte ein seltsames Licht. »Dann nimm sie ab.«

Obwohl sie sich bemühte, Gelassenheit zu heucheln, hämmerte ihr Herz heftig, fast schmerzhaft gegen die Rippen. Sie griff nach der verknoteten Schnur an Alecs Hinterkopf.

»Nicht auf diese Art«, entschied er.

Verwirrt runzelte sie die Stirn.

Statt eine Erklärung abzugeben, entblößte er seine zusammengebissenen Zähne, und der Glanz in seinem Auge verstärkte sich zu einem herausfordernden Glitzern.

Zunächst verstand sie nicht, was er meinte. Und ein paar Sekunden später … Immer schneller pochte ihr Puls. Nein, sie würde sich nicht aus der Affäre ziehen, so inständig sie es auch wünschte.

Und so verbarg sie ihre Angst. »Ah«, murmelte sie spielerisch, »vielleicht wirst du deinen Vorschlag bereuen, Schotte. Immerhin könnte ich dich beißen.«

»Nur zu«, lud er sie grinsend ein.

Katzenhaft schnurrte sie, richtete sich auf und klemmte ein Ende der Schnur zwischen ihre Zähne. Dabei streifte ihr Busen Alecs Kinn, und ihr Atem stockte.

Sein Duft schien sie einzuhüllen – Seife und das frische, leicht holzige Aroma eines Eau de Cologne. Doch sie beschloss, diesen Angriff auf ihre Sinne zu ignorieren, und ihre Zähne zupften an der Schnur. Verdammt, auf diese Weise zog sie den Knoten noch fester zusammen.

Nun musste sie die Schnur über Alecs Kopf zerren. An ihrer Wange spürte sie sein Haar. Weich. Seidig. Das hatte sie nicht erwartet. Eine Zeit lang bemühte sie sich vergeblich, die vermaledeite Augenklappe zu entfernen, die über dem Ohr des Dukes hängen geblieben war. Erst der dritte Versuch verlief erfolgreich. Inzwischen musste sie lachen.

Die Augenklappe landete am Boden, Maura sank auf Alecs Knie zurück, und ihr Gelächter erstarb.

Denn jetzt betrachtete sie ein männlich-markantes Gesicht, so umwerfend attraktiv, dass ihr beinahe das Herz stehen blieb.

Ohne mit der Wimper zu zucken, erwiderte er ihren Blick. Als wäre alles auf der Welt in bester Ordnung …

Nun, vielleicht trifft das auf *seine* Welt sogar zu, dachte sie wehmütig. Mussten seine Pächter hungern? Mussten sie mit ansehen, wie Jahr für Jahr neue Felder verdorrten, wie ihr Lebensunterhalt dahinschwand?

In Mauras Brust kämpften widersprüchliche Gefühle. Ihre geballten Hände fielen unbeholfen auf Alecs Schultern. Langsam öffnete sie die Fäuste. Sie wollte ihn nicht berühren, nicht anschauen. Wäre er doch entstellt, wünschte sie sich, ein einäugiger Mann, der Hässlichste auf Erden, die widerwärtigste Kreatur, die jemals existiert hatte …

Doch sie hatte noch nie in ihrem Leben so schöne Augen gesehen, von der Farbe blauen Kristalls. Ohne die schwarze Klappe kam er ihr anders vor, nicht ganz so – gefährlich. Doch sie durfte es nicht vergessen. *Es ist ein gefährliches Spiel, das ich hier treibe.*

Nein, verbesserte sie sich, das stimmt nicht.

Denn es war kein Spiel.

Ihr persönliches Risiko bedeutete nichts, verglichen mit dem Ziel, das sie anstrebte. Von ihr hing alles ab, von dem Kreis des Lichts, den sie nach Hause bringen musste. Dieser Gedanke – an das Versprechen, das sie ihrem Vater gegeben hatte – stärkte ihre Willenskraft.

Und die Erinnerung an die Kosten.

Wenn sie nur einen einzigen Fehler beging, wäre alles verloren. Womöglich würde sie nie mehr eine Gelegenheit finden, das Wagnis zu wiederholen. Aber sie konnte es nicht bestreiten – sie fühlte sich zu Alec hingezogen.

Trotzdem musste ihr Herz unbeteiligt bleiben.

Ihre Angst drängte sie, die Hände von seinen nackten Schultern zu entfernen, weil seine Haut eine so heiße Glut verströmte. Das spürte sie bis in ihr Knochenmark.

Doch sie zog ihre Hände nicht zurück.

Seltsamerweise fürchtete sie nicht *ihn*. Er würde ihr gewiss nicht wehtun, denn er war ein Gentleman – wenn auch ein sehr leidenschaftlicher.

Aber wovor schreckte sie zurück? Ein eigenartiger Schauer durchfuhr ihren Körper, und sie versuchte ihren rasenden Puls zu beruhigen. O Gott, wollte sie sich selbst zum Narren halten? Es *gefiel* ihr, wie seine starken Hände ihre Taille umfingen. Und draußen, auf der Terrasse, hatte sie seinen Kuss genossen, die Hitze seiner weichen Lippen … Doch das alles durfte ihr kein Vergnügen bereiten.

»Jetzt bist du dran, Irin. Runter mit der Maske!«

Maura faltete ihre Hände im Schoß, ein Zeichen ihrer Kapitulation. »Beiß nicht zu fest zu, ich flehe dich an. Meine Haut ist sehr zart und empfindlich.«

»Tatsächlich? Nun, ich werde behutsam mit dir umgehen, das gelobe ich.«

»Oh …« Ironisch zog sie die Brauen hoch. »Den Schwur eines Piraten sollte man nicht ernst nehmen.«

Sie fühlte das Gelächter, das in seiner Brust vibrierte. »Also gut, Irin, dann gewähre ich dir die Milde, die du mir offenbar nicht zutraust. Lass endlich deine Maske fallen.«

Nach einer kurzen Pause hob sie die Hände, band ihre Maske los und legte sie auf den Nachttisch.

Ihr Blick konzentrierte sich auf ihre Hände, die wieder in ihrem Schoß lagen. Den Schwarzen Schotten konnte sie unmöglich anschauen. Das wagte sie nicht.

Sonderbar – er lachte nicht mehr. »Das Tuch, Irin«, sagte er leise. »Bitte, nimm es ab.«

Bitte.

Langsam hob sie wieder die Hände. So sehr es ihr auch widerstrebte, Alecs Wunsch zu erfüllen – sie durfte es nicht zeigen. Sie öffnete den Knoten an ihrem Hinterkopf, das Tuch fiel nach unten, und sie strich sich mit den Fingern durch ihre Haare. Die

Wimpern immer noch gesenkt, fixierte sie einen Punkt am Boden.

»Sieh mich an, Irin.«

Das wollte sie nicht. Wirklich nicht. In diesem Moment fand sie keine Worte, um ihre Gefühle zu beschreiben. Und *warum* sie so fühlte ... Nachdem sie ihr Gesicht und ihr Haar enthüllt hatte, gewann sie den Eindruck, sie würde dem Duke einen Anblick gestatten, zu dem er nicht berechtigt war. Und sie würde ihm einen Teil von sich selbst anbieten, der ihm niemals gehören durfte. Nur ihr allein gehörte das alles.

»Irin ...« Das Wort erschien ihr wie ein Hauch.

Äußerlich ruhig und gelassen, hob sie das Kinn und brachte sogar ein schwaches Lächeln zustande. Die unglaublich blauen Augen glitten über ihr Gesicht. So ähnlich, wie sie vorhin seines gemustert hatte ... Die Intensität seiner Miene zerrte an ihren Nerven, das Schweigen war unerträglich und zog sich in die Länge, bis sie beinahe dem Impuls nachgab, ihn anzuschreien. Schmerzhaft krampfte sich ihr Magen zusammen.

Dann schob Alec wortlos eine Hand unter ihr Haar. Warme Finger umfassten ihren Nacken. Ganz langsam – oh, so langsam lenkte er den Blick auf ihren Mund. Ihrer Kehle entrang sich ein leiser Laut. Oder war er über *seine* Lippen gekommen? Bevor er Maura küsste, sah sie sein Gesicht. Wie blaues Feuer schimmerten seine Augen. Hastig senkte sie die Lider, um diesem Bild auszuweichen.

Aber seinem Kuss war sie rettungslos ausgeliefert. Jenem ersten auf der Terrasse glich er nicht. Der hatte, verglichen mit diesem, fast spielerisch gewirkt. Nun spürte sie in Alecs Glut eine schwindelerregende Sehnsucht, gierigen Hunger, eine Leidenschaft, die alles ringsum zu versengen schien, eine Welt voll lodernder Flammen, die alles übertraf, worauf sie vorbereitet gewesen war. Beängstigend. Sogar bedrohlich …

Atemlos riss sie sich los und rang nach Luft. Sie bemühte sich, einladend und verlockend zu lachen, und fürchtete, mit diesem misslungenen Täuschungsmanöver ihre wachsende Panik zu verraten. Nun musste sie ihre Emotionen unter Kontrolle bringen.

»Oh, auf einmal bin ich durstig«, erklärte sie. »Wo ist der Wein?«

Sie wollte aufstehen, doch er umklammerte ihren Ellbogen. »Jetzt nicht, Irin. Zuerst noch ein Kuss.«

Erfolglos versuchte sie sich von Alecs Griff zu befreien.

Doch er hielt sie gnadenlos fest. Wenn sie ihn zu verbissen bekämpfte, würde sie Verdacht erregen.

»Keine Bange, Schotte, später werde ich dich beglücken. Aber jetzt muss ich wirklich etwas trinken, denn meine Kehle ist staubtrocken.« Sie berührte ihren Hals und erschrak, weil sich ihre Haut so heiß anfühlte. Genau wie seine … Und ihre Stimme klang heiser. »Außerdem – warum sollten wir diesen edlen Tropfen verschwenden?«

»Nur nach deinem Geschmack dürste ich, Irin.« In seinen Worten schwang unverhohlene Belustigung mit. »Trotzdem beuge ich mich deinem Willen. Und danach werde ich dich an dein Versprechen erinnern.« Alec neigte den Kopf und hauchte einen Kuss auf ihren nackten Oberarm.

»Und ich werde dafür Sorge tragen, dass du nicht enttäuschst wirst.« Die Berührung seiner warmen Lippen raubte ihr erneut den Atem, und es fiel ihr schwer, einen klaren Gedanken zu fassen, geschweige denn zu sprechen. »Wir Piraten suchen immer und überall kostbare Schätze, nicht wahr?«, hörte sie sich fragen, in provozierendem Ton. Zumindest bemühte sie sich um ein sinnliches Timbre.

»Und lustvolle Freuden, wo und wann immer wir sie zu finden glauben, nicht wahr, Irin?«

Maura glitt von seinem Schoß und hoffte, ihr Bestreben, seiner Nähe zu entrinnen, sei nicht allzu offenkundig. Langsam ging sie zu der Kommode, auf die er die Weinflasche und die beiden Kelche gestellt hatte.

Und da entdeckte sie einen Brieföffner. Wie ein Dolch geformt, sah er gefährlich aus. Viel schärfer als das winzig kleine Messer, das sie in einer Tasche ihres Rocks eingenäht hatte. Diese wunderbare Schicksalsfügung war kaum zu glauben. Durfte sie noch mehr verlangen? Schon den ganzen Abend war Fortuna ihre treue Verbündete gewesen.

Zum Glück musste sie die Flasche nicht entkorken. Der Lakai, der mit dem Tablett zum Ballsaal gegangen war, hatte sie bereits geöffnet. Davon hatte Maura sich wohlweislich überzeugt, bevor sie einfach so danach gegriffen hatte.

Der weite Ausschnitt ihrer Bluse rutschte über eine nackte Schulter, und sie widerstand dem Impuls, den Stoff wieder hinaufzuziehen. Mit einer so sittsamen Geste würde sie sich verraten. In der Hoffnung, Alec würde sich nichts dabei denken, streifte sie die Schnur mit dem kleinen Beutel über ihren Kopf und legte ihn auf die Kommode.

Hinter ihr erklang seine Stimme. »Brauchst du meine Hilfe, Irin? Nur zu gern würde ich …«

»Nein, nein.« Ihre Nerven waren zum Zerreißen gespannt. Hastig goss sie Wein in einen der Kelche – vor lauter Aufregung etwas zu viel. Sie warf einen Blick über die Schulter und warf Alec ein – hoffentlich – verführerisches Lächeln zu. »Aber ich glaube, du solltest die Vorhänge schließen, denn wir wollen Lord Prestons Gäste doch nicht schockieren, oder?«

Sie hörte ihn aufstehen. Während er ihr den Rücken zuwandte – und sie ihm den ihren – öffnete sie blitzschnell den Beutel und schüttete silbrig-weißes Pulver in den Wein. Mit einer Fingerspitze rührte sie darin herum und leckte daran. Dann füllte sie auch das zweite Glas.

Als sie sich umdrehte, kam der Duke vom Fenster zurück. Sie ging ihm entgegen und reichte ihm einen Kelch. »Wenn wir auch Piraten sind – dass es hier keinen Rum gibt, darf uns nicht daran hindern, ein anderes anregendes Getränk zu genießen.« Anmutig prostete sie ihm zu.

»Auf dich, Irin«, murmelte er.

»Auf eine Nacht, die du niemals vergessen wirst, Schotte.«

Ha! Dafür hatte sie bereits gesorgt.

Die Gläser stießen klirrend aneinander.

»Ex!«, entschied Alec.

Ex? Maura nippte an ihrem Kelch und starrte seinen an. Fasziniert beobachtete sie, wie sich die starken Sehnen seines Halses bewegten, während er den Wein trank.

Nun war sein Glas fast leer. Ja, dachte sie und wagte kaum zu atmen, die zahnlose Nan hat Recht. Diese Mixtur würde der Schwarze Schotte nicht schmecken, hatte die alte Frau versichert. Offensichtlich stimmte das.

Nachdem er den Rest seines Weins getrunken hatte, schaute er ihr lächelnd zu, wie sie auch ihren Kelch leerte. Inzwischen kannte sie dieses Lächeln nur zu gut. Herausfordernd und einladend zugleich ...

Maura versuchte ihn mit ihrem eigenen Lächeln zu reizen. Beim nächsten Kuss darf ich mich nicht wie eine naive Jungfrau verhalten, nahm sie sich vor. Stattdessen würde sie genauso kühn vorgehen wie der Duke. Genauso fordernd und hemmungslos. Um diesen Vorsatz in die Tat umzusetzen, legte sie eine Hand auf seine Brust und stieß ihn zum Bett. Amüsiert lachte er und taumelte nach hinten.

Als er auf das Bett sank, zog er sie mit sich hinab. Weil sie keine Wahl hatte, ließ sie sich fallen. O Gott, jetzt lag sie *auf ihm*.

Kaum war sie sich dieser Tatsache bewusst, da spürte sie auch schon seine nächsten Aktivitäten – subtil, aber zielstrebig. Kraftvolle Finger packten ihr Knie und hoben es hoch, so dass sich eine Seite ihrer Hüften an seine drückte. Gut, dachte sie teils belustigt, teils nervös, anscheinend ist meine Strategie erfolgreich. Wie sehr sie ihn erregte, spürte sie deutlich genug. Hart und pulsierend presste sich der harte Beweis an ihren Körper. Oh, der Schurke schaffte es, sie in eine schockierende Position zu bringen, denn jetzt spreizte er ihr die Beine, und die Vertiefung zwischen ihren Schenkeln befand sich direkt über seinem …

Plötzlich hob er seine Hüften, und Maura schnappte nach Luft.

Der Schotte lachte heiser. »Das gefällt dir, nicht wahr, Irin?«

Was für ein prahlerischer Rüpel! Also glaubte er wirklich, er würde ihr Vergnügen bereiten? Eher war sie entrüstet. Ja, so würde sie beschreiben, was sie empfand – heftige Empörung. In ihrem Innern bebten sämtliche Nerven. Spürte er das? Und wenn schon … Zweifellos würde er ihre Reaktion für schieres Entzücken halten.

In ihr Ohr drang wieder ein kehliges Gelächter. Einen Arm auf ihrem Rücken, schob er sie ein wenig zur Seite, so dass sie neben ihm lag. Dann ergriff er den Ausschnitt ihrer Bluse, die ebenso wie das Hemd nach unten glitt, so dass eine ihrer Brüste entblößt war.

Und dann umfasste dieselbe schamlose Hand eine Hinterbacke. Unbehaglich wand Maura sich.

Oh, sie hatte es gewusst – er missdeutete ihr Zittern und bildete sich ein, sie würde seine Glut erwidern.

Nun küsste er ihre Schultern, seine Lippen wanderten zur Halsbeuge, während seine Finger die Knospe ihrer Brust streiften. Ganz leicht. Einmal. Noch einmal. Eine Berührung, die Maura völlig überraschte. Verstört riss sie die Augen auf, als er seinen Kopf hinabneigte.

Seine Zunge umkreiste ihre Brustwarze. Von wachsendem Entsetzen erfüllt, beobachtete Maura, wie die helle Spitze in seinem warmen, feuchten Mund verschwand. Hungrig saugte er daran. In ihrem Blut schienen Flammen zu explodieren.

Leise stöhnte sie und bäumte sich auf.

Da hob der Schotte den Kopf und flüsterte: »Nur Geduld, Irin, die ganze Nacht liegt vor uns.«

Nein, widersprach sie stumm. Und verzweifelt. Nicht die ganze Nacht. Mit Kräutern und dergleichen kannte die zahnlose Nan sich aus. Ihre Ahnfrauen hatten dieses Wissen stets weitergegeben, von einer Generation zur nächsten. Und sie hatte erklärt, allzu lange würde es nicht dauern, bis das silbrig-weiße Pulver zu wirken begann.

Mühsam verbarg Maura ihre innere Unrast. Nun hatte sie lange genug gewartet. Hätte sie den Wein bloß früher eingeschenkt …

Und dann verflüchtigte sich der Gedanke.

Dass der Schotte seine Breeches geöffnet hatte, war ihr entgangen. Seine Hand umklammerte ihre. Wie aus weiter Ferne sah sie, wie er ihre Finger hinabzog. An seinem Bauch vorbei. Bis ihre Fingerspitzen gekräuseltes dunkles Haar berührten.

Einen Finger nach dem anderen legte er um seine Erektion.

Erschrocken spürte sie die Ekstase, die in seiner Brust vibrierte. So weit hätte es nicht kommen dürfen. Ein paar Küsse. Höchstens eine kurze verbotene Berührung. Sie hatte beschlossen, das zu ertragen, ihren Widerwillen zu zügeln. Doch das Entzücken, das dieses Liebesspiel hervorrief, traf sie völlig unvorbereitet.

Mit derart skandalösen Intimitäten hatte sie einfach nicht gerechnet.

Immer schneller klopfte ihr Herz. Verzweifelt überlegte sie, ob Nan sich geirrt hatte.

Inbrünstig begann sie zu beten. *Großer Gott, bitte, lieber Gott …*

Und dann bemerkte sie eine Veränderung, die erotische Atmosphäre verflog. Langsam drehte der Schotte sich auf den Rücken und warf einen Ellbogen über seine Augen.

Maura erstarrte. Auf dem Nachttisch tickte die Uhr, mehrere Sekunden verstrichen. Noch wagte sie nicht zu hoffen oder sich zu rühren. Krampfhaft schluckte sie.

»Schotte?«, wisperte sie.

Keine Antwort, seine Augen waren geschlossen.

»Schotte?«, fragte sie etwas lauter.

Doch er antwortete noch immer nicht.

Erleichtert seufzte sie auf und begann auf andere Dinge zu achten. Plötzlich hielt sie den Atem an, irgendetwas war nicht so, wie es sein sollte. Verwirrt schaute sie nach unten. Erst jetzt wurde ihr wieder bewusst, wo sich ihre Hand befand …

Leise schrie sie auf und zog ihre Finger zurück.

Halb triumphierend, halb ungläubig überdachte sie die Situation. Sie hatte das Ziel dieser Nacht erreicht. Und es kam ihr so vor, als wäre die Welt ein bisschen aus den Fugen geraten.

Sie kletterte über die reglose Gestalt des Schotten hinweg und streifte die Stiefel von seinen Füßen. Heiliger Himmel, wie schwer er war! Mit drei tiefen Atemzügen machte sie sich Mut, bevor sie seine Piraten-Breeches nach unten zerrte. Eisenharte Muskeln umgaben seine Beine, die mit dem gleichen schwarzen Kraushaar bedeckt waren wie seine Brust. Und jene andere Region …

Obwohl sie sich energisch ermahnte – sie konnte nicht wegschauen.

Sogar im erschlafften Zustand wirkte dieser männliche Körperteil so imposant, dass sie verwirrt die Stirn runzelte.

Nachdem sie den Schotten entkleidet hatte, sank sie ermattet in einen Sessel. Sie glaubte durch einen Schleier zu schauen und blinzelte. Bis sie wieder klar sehen konnte, dauerte es eine Weile. Sicher lag es am Wein. In kurzer Zeit hatte sie zu viel getrunken. Daran war sie nicht gewöhnt.

Schwankend stand sie auf und ging zur Tür, zog

den Schlüssel aus dem Schloss und legte ihn auf ein Wandtischchen.

Dann schlüpfte sie aus ihrer Kleidung, der Unterwäsche und den Stiefeln und ließ alles fallen. Wo die Sachen landeten, spielte keine Rolle. Wenn sie verstreut am Boden lagen, würde die Situation noch realistischer wirken.

Noch war das Werk nicht vollbracht, eine letzte Aufgabe musste erfüllt werden.

Sie taumelte zur Kommode und ergriff den Brieföffner, kehrte zum Bett zurück, neigte sich über den Schotten und stach die scharfe Stahlspitze in ihren Finger. Ein dicker Blutstropfen quoll hervor, den sie auf dem Laken verstrich.

Nachdem sie den Brieföffner auf die Kommode zurückgelegt hatte, wankte sie wieder zum Bett. Sie streckte sich neben dem Schotten aus, breitete die Decke über sie beide und schmiegte sich unter einen schweren Arm. Erschöpft ließ sie ihren Kopf ins Kissen sinken.

Ihre Lider hatten sich geschlossen. Doch die Gedanken gönnten ihr keine Ruhe. Beinahe war der Sieg errungen. Was sie wollte, hatte sie erreicht. Denn sie lag in den Armen des Schwarzen Schotten. In seinem Schlafzimmer.

Und in seinem Bett.

Fünftes Kapitel

Am nächsten Morgen erwachte Alec mit heftigen Kopfschmerzen. Seltsam, dachte er vage. Nur selten übte der Alkohol eine so starke Wirkung auf ihn aus – ganz egal, wie viel er trank.

Und dann – großer Gott – spürte er etwas Weiches, angenehm Warmes an seiner Seite.

Während es immer noch qualvoll in seinen Schläfen pochte, öffnete er die Augen.

Über seiner Brust lagen zerzauste, seidige schwarze Locken. Verwirrt ergriff er eine Strähne, seine Finger folgten ihr zur zarten Haut eines Rückens. Was zum Teufel …? Wer zum Teufel …?

Natürlich, sie. Seine Piratenlady, die ihn letzte Nacht verhext hatte.

Jetzt bewegte sie sich und schmiegte ihren verlockenden Körper noch fester an ihn.

Und schlug die Augen auf.

Schön geschwungene schwarze Brauen zogen sich über ihrer zierlichen Nase zusammen. Verstört starrte sie ihn an, als wäre er …

»Heiliger Himmel, *Sie!*«, japste sie und rückte hastig zur Wand, möglichst weit von ihm weg.

Alec richtete sich auf und streckte eine Hand aus.

Merkwürdig – seine Kehle war staubtrocken, sein Gehirn benebelt. Trotzdem erinnerte er sich an seinen mitternächtlichen Gast. Wie könnte er die Irin auch vergessen? Bruchstückhaft kehrten die Ereignisse der vergangenen Nacht in sein Gedächtnis zurück, entschwanden wieder, und er suchte mühsam nach Zusammenhängen. Irgendwie gelang es ihm nicht, zwischen Wirklichkeit und Fantasie zu unterscheiden.

Und die Irin starrte ihn an, als wäre er eine widerliche Natter.

Plötzlich glaubte er eine warnende innere Stimme zu hören. Etwas stimmte hier nicht. Gewiss, er hatte ein paar Gläser Wein konsumiert – und vorher ein bisschen Whisky. Aber er bezweifelte, dass er betrunken gewesen war. Was zum Teufel …?

Jemand klopfte an die Tür. Das ignorierte er.

»Komm schon!«, murmelte er sanft und lächelte die Irin beruhigend an. »Es gibt keinen Grund …« Abrupt verstummte er. Verdammt, er kannte nicht einmal ihren Namen!

Dass sie ihn immer noch entsetzt musterte, half ihm kein bisschen. Mit bebenden Fingern umklammerte sie die Bettdecke und zog sie sich bis zum Kinn hinauf. Nur mehr ihre Nase und die weit aufgerissenen Augen waren zu sehen.

Nun wurde etwas lauter gegen die Tür gehämmert, und Alec verlor die Geduld.

»Lassen Sie das, kommen Sie später noch einmal!«, rief er und wandte sich wieder dem Mädchen zu.

Ehe er noch etwas sagen konnte, klirrte ein Schlüssel im Schloss. Eigenartig – soviel er sich entsann, müsste von innen ein Schlüssel stecken … In der nächsten Sekunde schwang die Tür auf. Während Alec noch überlegte, warum irgendjemand seine Privatsphäre zu verletzen wagte, eilte ein vornehmer bärtiger Gentleman ins Zimmer.

Alec sprang aus dem Bett. »Wer zum Teufel sind Sie?«

Doch der Mann beachtete ihn nicht. »Maura?« Sein Blick irrte durch den Raum und blieb schließlich an dem Mädchen hängen, das im Bett lag. »Maura!«

Die schönen grünen Augen der Irin füllten sich mit Tränen, und sie rutschte noch weiter zur Wand. »Onkel!«, kreischte sie.

Plötzlich tauchte auch der Baron auf. »Euer Gnaden, verzeihen Sie die Störung«, bat er und steckte einen Schlüssel in die Tasche seines Jacketts. »Aber ich flehe Sie an – von dieser Unannehmlichkeit dürfen die anderen Gäste nichts erfahren.«

Alec schlüpfte in seine Breeches und drehte sich zu Lord Preston um. Trotz seiner entblößten Brust und der nackten Füße wirkte er so würdevoll, wie es seinem Adelstitel entsprach. »Was zur Hölle geht hier vor? Wer ist dieser Mann?«

Klugerweise trat der Baron zwischen Alec und den bärtigen Gentleman. »Wenn ich Sie miteinander bekanntmachen darf – Seine Gnaden, Alec McBride, der Duke of Gleneden. Und …«

Doch der andere Mann fiel ihm ins Wort. »Ich bin

Murdoch Maxwell«, stellte er sich mit kühler Stimme vor. »Verzeihen Sie, wenn ich Ihnen nicht die Hand schüttle, Sir. Es interessiert mich nämlich verdammt nochmal viel mehr, warum Sie letzte Nacht meine Nichte in Ihr Schlafzimmer gebracht haben. Den ganzen Morgen habe ich sie gesucht, bis mir ein Dienstbote erzählte, er habe sie gestern Abend mit Ihnen die Treppe hinaufsteigen sehen.«

In Alecs Kopf drehte sich alles, an seinem geistigen Auge glitten Bilder vorbei – die Berührung seiner Piratenlady, ihre Finger, die durch ihr Haar strichen … Nun erinnerte er sich ganz deutlich, sie hatte auf ihm gelegen und seinen Kuss bereitwillig erwidert. Beinahe glaubte er auch jetzt ihr Leichtgewicht auf seinem Schenkel zu spüren, ihr Knie an seinem.

Er hatte sich so seltsam gefühlt. Als wären Feuerwellen durch seine Adern geströmt.

Aye, tadelte eine innere Stimme, *das Feuer deiner Leidenschaft.*

Und danach … O Gott, in seinem Gehirn herrschte totale Leere.

Langsam hob er den Kopf, ein Muskel zuckte in seinem Kinn. Sein Blick schweifte von der Piratin in seinem Bett zu Murdoch Maxwell zurück. »Diese Frau …«

»Maura«, fauchte Murdoch, »Lady Maura O'Donnell, die Tochter des verstorbenen Earls of McDonough. Bitte, seien Sie so höflich, ihren Namen zu nennen, wenn Sie von ihr sprechen.«

»Verdammt, ich habe ihren Namen nicht gekannt!«

Alec strich sich das Haar aus der Stirn. Wie ein Idiot kam er sich vor. Noch nie hatte er sich in einer so vertrackten Situation befunden. Er war kein dummer Grünschnabel und er sank keineswegs begeistert zwischen alle weißen Schenkel, die sich für ihn spreizten. Zudem war er stets bestrebt, unnötige Schwierigkeiten zu vermeiden.

»Holen Sie regelmäßig junge Damen, die Sie nicht kennen, in Ihr Schlafzimmer, Euer Gnaden? Gehört das zu Ihren Gewohnheiten?« Der bärtige Mann, der sich Murdoch Maxwell nannte, schaute zum Bett hinüber. »Hat er dir wehgetan, Mädchen? Hat er dich gezwungen, ihn hierherzubegleiten?«

Alec traute seinen Ohren nicht. Und er konnte nicht fassen, was er beobachtete.

Denn die Irin – Maura – senkte ihre Wimpern, die personifizierte Unschuld, öffnete den Mund und schloss ihn wieder.

Schließlich stammelte sie: »Nun, ich – ich habe keine Ahnung, wie ich hierhergekommen bin, Onkel ...«

»Natürlich weißt du das!«, stieß Alec erbost hervor. »Sir, ich versichere Ihnen, Lady Maura ist mit mir in dieses Zimmer gegangen, und da wusste sie ganz genau, was sie tat.«

»Ach, tatsächlich?« Murdoch trat einen Schritt vor. »Euer Gnaden, ich kenne meine Nichte.« In seiner Stimme schwangen tiefe Gefühle mit. »Welche Wesenszüge sie besitzt und welche nicht – das weiß ich sehr gut. Ich weiß auch, was die Männer empfinden, wenn sie eine schöne junge Frau wie meine Nichte erblicken. Manche Männer, die gewisse Gelüste verspüren, nehmen sich, was sie wollen – ohne Skrupel, ohne Rücksicht auf solch arme Mädchen.« Nun eilte er zum Bett. Blitzschnell zog er die Decke weg. »Hier sehen wir den Beweis, nicht wahr?«

Blut befleckte das Laken.

Hastig schaute Maura weg.

Alec war zu verblüfft, um zu sprechen.

Wütend ballte Murdoch die Hände und wandte sich wieder an den Duke. »Oh, das wusste ich! Ja, ich wusste es. Sie haben meine Nichte vergewaltigt, Sir, und auf niederträchtige Weise entehrt!«

»Bitte, Gentlemen!« Sichtlich erschüttert, breitete der Baron seine Arme aus. »Ich flehe Sie an, erlauben Sie mir, mich von meinen anderen Gästen zu verabschieden. Treffen wir uns zu Mittag in meiner Bibliothek. Dann können wir die Angelegenheit sicher regeln.«

Murdoch drehte sich zu Maura um. »Nimm deine Sachen, Mädchen, und geh auf dein Zimmer.«

Verwirrt blinzelte sie ihn an. »Onkel …«

»Maura!«, donnerte er.

Den Blick gesenkt, stieg sie aus dem Bett, in die Decke gehüllt, die sie wie eine Schleppe hinter sich herschleifte. Suchend sah sie sich nach ihren Kleidern um. Alec hob einen Teil ihres Kostüm vom Boden auf und legte ihn über ihren Arm. Die restlichen Sachen sammelte sie selbst ein.

Dann hielt er die Tür auf, so weit wie nur möglich.

Wortlos wartete er, bis einer nach dem anderen sein Zimmer verließ.

Sobald sie alle verschwunden waren, warf er die Tür zu. Seine Kinnmuskeln spannten sich an.

Selbstverständlich würde er nicht ignorieren, was sein Ehrgefühl verlangte. Für ihn gab es keine Kavaliersdelikte, wenn es um das weibliche Geschlecht ging. Er setzte sich gewisse Grenzen. Daran hielt er sich. Verheiratete Frauen waren tabu. Auch Jungfrauen. Die Jungfräulichkeit war ein Geschenk der Braut für den Bräutigam. Nur ihm allein würde sie gehören.

Und was zum Teufel mochte geschehen sein? War er so betrunken gewesen, dass er seine eigenen Regeln missachtet hatte?

Sein Blick glitt zu dem blutbefleckten Laken und blieb sehr lange dort haften. In der Tat, ein Beweis, dachte er seufzend. Und doch … Niemals hätte er mit einer Jungfrau geschlafen. Genau genommen entsann er sich nicht einmal, dass er überhaupt mit der bezaubernden Lady Maura geschlafen hatte.

Aber – großer Gott, er hatte es offensichtlich getan.

Alec lachte sarkastisch. Welch Ironie – er hatte eine Jungfrau in die Welt der Liebeslust eingeführt …

Und warum, verdammt nochmal, konnte er sich nicht daran erinnern?

Maura blieb vor Lord Prestons Bibliothek stehen.

Als sie am Morgen aus dem Zimmer des Dukes gegangen war, hatte er ihr ein beunruhigendes dünnes Lächeln geschenkt. Er konnte unmöglich wissen, dass sie ihm eine Droge verabreicht hatte. Oder etwa doch?

Auf dem Weg ins obere Stockwerk hatte Murdoch ihr einen bedeutsamen Blick zugeworfen. Sie musste nicht lange überlegen, was er ihr zu verstehen geben wollte. Natürlich durfte sie kein Aufsehen erregen. Und so hatte sie in einer leeren Abstellkammer gegenüber dem Schlafgemach des Dukes ihr Piratenkostüm angezogen, bevor sie für eine Weile Zuflucht in ihrem eigenen Zimmer gesucht hatte.

Bisher war nichts schiefgegangen. Gar nichts.

Zu wundervoll, um wahr zu sein?

Er war ein kluger Mann. Das wusste sie ebenso gut wie Murdoch. Darauf hatte der »Onkel« sie bei einer Diskussion über die nächsten Schritte zur Verwirklichung des Plans eigens hingewiesen. Maura erschauerte. Ohne jeden Zweifel, der Aufmerksamkeit des Dukes mochte nur sehr wenig entgehen.

Nein, sie durfte ihren Gedanken nicht gestatten, in die falsche Richtung zu schweifen. Inständig hoffte sie, der Schwarze Schotte würde tatsächlich glauben, er hätte ihr in der letzten Nacht die Unschuld geraubt.

Oder wusste er, dass er in eine Falle getappt war?

Hör auf, ermahnte sie sich, denk nicht daran. Unbehaglich berührte sie ihr Gesicht. Ihre Finger waren eiskalt, ihre Wangen glühend heiß.

So wie Alecs Körper in der vergangenen Nacht …

Sollte sie lachen oder weinen? Murdoch spielte seine Rolle geradezu meisterhaft. Wenn sie in ihrer Kindheit unartig gewesen war, hatten sein strenger Blick und sein beredtes Schweigen genügt, um sie in die Flucht zu schlagen. Und wenn er mit ihr geschimpft hatte – oh, sehr oft, denn sie war ein schlimmes, übermütiges kleines Mädchen gewesen –, war sie möglichst schnell in ihr Zimmer gelaufen.

Und jetzt? Nicht, dass der Duke of Gleneden eingeschüchtert gewirkt hätte.

Wahrscheinlich gab es nur sehr wenig, das ihn aus der Fassung bringen konnte.

Zur Hölle mit dem Mann! Wie auch immer, sie durfte nicht bis in alle Ewigkeit vor der Bibliothekstür zaudern. Da drinnen warteten sie alle.

Entschlossen straffte sie die Schultern, bemühte sich um eine würdevolle Haltung und öffnete die Tür. Glücklicherweise trug sie ein Kleid aus purpurrotem Taft, und sie hoffte, es würde ihren Mut stärken.

Bei der Erinnerung an die Ereignisse der letzten Nacht musste sie mit den Tränen kämpfen. Wie eine Hure hatte sie sich benommen, um den Duke zu betören. Und das hatte zu der grauenvollen, peinlichen Situation geführt, in der sie sich jetzt befand.

Als sie die Bibliothek betrat, erhoben sich die drei Männer. Der Baron, der hinter seinem Schreibtisch stand, rang sich sogar zu einer knappen Verbeugung durch.

Murdoch winkte Maura zu sich und zeigte auf den Stuhl an seiner Seite.

Und der Duke? Noch nie hatte sie einen Mann in

einer so kerzengeraden Pose gesehen. Alles an ihm wirkte untadelig. Über einem Hemd – so strahlend weiß, dass Jen lachend bemerkt hätte, es würde sie blenden – trug er ein schwarzes Jackett. Während er den edlen Wollstoff glatt strich, funkelten goldene Manschettenknöpfe.

Wie Maura schweren Herzens erkannte, sah sie in diesem Moment zum ersten Mal den richtigen Duke of Gleneden. Arrogant und schmallippig, kühle Verachtung in den hellblauen Augen …

Verstohlen musterte sie ihn. Das sollte sie besser nicht tun, denn seine steinerne Miene ließ sie frösteln. Nichts in seinem Gesicht erinnerte an die Leidenschaft, die er letzte Nacht gezeigt hatte.

Ein Teil von ihr zitterte angstvoll, ein anderer fürchtete, sie würde den Verstand verlieren. Und ein dritter ermahnte sie zur Vorsicht, denn seine Augen erschienen ihr wie glitzernde Eissplitter.

Plötzlich wünschte Maura, sie wäre kühn genug, ihre Faust auf Alecs Kinn zu schmettern. Würde er es dann noch höher emporrecken?

Der Baron of Killane bedeutete allen Anwesenden, Platz zu nehmen. Dann hüstelte er, räusperte sich und hüstelte noch einmal. Offensichtlich wusste er nicht, wie er das Thema des nächtlichen Skandals anschneiden sollte.

»Nun, also …«, begann er schließlich. »So ungern ich mich auch in das Privatleben anderer Menschen einmische – unter meinem Dach ist etwas geschehen, das erörtert und in Ordnung gebracht werden muss.

Mein Haus darf nicht als Schauplatz zügelloser Ausschweifungen in Verruf geraten. Hoffentlich hat es sich um einen einmaligen Zwischenfall gehandelt.«

Einen Ellbogen auf der Armstütze seines Sessels, erweckte Alec den Eindruck eines sorglosen, gelassenen Gentlemans. »Seien Sie versichert Sir«, sagte er lächelnd, »niemand käme auf den Gedanken, Sie würden in Ihrem Haus wilde Orgien dulden.«

Mit gefurchter Stirn starrte Murdoch ihn an. »Besprechen wir der Reihe nach, was in der vergangenen Nacht vorgefallen ist. Maura, ich bezweifle, dass du einfach so in das Zimmer des Dukes spaziert bist. Deshalb fühle ich mich bemüßigt, Sie zu fragen, Euer Gnaden – haben Sie meine Nichte gestern Abend in Ihr Schlafzimmer geführt?«

»Ja«, bestätigte Alec gleichmütig.

»Mit der Absicht …«

»Allerdings.« Alec schaute erst den Baron an, dann Maura. »Um es ohne Umschweife auszudrücken … Wie wir alle wissen, gibt es Momente, die einen Mann und eine Frau zu – amourösen Gefühlen inspirieren. Genau das ist auf dem Maskenball zwischen Lady Maura und mir geschehen. Sie ist kein Kind mehr …« Mit diesen Worten verspottete er sie, und das war ihm bewusst. »Deshalb kann ich mir unmöglich vorstellen, sie hätte nicht bedacht, welche Konsequenzen es haben könnte, einen Mann in sein Schlafzimmer zu begleiten. Immerhin waren wir in diesem Raum allein.«

Sekundenlang erwiderte Maura seinen herausfordernden Blick, bevor sie rasch wegschaute und die Hände im Schoß faltete. Die Last ihres Täuschungsmanövers lag bleischwer auf ihrer Seele – ein Gewicht, das sie nicht abschütteln konnte. Trotzdem durfte sie nicht aus der Rolle fallen.

Sie unterdrückte ein Schluchzen. »Oh, ich – Onkel …« Krampfhaft schluckte sie. »Sicher lag es am Wein. Zu viel … Sonst hätte ich niemals …«

»Erspar mir deine Ausreden, Maura«, mahnte Murdoch. »Was du getan hast, ist ungeheuerlich!«

Der Tadel des Onkels trieb ihr Tränen in die Augen.

Erstaunt sah Alec sie an. Tränen? Bebende Lippen? Welch eine überzeugende schauspielerische Leistung, dachte er ironisch. Und jetzt rang sie auch noch die Hände. O ja, die gestrauchelte Unschuld mimte sie geradezu bravourös. Ganz genau wusste sie, wann sie mitleiderregend seufzen und wann sie ein Schluchzen bekämpfen musste. In der Tat, sie sollte eine Bühnenkarriere anstreben.

Er stand auf und wandte sich an Murdoch. »Finden Sie sich mit der Wahrheit ab, Sir. Lady Maura war meinen Annäherungsversuchen durchaus gewogen und sehr leicht zu erobern. Natürlich habe ich sie zu nichts gezwungen. Fragen Sie Ihre Nichte doch selbst.«

Entsetzt rang Maura nach Luft. Wie konnte er sich so hochmütig verhalten, so beleidigend? Wollte er sie aus der Reserve locken? Diese Vermutung lag nahe, und sein nächster Kommentar schien es zu bestätigen.

»Sir, ich fürchte, Sie kennen Ihre Nichte nicht so gut, wie Sie glauben.«

»Euer Gnaden!« Empört schob Murdoch seinen Stuhl zurück. »Ich warne Sie …«

»Warst du nicht zu allem bereit, Maura?«, fiel Alec ihm ins Wort. Der verächtliche Ton passte zu seinem frostigen Blick. »Habe ich dich zu irgendetwas gezwungen, das du nicht wolltest? Ich erinnere mich an keinerlei Proteste. Oder vielleicht möchtest du uns deine Version der Ereignisse mitteilen? In der Hitze des Gefechts sind mir die Einzelheiten nicht mehr gegenwärtig. Womöglich besitzt du ein etwas besseres Gedächtnis.«

Wieder hörte er ein halbes Schluchzen und beobachtete, wie sie den Kopf schüttelte. In ihren Augen glänzten Tränen geheuchelter Scham. O ja, sie stellte die naive Unschuld meisterhaft dar! Zu viel Wein? Ha, welch Witz! Wo war die kühne Piratin der letzten Nacht geblieben? Sie spielte mit ihm, als sei er eine Schachfigur, dachte er wütend.

»Schauen Sie meine Nichte nicht so an!« Warnend hob Murdoch eine Hand. »Unterstehen Sie sich, ihr die Schuld zu geben! An der Tatsache gibt es nichts zu rütteln – Sie haben Maura entehrt, die Naivität eines unerfahrenen jungen Mädchens ausgenutzt. Und wagen Sie bloß nicht, mir einzureden, sie sei keine Jungfrau mehr gewesen!«

Alecs Augen verengten sich. »Wie auch immer, ich gewann den Eindruck, Ihre Nichte wäre …«

»Halt!«, rief Murdoch und sprang auf. »Überlegen

Sie sich, was Sie sagen, Euer Gnaden! Ihr Adelstitel wird nicht bemänteln, dass Sie den Ruf meiner Nichte ruiniert haben. Und genau das haben Sie getan!«

Aber Maura musste sich die bittere Wahrheit eingestehen. Vor sich selbst konnte sie nicht verbergen, welch schmachvolle Rolle sie letzte Nacht gespielt hatte.

Ja, sie war entehrt.

Und sie schämte sich.

Doch sie würde es ertragen. Ihr schlechtes Gewissen lohnte sich – wenn sie den Kreis des Lichts fand und nach Hause brachte.

Zitternd erhob sie sich, und Murdoch streckte eine Hand nach ihr aus. »Bitte, lass mich gehen!«, flehte sie.

Auch der Baron stand auf und kam um seinen Schreibtisch herum. »Vielleicht möchten Sie im Rosengarten Ihre Fassung zurückgewinnen, Lady Maura. Dieses schöne Fleckchen Erde war der Stolz und die Freude meiner verstorbenen Gemahlin. Würden Sie Ihre Nichte begleiten, Mr. Maxwell?«

Ein Lakai führte Maura und ihren Onkel durch eine Doppeltür in den Garten hinaus.

Immer noch irritiert, starrte Alec den beiden nach.

Lord Preston setzte sich wieder hinter seinen Schreibtisch. »Euer Gnaden«, begann er kühl, »meiner Ansicht nach benehmen Sie sich ziemlich arrogant.«

»Oh, tatsächlich?«

»Allerdings. Und rücksichtslos.«

Alec zuckte die Schultern.

»Sehr eigenwillig«, ergänzte der Baron.

»Nun, ich gebe es zu – ich bin daran gewöhnt, meinen Willen durchzusetzen.«

»Offenbar sind Sie *zu sehr* daran gewöhnt.« In strengem Ton fuhr Lord Preston fort: »Beim Himmel, wäre Ihr Vater nicht mein Freund gewesen, würde ich Sie nie wieder einladen.«

Alec lächelte schwach. »Also werde ich wieder eingeladen?«

»Das hängt von Ihnen ab.«

Wortlos hob Alec die Brauen.

»Lady Mauras Mutter und meine Frau waren entfernte Cousinen«, erklärte der Baron mit gepresster Stimme. »Selbst wenn ihr Onkel die junge Dame nicht hierherbegleitet hätte, würde ich mich verpflichtet fühlen, für sie einzutreten.«

Sekundenlang hielt Alec den Atem an.

»Zweifellos wissen Sie, was Murdoch Maxwell von Ihnen verlangen wird«, fügte Lord Preston hinzu. »Er wird Sie auffordern, seine Nichte zu heiraten. Und das ist nur recht und billig. Ganz egal, wie Sie Lady Mauras Verhalten beurteilen – das wird *Ihr* Benehmen keinesfalls entschuldigen. Den Beweis haben wir alle gesehen – der Ruf der jungen Dame ist unwiederbringlich ruiniert. In Ihrem Bett hat sie die Unschuld verloren, Euer Gnaden. Das können Sie nicht bestreiten.«

Alec biss die Zähne so fest zusammen, dass seine Kinnmuskeln schmerzten. »Wenn wir Lady Maura befragen, stellt sich vielleicht heraus, dass sie absichtlich in mein Bett gesunken ist. Womöglich wird sie zugeben, sie hätte es darauf angelegt, einen Duke einzufangen und sein Vermögen zu ergattern!«

»Was? Und Sie hatten nichts damit zu tun?« Verächtlich schüttelte Lord Preston den Kopf. »Dies alles hätten Sie bedenken sollen, bevor sie Lady Maura in Ihr Zimmer brachten. Und in Ihr Bett.« Seine Stimme nahm einen vorwurfsvollen Klang an. »Obwohl sie die Tochter eines Earls ist – kein Gentleman von guter Herkunft wird sie heiraten. Also hat sie keinerlei Aussichten …«

»Abgesehen von der Ehe mit einem reichen schottischen Duke!«, rief Alec sarkastisch. »Und ich habe nicht einmal gewusst, wer sie ist. Aber ich wette, wer *ich* bin, wusste sie ganz genau.«

Mit schmalen Augen starrte der Baron ihn an. »Nicht einmal das würde Ihr Verhalten entschuldigen.«

Statt zu antworten, seufzte Alec angewidert.

Das ignorierte Lord Preston. »Möglicherweise hat Lady Maura ein Kind von Ihnen empfangen, Euer Gnaden. Haben Sie das schon in Betracht gezogen?«

Wie könnte ich, dachte Alec in wachsendem Zorn. Wenn ich mich nicht einmal an die Entjungferung erinnere …

»Ein katholisches Mädchen, das keine Jungfrau mehr ist, hat keine Zukunft«, betonte der Baron. »Auf Lady Maura und ihre Familie wartet ein Leben in Schmach und Schande. Die Auswirkungen dieser

Nacht werden die junge Dame für immer verfolgen. Wenn Sie sich weigern, Ihre Pflicht zu erfüllen, wird sie in ein Kloster gehen. Und da dieser Makel an ihr haftet, wird man ihr dort das Leben zur Hölle machen. Wollen Sie ihr das zumuten? Es gibt nur eine einzige Möglichkeit, die Ehre Ihrer Ladyschaft zu retten. Die Umstände dulden keine andere Lösung des Problems.«

Mühsam schluckte der Duke. Irgendetwas stimmte hier nicht. Aber wie sollte er seinen Verdacht begründen?

»Alec! Würden Sie es hinnehmen, wenn man ein Mitglied Ihrer Familie auf solche Weise kompromittiert hätte?«

Natürlich nicht, gestand Alec sich widerstrebend ein. Eine innere Stimme erinnerte ihn, wie entschieden er seinen jetzigen Schwager Simon Blackwell aufgefordert hatte, seine Schwester zu heiraten. Nur wegen eines Kusses. Niemals hätte Simon einer jungen Dame aus gutem Haus die Unschuld geraubt. So wie er selbst es offenbar getan hatte.

Und nun verlangten die Gesetze der Gesellschaft eine Heirat. Das wusste Alec ebenso gut wie der Baron. Er lächelte bitter. Vielleicht würde er die Situation besser verkraften, wenn er sich wenigstens entsinnen könnte, was geschehen war.

Lord Preston unterbrach seine Gedanken. »Wie Sie sich verhalten, wird ein bezeichnendes Licht auf Ihren Charakter werfen, Euer Gnaden. Bitten Sie um die Hand der jungen Dame!«, drängte er. »Warten

Sie nicht, bis Murdoch Maxwell seine Forderungen stellt. Sicher wäre das besser.«

Zögernd nickte Alec und gab dem Baron Recht. Ja, er war wirklich zu sehr daran gewöhnt, dass alles nach seinem Willen ging. Und wenn es nicht so war, verdammt nochmal …

Nun, in diesem Fall blieb ihm nichts anderes übrig, als die Ursache seiner prekären Lage im Wein zu suchen. Offenkundig hatte er zu tief ins Glas geschaut.

Die Hände hinter dem Rücken verschränkt, stand Murdoch Maxwell im Rosengarten und blickte Alec entgegen, der fünf Minuten später auf ihn zukam.

»Nun, Euer Gnaden?«, fragte er kühl.

Alec verneigte sich steif. »Jetzt möchte ich mit meiner künftigen – Braut sprechen.« Verächtlich kräuselte er die Lippen. »Wenn Sie nichts dagegen haben, Sir …«

»Nur nicht so hochmütig, mein Junge! Versprechen Sie mir, meine Nichte so zu behandeln, wie es einer Lady gebührt.«

»Um Gottes willen, Mann, ich bin kein Ungeheuer!«, stieß Alec hervor. Wenn er insgeheim auch bewundern musste, wie energisch Maxwell sich für das Wohl des Mädchens einsetzte – in diesem Moment war er nicht geneigt, das anzuerkennen.

»Geben Sie mir Ihr Wort, Euer Gnaden.«

»Also gut«, erwiderte Alec tonlos. »Darf ich jetzt vorbeigehen? Und wenn Sie's gestatten – ich würde gern allein mit Lady Maura reden.«

»Einverstanden.« Murdoch trat zur Seite. »Sie finden Maura am Ende des Weges beim Brunnen.« Dem Klang seiner Stimme nach zu schließen, schien er die Worte zwischen zusammengebissenen Zähnen hervorzupressen.

Am liebsten hätte auch Alec mit den Zähnen geknirscht. Er folgte dem gewundenen Pfad. Da Maura ein leuchtend rotes Kleid trug, dauerte es nicht lange, bis er sie entdeckte. Als sie seine Schritte hörte, fuhr sie herum und starrte ihn genauso anklagend an wie zuvor ihr Onkel. Womit er das verdient hatte, wusste er noch immer nicht.

»*Lady* Maura ...«, sagte er gedehnt und verneigte sich.

Sobald er sich aufrichtete, spürte er eine kraftvolle Ohrfeige.

Seine Kinnmuskeln spannten sich an, und er warf ihr einen Blick zu, der so manchen Mann zum Rückzug veranlasst hätte. »Wofür bestrafst du mich?«

»Nun, du hast gesagt, ich ...«

»Du wärst meinen Annäherungsversuchen gewogen gewesen?«

»Aye!«

»Warum ich gezüchtigt werde, verstehe ich nicht. Nur weil ich die Wahrheit gesagt habe?«

Schweigend hielt sie seinem durchdringenden Blick stand.

»Möchtest du mir sonst noch etwas sagen, Maura?«

»Zufällig – ja! War es nötig ...«

»Dass ich dich aufgefordert habe, die Einzelheiten zu schildern?«

»Ja!«, zischte sie.

»Nun, das fand ich angebracht. Denn ich entsinne mich nur, was wir in bekleidetem Zustand taten. Was später geschehen ist, als wir beide nackt waren, muss ich wohl vergessen haben.« Die dunkle Röte in ihren Wangen entging ihm nicht. Also hatte er Recht: Sie spielte mit ihm. Wie mit einer Schachfigur. Und – verdammt nochmal, er war machtlos dagegen …

»Ah, wie ich sehe, fällt es dir ein. In der Tat, ich erinnere mich ganz deutlich, wie ich dich stöhnen hörte, nachdem ich eine deiner Brüste entblößt hatte. Und wie sich die Knospe in meinem Mund anfühlte …«

Um einer zweiten Ohrfeige zu entrinnen, packte er ihr Handgelenk. Seinen anderen Arm schlang er um ihre Taille und schüttelte den Kopf.

»Warum so feindselig? Dazu besteht kein Grund, denn ich bin hierhergekommen, um dir Neuigkeiten zu erzählen.« Er spürte die heftigen Atemzüge, unter denen sich ihre Brüste hoben und senkten, und drückte Maura fester an sich.

Langsam und zaudernd schaute sie zu ihm auf. »Was für Neuigkeiten?«, flüsterte sie.

»Herzlichen Glückwunsch, Irin.« Seine Lippen streiften ihr Ohr. »Eigentlich bin ich nur in dieses County gefahren, um ein bisschen zu fischen. Jetzt habe ich eine Braut gewonnen. Und *du* hast dir soeben einen Schotten geangelt.«

Sechstes Kapitel

An ihrem Hochzeitstag wurde Maura vom süßen Gesang der Vögel geweckt, die sich auf den Zweigen vor ihrem Fenster tummelten. Unbewegt lag sie im Bett und lauschte dem melodischen Gezwitscher. Leise Wehmut erfüllte ihr Herz.

Die Iren glaubten, es würde Glück bringen, wenn man am Hochzeitsmorgen erwachte und Vögel singen hörte. Doch sie fürchtete, ihre Schuldgefühle würden sie bis zu ihrem letzten Atemzug verfolgen.

Seufzend schob sie die Decke beiseite, stand auf und ging zum Waschtisch.

Ein paar Minuten später klopfte es an der Tür, und Maura ließ Pansy eintreten, die Frau des Gastwirts Jack. Er war ein kleiner Mann mit gebeugten Schultern, etwa in Murdochs Alter.

Seit Maura und ihr »Onkel« in dem Hotel eingetroffen waren, wurden sie von dem Ehepaar warmherzig und großzügig behandelt. Jeden Wunsch lasen die beiden ihnen von den Augen ab, fast so, als wären sie keine Gäste, sondern gute Freunde.

Die junge Lady erinnerte Pansy an ihre Tochter. Das hatte die Frau schon am ersten Tag erwähnt. Daran dachte Maura, während die Wirtin ihr in ein blau-weiß gestreiftes Seidenkleid half.

Dieses Kleid hatte Maura auf der Reise gekauft – zu dem Zweck, dem es jetzt diente. Sie würde es auf ihrer Hochzeit tragen.

Beinahe war sie versucht, in das purpurrote Kleid zu schlüpfen, das sie vor zwei Tagen angezogen hatte, um sich Mut zu machen – und Alec herauszufordern. Sie war sicher gewesen, er würde die grelle Farbe vulgär finden. Doch er hatte ihr seit seinem Heiratsantrag – wenn man es so nennen konnte – weder mit Worten noch Blicken zu verstehen gegeben, dass er sie verachtete. Sie hingegen war ihrem Bräutigam zumeist aus dem Weg gegangen – einerseits aus Zorn über sein Benehmen an jenem Tag, andererseits aus Angst. Wenn er ihr forschend in die Augen schauen und erraten würde, was sie verbrochen hatte … Was sollte sie dann tun? Fände er die Wahrheit heraus, wäre das Gelingen ihres Plans gefährdet.

Nein, wisperte eine innere Stimme, ihr Plan wäre vollständig vereitelt.

Und sie würde den Kreis des Lichts niemals zurückerobern.

So sehr es ihr auch widerstrebte, das einzugestehen – sie brauchte den Duke.

Pansy erbot sich, sie zu frisieren. Das lehnte Maura ab, steckte sich das Haar selbst zu einem strengen Knoten am Hinterkopf hoch und setzte einen Hut auf. Dann beschwichtigte sie die Wirtin, die den fehlenden Schleier beklagte, und erklärte, sie habe keine Zeit gefunden, einen zu kaufen.

Außerdem fühlte sie sich nicht wie eine Braut. So schnell war das alles geschehen, und ihr schwirrte immer noch der Kopf. Der Heiratsantrag, das Ansuchen um eine Sonderlizenz ... Der ortsansässige Priester hatte sich geweigert, das Paar so überstürzt zu vermählen.

Damit hatten Maura und Murdoch gerechnet und sogar entsprechende Pläne geschmiedet. O ja, sie hatte geahnt, der Geistliche würde die unziemliche Eile missbilligen. Und in der Tat, alles entwickelte sich genau so, wie sie es erhofft hatte. Ihr »Onkel« spielte seine Rolle immer noch erstaunlich gut.

Nachdem der Priester es abgelehnt hatte, die Trauung vorzunehmen, teilte Murdoch dem Baron und dem Duke mit, er würde einen anderen finden.

Die Hochzeit sollte in Lord Prestons schönem Garten stattfinden.

Noch binnen dieser Stunde.

Als die Braut bereit war, hielt Pansy ihr die Tür auf. Maura überquerte die Schwelle. Dabei blieb der Saum ihres Kleids an einem Splitter im Bretterboden hängen, und es entstand ein kleiner Riss.

»Verdammt«, murmelte sie.

Aber Pansy klatschte entzückt in die Hände. »O nein, Mylady, Sie sollten sich freuen! Wissen Sie denn nicht, dass es Glück bringt, wenn die Braut ihr Kleid am Hochzeitstag ein bisschen zerreißt?«

Doch, das wusste Maura, und das war ja auch der Grund, warum sie sich ärgerte.

»Sicher werden Sie mit dem Duke eine sehr glückliche Ehe führen«, fügte Pansy hinzu.

Wenn ich wirklich Glück habe, dachte Maura, werden wir nicht allzu lange zusammenbleiben. Aber um den äußeren Schein zu wahren, bedankte sie sich bei der freundlichen Wirtin.

Murdoch wartete am Fuß der Treppe. Inzwischen war Mauras Gepäck bereits in die Kutsche geladen worden, und sie fuhren zum Haus des Barons. Die Zeremonie sollte um neun Uhr dreißig beginnen. Danach wollte Alec möglichst schnell mit seiner Frau abreisen und die Fahrt nach Schottland antreten.

Am Gartentor wurden die Braut und ihr Onkel von Lord Preston begrüßt, ebenso von Deacon O'Reilly, den Murdoch für die Trauung angeworben hatte.

»Ich dachte, der Rasen vor dem Brunnen wäre ein passender Schauplatz für das Ereignis«, verkündete der Baron und überreichte Maura einen Strauß aus weißen und gelben Rosen.

Gerührt umarmte sie ihn. Seine Lordschaft und Pansy waren offenbar die Einzigen, die sich über diese Hochzeit freuten.

Der Duke ganz gewiss nicht.

Beim Anblick seiner finsteren Miene spürte sie, wie sich ihr Herz zusammenkrampfte.

Mit durchdringenden, frostigen blauen Augen starrte er den Priester an. »Ich frage mich, wie viel man Ihnen bezahlt hat, damit Sie die Hochzeit beschleunigen.« Dann wandte er sich zu Maura. »Und welchen Preis habe ich für *dich* bezahlt?«

Sie zuckte zusammen, als hätte er sie geschlagen. Brennend stieg ihr das Blut in die Wangen. Murdoch stand dicht hinter ihr, und sie hörte, wie sein Atem stockte. Halb wütend, halb angstvoll überlegte sie, ob Alec die Wahrheit erraten hatte. Zumindest war er misstrauisch geworden, das wusste sie. O Gott, wenn er sie des Betrugs bezichtigen und die Behörden verständigen würde ...

»Bitte, Euer Gnaden!«, mahnte der Baron entrüstet. »Darf ich Sie gefälligst daran erinnern, dass wir hier eine Hochzeit abhalten? Nämlich *Ihre* Hochzeit?«

Maura verbarg das Zittern ihrer Hände, indem sie den Blumenstrauß etwa fester umklammerte.

Bedrückt fühlte sie Alecs Blick, den sie nicht zu erwidern wagte.

»Also gut, bringen wir's hinter uns«, seufzte er.

Sobald sie an seine Seite trat, glitt die Sonne hinter einer Wolke hervor. Der Himmel war grau gewesen, als sie zusammen mit Murdoch das Hotel verlassen hatte. Auf der Fahrt zu Lord Prestons Haus hatte sie beobachtet, wie sich das Wetter allmählich gebessert hatte. Und jetzt schien die Sonne direkt auf sie herab, und sie spürte die wärmenden Strahlen.

Wieder einmal regte sich in einem Teil von ihr der Impuls, hysterisch zu lachen. *Glücklich ist die Baut, auf die Sonnenstrahlen herabscheinen* ... Noch ein Omen für eine gute Ehe! Und ein anderer Teil wollte auf dem

Absatz kehrtmachen und davonlaufen. Denn diese Ehe stand ganz sicher unter keinem glücklichen Stern.

Vielmehr erweckte Alec McBride den Eindruck, er würde lieber einen Mord begehen, statt zu heiraten.

Ihr Puls begann zu rasen. Zweifellos war er ein kluger Mann, den man nicht so leicht täuschen oder zu etwas überreden konnte. Möge der Himmel ihr beistehen, wenn er jetzt die Wahrheit herausfinden sollte …

Der Diakon räusperte sich. Wie aus weiter Ferne hörte sie seine Stimme. »Liebe Gemeinde, wir sind hier zusammengekommen als Zeugen, um diesen Mann und diese Frau im heiligen Bund der Ehe zu vereinen und zu segnen …«

Vernehmlich flüsterte Alec ein obszönes Wort vor sich hin, und Maura hob ruckartig den Kopf. Ihr Körper schien sich in Stein zu verwandeln, ihr Blut in Eis.

Auch der Geistliche musste die Beleidigung gehört haben.

Als er weitersprach, verhaspelte er sich, verstummte und begann noch einmal von vorn. Diesmal etwas schneller. Dann war es so weit, Alec musste sein Gelübde ablegen. »Ja, ich will!«, fauchte er.

In Mauras Kehle blieben dieselben Worte stecken. Doch sie erinnerte sich an das Versprechen, das sie ihrem Vater gegeben hatte. »Ja, ich will«, flüsterte sie.

Diesen Eid schwor sie für ihren Vater – und den Clan McDonough.

Alec streifte einen schlichten goldenen Ring über

ihren Finger. Damit war alles erledigt. Undeutlich hörte sie, wie der Diakon sie beide zu Mann und Frau erklärte.

Nun konnte sie aufatmen. Erleichtert wandte sie sich ab und wollte die Flucht ergreifen. Aber Alec packte ihren Ellbogen. »Hast du nicht etwas vergessen?«

Wie gut sie dieses teuflische Lächeln kannte, das seine Lippen umspielte … Vergeblich versuchte sie es zu erwidern.

»Ich muss meine Braut küssen.«

Bestürzt riss sie die Augen auf. Oh, dieser elende Schurke!

Doch es gab kein Entrinnen. Mit einem Arm umschlang er ihre Taille, die andere Hand legte er in ihren Nacken. Atemberaubend kühn küsste er sie, fordernd und ausgiebig. Seine Zunge glitt über ihre. Obwohl Maura sich von dem eisernen Griff befreien wollte – der Stolz verbot ihr jeden Widerstand. Endlich ließ er sie los und musterte sie selbstgefällig.

Maura presste eine Hand auf ihren Mund. Welch Hohn, dieser Kuss … Wie gern hätte sie ihre Faust auf Alecs glatt rasiertes Kinn geschmettert – oder ihn wenigstens geohrfeigt!

Doch er hielt sie immer noch fest, und sie versuchte nicht, sich loszureißen. Welchen Sinn hätte das? Ihr Instinkt verriet ihr, er würde sie nur erneut an sich ziehen. Nachdem die anderen sich abgewandt hatten, machte sie ihrem Zorn auf die einzig mögliche Weise Luft. »Warum hast du mich so geküsst?«

»Hat es dir nicht gefallen? Ich dachte, du würdest dich freuen, wenn ich meiner neuen Gemahlin zeige …« Mit einer kurzen Pause unterstrich er den Spott in seinen Worten. »… wie glühend ich sie bewundere.«

Und dann ließ er sie los. Zur Hölle mit ihm! Bildete er sich etwa ein, er sei eine so grandiose Beute, dass er sich alles erlauben dürfte? Mit zusammengebissenen Zähnen straffte sie die Schultern und wollte Murdoch folgen. Aber Alec umfasste ihren Ellbogen und blieb an ihrer Seite.

Während der bescheidenen Hochzeitsfeier verhielt er sich einigermaßen höflich. Doch sie wusste, wie ungeduldig er die Abreise herbeisehnte.

Der Baron begleitete sie zur Kutsche hinaus und gratulierte ihnen. Mit einem Händedruck bedankte sich Alec.

Dann wandte Lord Preston sich an Maura. »Sie werden doch bald zurückkommen?«

»Ja.« Unsicher lächelte sie. »Schon bald.« Natürlich nicht. Obwohl sie ihn erst vor kurzem kennengelernt hatte, mochte sie ihn. Und sie fühlte sich elend, weil sie ihn so schmählich hinterging.

Vom Wagen aus winkte sie ihm zu. Die Fahrt zum Hafen, der nur wenige Meilen entfernt lag, dauerte nicht lange. Murdoch begleitete sie.

An Bord des Schiffs würde Maura mit ihrem Ehemann allein sein.

In der Kutsche herrschte drückendes Schweigen. Murdoch betrachtete die Landschaft, und Maura blickte auf ihren schlichten Ehering hinab. Unwillkürlich drehte sie ihn hin und her. Auch über Alecs Lippen kam kein einziges Wort. Aber sie spürte seinen vernichtenden Blick.

Schließlich erreichten sie den Hafen. Maura beobachtete, wie ihre kleine Truhe auf das Schiff verladen wurde, das nach Schottland segeln würde.

Und zum Kreis des Lichts.

Viel zu früh war es an der Zeit, an Bord zu gehen. Murdoch zu verlassen. Irland zu verlassen. Großer Gott, Maura glaubte, ihr Herz müsse brechen.

Murdoch sprach mit Alec. Dann kam er zu ihr, und sie warf sich an seine Brust. Obwohl sie die Augen zusammenkniff, quollen Tränen hervor.

»Nicht, Kindchen!«, flüsterte er, als er ihr unterdrücktes Schluchzen hörte. »Bald sehen wir uns wieder. Sehr bald.« Liebevoll strich er über ihr Haar.

Maura nickte und schluckte mühsam. Nachdem sie ihre Tränen bekämpft hatte, ging sie zu Alec, der neben der Laufplanke wartete.

An Deck stand sie im Heck, bis ihre Heimat aus dem Blickfeld verschwand.

Erst dann drehte sie sich um. Schmerzhaft verengte sich ihre Kehle. Ein paar Schritte entfernt wanderte Alec umher. Ohne zu lächeln, das Gesicht ausdruckslos, starrte er sie an. Wie lange schon?

Beunruhigt rang sie nach Luft. Mit jeder Minute schien ihre Schuld schwerer auf ihrer Seele zu lasten. Irgendwann würde der Allmächtige sie bestrafen. Hatte sie sich selbst eine Falle gestellt? Nein, das wollte sie nicht glauben. Ihr Opfer wäre nicht umsonst – wenn sie den Kreis des Lichts fand und nach Irland brachte, wohin er gehörte. Sogar mit dem Teufel würde sie einen Pakt eingehen, wenn es ihr half, den silbernen Ring zu erlangen.

Bei diesem Gedanken erschauderte sie. Vielleicht hatte sie das bereits getan.

Siebtes Kapitel

Während der Seereise herrschte stürmisches Wetter über dem Nordkanal. Die Wellen schlugen hoch empor, Gischt besprühte den Bug. Schon oft hatte Maura ein kleines Boot in der heimischen Bucht hin und her gerudert. Das war allerdings nicht mit dem zu vergleichen, was sie jetzt erlebte. Sie stand an Deck und betrachtete das aufgewühlte graue Wasser. Obwohl das Schiff heftig schwankte, hielt sie so mühelos ihr Gleichgewicht, als wäre sie auf dem Meer geboren worden.

Etwa eine Viertelstunde verstrich, bevor Alec zu ihr kam. »Um Himmels willen, bleib nicht hier stehen!«, mahnte er. »Du könntest über Bord fallen.«

»Dann wärst du mich los«, erwiderte sie leichthin. »Eigentlich müsstest du dich darüber freuen.«

Das bestätigte er nicht, aber er legte auch keinen Widerspruch ein. »Halt dich wenigstens an der Reling fest.«

In seiner Stimme schwang ein seltsamer Unterton mit. Maura schaute ihn an und runzelte die Stirn. Warum er so blass war, erriet sie sofort.

»Ach, du meine Güte, Alec, bist du so zartbesaitet?«, spottete sie fröhlich. Neigte ihr Ehemann, der von einem Piraten abstammte, etwa zur Seekrankheit? Fast wäre sie in lautes Gelächter ausgebrochen.

Alec warf ihr einen bitterbösen Blick zu. »Darüber musst du dich nicht amüsieren«, murmelte er.

»Oh, ich amüsiere mich kein bisschen. Gefragt habe ich aus purer Sorge um meinen Gemahl. Immerhin ist eine Ehefrau verpflichtet, auf das Wohlbefinden ihres Mannes zu achten, nicht wahr?«

Verflixte kleine Hexe! Alec zog ein Taschentuch hervor und presste es sich auf den Mund. Gewiss, es stimmte – bei starkem Wellengang wurde ihm jedes Mal übel. Aber Maura sorgte sich kein bisschen um ihn. Stattdessen schwelgte sie geradezu in ihrer Schadenfreude.

Warte nur, meine irische Schönheit – warte, bis wir in meiner schottischen Heimat ankommen. In Gleneden. Warte, bis wir allein sind, bis du mir ausgeliefert bist. Dann werden wir sehen, ob deine spitze Zunge mich immer noch verhöhnt.

O ja, in Schottland würde sich einiges ändern.

Das Schiff legte am Kai der Hafenstadt Stranraer an, wo sie von Douglas, dem Kutscher des Dukes, erwartet wurden. Nach einem Lunch im Gasthof brachen sie auf. Der Wagen war klein, für eine schnelle Fahrt konzipiert, aber komfortabel und angenehm gut gefedert.

Was Maura keineswegs angenehm fand, war die Nähe ihres Ehemanns, der ihr gegenüber Platz nahm und seinen Hut auf den Sitz warf. Sein schwarzes Haar war zerzaust. Dadurch sah er jünger aus, aber auch gefährlich. Seine Augen, so leuchtend blau und eisig, schienen auf den Grund ihrer Seele zu schauen. Beinahe gewann sie den Eindruck, er könne ihre Gedanken lesen, ihre Gefühle ergründen. Hatte er die Wahrheit schon herausgefunden? Wie war das möglich?

Nervös wich sie seinem Blick aus. Der Kutscher spornte das Gespann an. Immer schneller rollte der Wagen dahin. Maura starrte aus dem Fenster. Doch sie sah nur ein Fantasiebild vor ihrem geistigen Auge – Alecs grimmige Miene an diesem Morgen, in jenem Moment, als sie bei der Trauung an seine Seite getreten war.

Er ist wütend, dachte sie. Und misstrauisch. Er glaubt, er sei betrogen worden ...

Und dieser Verdacht entsprach beklemmenderweise der Realität.

Schließlich gab sie vor einzuschlummern. Ehe es ihr bewusstwurde, begann sie tatsächlich zu dösen. Irgendwann spürte sie, wie sie behutsam auf den Sitz gelegt wurde. Jemand schob ihr ein Kissen unter den Kopf und breitete eine Decke über ihr aus.

Viel später erwachte sie und fühlte sich wie gerädert – und so benebelt, als habe sie Drogen genommen.

»Das war ein sehr langer Schlaf«, bemerkte Alec gedehnt. »Hast du letzte Nacht keine Ruhe gefunden?«

Diese Frage genügte, um Maura vollends zu wecken. Hastig richtete sie sich auf. Sie hob das Kinn und glättete ihre Röcke, ordnete ihr Haar und steckte die losen Nadeln fest. Geflissentlich ignorierte sie ihren Mann.

Dann hörte sie sein leises Gelächter und reckte ihr Kinn noch höher empor.

Die Abenddämmerung brach herein und senkte sich auf die Baumwipfel. Unvermittelt begann Mauras Herz zu rasen, und sie wandte ihren Kopf zu Alec.

»Inzwischen haben wir die Ländereien der McBrides schon erreicht, nicht wahr?«, erkundigte sie sich, um einen gleichmütigen Ton bemüht.

Nachdem er ihr einen sonderbaren Blick zugeworfen hatte, nickte er und zeigte auf das Fenster zu ihrer Linken. »Ein paar Meilen weiter im Nordwesten liegt Gleneden.«

Wie unheimlich – irgendwie hatte sie gewusst, dass sie sich bereits auf seinem Grund und Boden befanden. Während sie einen kleinen Hügel überquerten, entdeckte sie in der Ferne ein Gebäude. Kein Schloss wie McDonough … Sie sah altes Holz, steinerne Schornsteine, ein Schindeldach, das ein massives Bauwerk schützte. So düster wie sein Besitzer …

Nebelschwaden legten sich auf das Land, krochen die Hänge hinauf und zwischen die Bäume. Hinter den Fenstern des Hauses flackerten Lichter und verschwanden, als die Kutsche ein dichtes Wäldchen durchquerte.

Allmählich bildete sich eine gespenstische Kälte in Mauras Brust. Ja, ihr Vater hatte die Wahrheit erkannt. Ebenso wie sie selbst. Hier wurde der

Kreis des Lichts verwahrt. Irgendwo. Nicht weit entfernt.

In ihren Ohren rauschte das Blut, ihr wurde schlagartig heiß. Schweren Herzens erinnerte sie sich an die Todesnacht ihres Vaters, an seine Worte.

O Gott, er ruft nach mir, Maura – der Kreis des Lichts ruft nach mir, er will heimkehren …

Jetzt wusste sie, was Papa gemeint, was er empfunden hatte.

Denn sie glaubte den Ruf des Lichtkreises ebenfalls zu hören.

Der Wagenschlag wurde geöffnet. Erst jetzt merkte Maura, dass die Kutsche angehalten hatte. Sie stand auf und wollte aussteigen, aber ihre Knie knickten ein. Nicht nur die lange Fahrt forderte ihren Tribut – auch dieses unheimliche Gefühl. Alec umschlang ihre Taille und hob Maura aus dem Gefährt.

Wie gebannt stand sie da und beobachtete die wuchtigen Türflügel des Hauses, die nun aufschwangen. Dies war ihr neues Heim – zumindest so lange, bis sie den Kreis des Lichts gefunden hatte. Von kalter Angst erfasst, starrte sie den Familiensitz Gleneden Hall an, der ihr düster, bedrohlich und abweisend erschien.

Sie folgte Alec die steinerne Treppe hinauf. Vor der letzten Stufe hielt er inne und ergriff ihren Ellbogen. Verwirrt schaute sie ihn an. Sein Blick bekundete eine fast selbstgefällige Genugtuung. Instinktiv trat sie einen Schritt zurück. Ehe sie erkannte, was ihr Ehemann beabsichtigte, nahm er sie auf die

Arme und trug sie über die Schwelle, in eine riesige Halle.

Mit einem Fuß warf er die Torflügel hinter sich zu. »Willkommen in deinem neuen Zuhause, Irin«, murmelte er und stellte sie auf die Beine. Besitzergreifend umfing er ihre Taille.

In Reih und Glied hatten sich die Dienstboten postiert, um ihren Herrn zu begrüßen. Alec hielt Mauras Hand hoch und stellte sie als seine neue Duchess vor. Verlegen senkte sie die Wimpern. Niemals würde Maura das Staunen in den Mienen der Leute vergessen, obwohl es sofort von einem freundlichen Lächeln verdrängt wurde. Der einzige Name, den sie sich merkte, lautete Mrs. Yates. So hieß die Haushälterin.

Wenig später war Maura mit ihrem Ehemann allein in der Halle. Jetzt erweckte er nicht mehr den Eindruck, er hieße sie willkommen.

»Nun?« Der Duke legte den Kopf schief. »Wie fühlst du dich in der Höhle des Löwen, Irin?«

Der vernichtende Blick, den sie ihm zuwarf, wurde von bebenden Lippen beeinträchtigt.

»Was hältst du von deinem neuen Heim, meine teure Gattin?«

»Allzu viel habe ich noch nicht gesehen …«

»Hast du von der Residenz eines schottischen Dukes etwas mehr erwartet? Vielleicht einen grandiosen Palast? Meine schöne Lady, meine Duchess, meine Gemahlin – ich hoffe, dein neues Heim wird dich nicht enttäuschen.«

Maura ignorierte seinen Spott. Den Kopf in den Nacken gelegt, schaute sie zu den Deckenbalken hinauf, mindestens vier Stockwerke hoch oben.

»Imposant, nicht wahr?«, fragte Alec. Das ist das historische Originalbauwerk. Ursprünglich wurde es als Jagdhütte für Robert Bruce erbaut.«

Die Hände hinter dem Rücken verschränkt, trat er in die Mitte des großen Raums – hoch aufgerichtet, ganz der stolze Duke.

»König Robert II. von Schottland ernannte den ersten Duke of Gleneden«, fuhr er fort, »um meiner Familie für ihre Unterstützung während der schottischen Unabhängigkeitskriege zu danken. Angeblich waren der erste Duke und Robert Bruce entfernte Vettern. Was dich vielleicht interessieren wird, Irin – Roberts zweite Frau Elizabeth ist die Tochter des Earls of Ulster gewesen. Also wäre es möglich, dass wir beide von denselben Vorfahren abstammen, die so viele Jahrhunderte vor uns gelebt haben.«

»Warum lächelst du, Alec? Findest du das etwa amüsant?«

Sein Lächeln vertiefte sich. »Würde es dich denn stören? Offenbar lässt du dich schnell kränken. Du besitzt ein feuriges Temperament, nicht wahr?«

Ärgerlich runzelte Maura die Stirn. »Um meinen Charakter zu beurteilen, kennst du mich noch nicht lange genug.«

Sie wandte sich von ihm ab und ließ ihren Blick durch die Halle schweifen.

»Die Hirsche, deren Köpfe du zu beiden Seiten der

Speisesaaltür siehst, hat mein Ahnherr Duncan erlegt, der zwölfte Duke of Gleneden«, erklärte Alec. »Und der graue Wolfskopf da drüben neben dem Fenster ...« Er zeigte nach links. »... stammt von einer Jagdbeute des zehnten Dukes im siebzehnten Jahrhundert.«

Unwillkürlich erinnerte sie sich an das Wolfsgeheul in der Todesnacht ihres Vaters. Über ihren Rücken rann ein kalter Schauer.

»Und der Eber an der Wand hinter dir ist neueren Datums«, fügte Alec hinzu, »eine der Trophäen meiner frühen Jugend.«

»Oh ...« Maura drehte sich um. »Welch eine furchterregende Bestie ... Anscheinend sind die McBrides großartige Jäger.« Mit schmalen Augen schaute sie ihn wieder an. »Gab es in deiner Familie auch Seefahrer?«

Falls er sich unbehaglich fühlte, war es ihm nicht anzumerken. »Nicht, dass ich wüsste ...«

»Wahrscheinlich nicht. Für die erhabenen Dukes of Gleneden waren Seereisen sicher zu plebejisch.«

Eine hochgezogene dunkle Braue deutete einen milden Tadel an. »Also bist du nicht nur temperamentvoll – du neigst auch zu Vorurteilen.«

»Genau wie du«, erwiderte sie honigsüß. Dann holte sie tief Atem. »Was für ein ungewöhnlicher Kamin ...«

Passend zu den Dimensionen der gigantischen Halle, nahm die Feuerstelle eine halbe Wand ein. Maura ging darauf zu.

»Aus Kalkstein?«, fragte sie.

»In der Tat.«

»Das Familienwappen?« Sie strich über ein Relief an einer Seite des Kamins, einen Soldatenschild. Auf der anderen Seite befand sich das gleiche Emblem.

Alec nickte. »Silber auf…«

»Auf Wappenrot.« Mit einer Fingerspitze zeichnete sie das breite Band nach, das sich quer über den Schild zog. »Drei Sterne auf weißem Grund.« Sie berührte einen der fünfzackigen Sterne in der Mitte des Bands. »Soviel ich mich entsinne, symbolisieren Weiß und Silber die Moral und Ehrbarkeit der Familie. Und Rot steht für die militärische Macht. Habe ich Recht?«

»Allerdings.« Nun hob er beide Brauen. »Aber wieso weißt du das? Wie glücklich muss ich mich schätzen, weil ich eine gebildete Frau geheiratet habe, deren Erziehung nicht vernachlässigt wurde! In der Tat, mein Bruder Aidan, der jahrelang beim Heer Ihrer Majestät in Indien diente, wird sich freuen, wenn er das erfährt. Meine Gemahlin ist imstande, die Symbolik unseres Wappens zu deuten!«

Sicher meinte er das nicht als Kompliment. Er wollte sie nur aufziehen.

Doch sie ging nicht darauf ein und fuhr fort, den Raum mit der hohen Balkendecke und den weiß getünchten Wänden zu inspizieren. Offensichtlich waren im Lauf der Jahre mehrere Einrichtungsgegenstände hinzugefügt worden, um ihn behaglicher zu machen. Maura musterte den handgeknüpften Teppich. »Ein Aubusson?«

»Ein Perser. Sechzehntes Jahrhundert.«

An den Wänden hingen farbenfrohe Gobelins. Ob sie aus Holland oder Frankreich stammten, konnte sie nicht feststellen. Danach mochte sie ihren arroganten Gemahl nicht fragen. Einer der Wandteppiche stellte eine Jagdszene dar. Wie passend, dachte sie.

Eine mittelalterliche Laute erregte ihre Aufmerksamkeit. Dann blieb sie vor einem reich geschnitzten vergoldeten Pfeilertisch mit einer intarsierten Marmorplatte stehen. Allein schon der Wert dieser Antiquität würde alle Leute auf den McDonough-Ländereien mindestens ein Jahr lang ernähren, überlegte sie. Bei diesem Gedanken stieg heißer Zorn in ihr auf. Wie viele Kostbarkeiten hatte sich der Schwarze Schotte auf seinen Raubzügen angeeignet, vor all den Jahrhunderten? Wie oft hatte er die Schiffe geplündert, die ihm auf dem Meer begegnet waren?

Vor dem Kamin stand eine Sitzgruppe – zwei Sofas mit dicken geblümten Kissen, einige Ohrensessel mit Klauenfüßen und passenden Fußschemeln. Maura sank in einen dieser Sessel. Aber ihr Rücken blieb kerzengerade.

»Ja, Alec, es stimmt«, begann sie, »dein Familiensitz ist wirklich sehr imposant.« Ihr erster Eindruck widerstrebte ihr. Denn sie hatte sich vorgenommen, sein Heim zu hassen und genauso abschreckend zu finden wie den Besitzer. Doch das war unmöglich. Trotz der vornehmen Ausstattung herrschte an diesem Ort eine rustikale, gemütliche, einladende Atmosphäre. Dieser Eindruck würde sich noch verstärken, wenn während der Wintermonate ein Feuer im Kamin brannte. »Und obwohl ich noch nicht alles gesehen habe, wird sich meine Meinung wohl kaum ändern.«

Er ging zu einem Tisch an einem der Fenster. Darauf stand ein Silbertablett mit funkelnden Kristallkaraffen und Gläsern. »Ein Schluck Wein?«, fragte er und füllte einen kunstvoll geschliffenen Kelch.

Anscheinend war Maura unfähig, ihren Blick von seinen Händen loszureißen – schmal und doch kraftvoll, von der Sonne gebräunt. Und so maskulin, dass ihr Mund trocken wurde … »Lieber nicht.«

»Schmecken dir solch edle Tropfen nicht mehr?«

Gegen ihren Willen trafen sich ihre Blicke. Zweifellos versuchte er sie herauszufordern. Verdammt, warum musste er sie daran erinnern?

Alec setzte das Glas an die Lippen. Langsam ließ er es wieder sinken und starrte Maura schweigend an – so lange, dass sie beinahe aufgeschrien hätte. Schließlich fragte er mit gefährlich leiser Stimme: »Glaubst du, ich weiß nicht, was du getan hast?«

Nun konnte sie ihre Fassung nicht länger bewahren. Sie wurde blass, der Atem blieb ihr in der Kehle stecken, ihre Gedanken überschlugen sich. Was meinte er? Die Droge, die sie ihm verabreicht hatte? Oder die vorgetäuschte Entjungferung?

Lässig schlenderte er zu ihr. »Warum antwortest du nicht, meine Teure?«

Krampfhaft schluckte sie und fuhr sich mit der Zunge über die Lippen.

»Und warum lächelst du nicht, Mylady? Eigentlich sollte man glauben, du würdest triumphieren. Immerhin hast du einen Duke geheiratet.«

Oh, dieser Hochmut! Wollte er provoziert werden? Diesen Gefallen erwies sie ihm nur zu gern. »Einen reichen Duke?«

»Ja.« Nur die schlichte Feststellung einer Tatsache – keine Prahlerei. »Durch diese Ehe gewinnst du sehr viel. Und darauf ist es dir doch angekommen, nicht wahr? Wie du bald herausfinden wirst, trage ich auch in England einen Adelstitel.«

Das hätte sie früher erraten müssen. Offenbar vermutete er, sie hätte ihn wegen seines Geldes geheiratet. Einfach lächerlich!

Ihr Finger strich über die kunstvolle Stickerei auf der Armstütze ihres Sessels. »Welche Ländereien besitzt du sonst noch?«

»Zwei weitere in Schottland, zwei in England. Und ein Haus in London.«

»Ich war noch nie in London«, erklärte sie in sanftem Ton.

»Nun, falls du hoffst, du könntest woanders wohnen, Duchess – vergiss es.«

»Warum?«, fragte sie und bemühte sich, ebenso arrogant zu erscheinen wie er.

»Weil ich dich in meiner Nähe behalten will. Weil du mir gehörst, Lady. Weil du meine Frau bist. Meine Duchess.«

Ha! Beinahe hätte sie die Augen verdreht.

»Bist du hungrig, Maura?«

Der plötzliche Themenwechsel verwirrte sie. »Ja, sehr«, gab sie zögernd zu.

»Jetzt muss ich einige Geschäfte in meiner Bibliothek erledigen. Aber das wird nicht lange dauern. Mrs. Yates wird dich in dein Zimmer führen und ein Tablett hinaufschicken.« Nach einer kurzen Pause fügte er hinzu: »Und dann ...«

In seiner seidenweichen Stimme schwang ein Unterton mit, der sie erschreckte. Nun geriet sie auf gefährliches Terrain, und er wusste es. Das bestätigten der Glanz in seinen Augen und das siegessichere Lächeln. Verdammt, wie grausam er an ihren Nerven zerrte!

»Was – dann?«, würgte sie hervor.

Alecs vielsagender Blick schürte ihr Unbehagen. »Nun –

dann werden wir die erste Nacht in unserem gesegneten Ehebett genießen.« Er trank sein Glas leer, stellte es auf das Tablett und verschwand durch eine Tür, die sie bisher nicht bemerkt hatte.

Sollte sie lachen oder weinen? Hätte sie nicht in dem Lehnstuhl gesessen, wäre sie gewiss zusammengebrochen.

Meine Lady, hatte er sie genannt. *Meine Duchess.*

Doch sie war weder seine Lady noch seine Duchess – nicht einmal seine Ehefrau.

Achtes Kapitel

Die langen Beine ausgestreckt, die Fußknöchel gekreuzt, saß Alec vor dem Kamin. Ein Arm hing an der Seite des Sessels herab. In der anderen Hand hielt er ein Weinglas, an dem er hin und wieder nippte. Schließlich erschien Mrs. Yates. Er lehnte die Mahlzeit ab, die sie ihm anbot. Aber als sie sich zum Gehen wandte, rief er sie zurück.

»Hat sich meine Frau in ihrem Gemach häuslich niedergelassen?«

»Aye, Euer Gnaden. Aggie hilft der Duchess gerade beim Auspacken.«

»Danke, Mrs. Yates. Werden Sie das Personal anweisen, alle Wünsche meiner Gemahlin zu erfüllen?«

»Selbstverständlich, Euer Gnaden.«

Die Haushälterin knickste und ging.

Belustigt überlegte Alec, wie aufgeregt die Dienstboten an diesem Abend tuscheln würden. Er starrte in den Kamin. Wegen des warmen Wetters brannte kein Feuer. Nachdenklich nahm er noch einen Schluck. Nein, er dachte nicht nach, entschied er selbstironisch, er *grübelte*. Und das tat er nur sehr selten.

Heiliger Himmel, er war verheiratet. Wirklich und wahrhaftig *verheiratet!* Allein schon der Gedanke bewog ihn, mit den Zähnen zu knirschen. Wieder einmal warf er sich seine mangelnde Selbstkontrolle vor und lächelte bitter.

Nicht, dass er etwas gegen die Ehe hätte. Und er hatte auch gar nicht beabsichtigt, Junggeselle zu bleiben. Niemals würde er seine Pflichten vernachlässigen. Die Familie bedeutete ihm sehr viel. Immerhin war er in einem liebevollen Elternhaus aufgewachsen. Er wünschte sich ein Kind, einen Erben ... Nein, er hoffte, der Allmächtige würde ihm *viele* Kinder schenken. Und sie sollten auf Gleneden ebenso glücklich werden wie er selbst.

Aber es gab ein ernsthaftes Problem. Wie zum Teufel sollte er seiner Familie diese plötzliche Heirat erklären? Vielleicht war es ein Segen, dass er in absehbarer Zeit keine Verwandten in Gleneden erwartete. Seine Mutter hatte ihm geschrieben, sie würde den ganzen Sommer in Brighton verbringen.

Was sollte er sagen? Es sei Liebe auf den ersten Blick gewesen? Sarkastisch seufzte er auf. Eher Lust auf den ersten Blick.

All diese Stunden mit Maura in der Kutsche ... Sie hatte so unschuldig ausgesehen, als sie sich schlafend stellte. Aber sie hatte ihn nicht getäuscht. Er wusste, dass sie nicht schlief. Und als sie dann doch einschlummerte, nahm sie eine unbequeme Haltung ein, den Kopf an die Kutschenwand gelehnt. Nach einer Weile hatte er sie vorsichtig auf den Sitz gelegt und zugedeckt. Viel lieber hätte er sie in seinen Armen gehalten.

Entschlossen verdrängte er diese Erinnerung. Maura beschäftigte seine Gedanken viel zu sehr. Und das missfiel ihm. Er berührte seine Wange, die Stelle, an der sie ihn geschlagen hatte. Geohrfeigt! Ihn! Gewiss, er war schon öfter geschlagen worden, von seiner Schwester und Aidan. Aber damals waren sie Kinder gewesen. Später hatte er eine solche Schmach nie wieder erdulden müssen.

Was die schöne Lady Maura gewagt hatte, verblüffte ihn immer noch.

Er presste die Lippen zusammen.

Oder vielleicht überraschte es ihn gar nicht. Er hielt sich für einen guten Menschenkenner. So leicht ließ er sich nichts vormachen. Mauras tränenreiche, mädchenhafte Reue in Lord Prestons Bibliothek hatte ihn keine Sekunde lang getäuscht. Seiner Ansicht nach war sie eine willensstarke junge Dame, die ihre Interessen zielstrebig verfolgte. Zweifellos hatte er keine kleinmütige, schüchterne Frau geheiratet.

Alec versuchte seine wachsende Wut zu bekämpfen. Verdammt, er hasste es, wenn er zu etwas gezwungen wurde. Auf welche Weise diese Ehe zustande gekommen war – das erzürnte ihn maßlos. Irgendwie wurde er das Gefühl nicht los, dass Maura ihn manipuliert hatte. Und er war zu spät dahintergekommen. Die schöne Lady wollte einen reichen Mann heiraten. Gab es eine bessere Methode, als in sein Bett zu sinken und am nächsten Morgen ertappt zu werden? Das hatte sie raffiniert geplant und die Rolle der Verführerin meisterhaft gespielt.

O ja, ihre Schönheit und ihre sinnliche Ausstrahlung hatten eine unwiderstehliche Wirkung auf ihn ausgeübt. Und so hatte er seine Rolle gespielt, ohne zu ahnen, wie tückisch er hintergangen wurde.

Und er hatte das Spiel verloren. Wie ein Idiot war er auf Mauras Betrug hereingefallen. Gewiss, er hatte nur zu gern angenommen, was die kleine Hexe ihm anbot. Natürlich hatte er an jenem Abend nicht erwartet, er würde eine Braut heimführen – eine ziemlich berechnende Braut! So geschickt hatte sie ihn übertölpelt, mit der Hilfe ihres Onkels Murdoch.

Erbost trank Alec auf den Erfolg der beiden.

Nun schweifte sein Blick nach oben. Er nahm sich sehr viel Zeit. Inzwischen war eine Stunde verstrichen. Verärgert über seine mangelnde Selbstbeherrschung und seine innere Unrast, schenkte er sich noch etwas Wein ein. Ja, er begehrte sie. Und er wollte sie nicht begehren.

Sollte er sich noch eine halbe Stunde gedulden? Was er beabsichtigte, hatte er seiner Frau klar und deutlich zu verstehen gegeben. Fast fühlte er sich versucht, sie noch länger schmoren und bis in die Nacht hinein warten zu lassen.

Nur beinahe.

Nein, entschied er.

Ein grimmiges Lächeln verzog seine Lippen. Immerhin wartete seine Braut auf ihn.

Und es wäre sehr unhöflich, sie zu enttäuschen. Er trank sein Weinglas leer.

Als er die Treppe hinaufstieg, hallte das Geräusch

seiner Stiefelabsätze von den Wänden wider. Im oberen Stockwerk, im neuen Flügel von Gleneden, bedeckten Teppiche den Korridor. Also würde Maura seine Schritte nicht hören. Sie bewohnte das Gemach der Duchess in der Herrschaftssuite. Diesen Raum hatte seine Mutter nie benutzt. Sie hatte bei seinem Vater geschlafen. Immer, bis zu dessen Tod.

Alec hob die Hand, um an die Tür zu klopfen. Da stockte ihm der Atem. Verdammt, dachte er, warum sollte er sich in seinem eigenen Haus ankündigen?

Kurz entschlossen drückte er auf die Klinke und betrat das Zimmer. Hinter ihm fiel die Tür ins Schloss. Offenbar hatte Maura die Ankunft ihres Ehemanns nicht bemerkt. Sie beugte sich über eine Schublade im Schrank, die reizvollen Rundungen ihres kleinen Hinterteils waren deutlich zu sehen.

Entweder hatte sie das Klicken der Tür nicht wahrgenommen, oder Alecs Anwesenheit war ihr egal. Oh, dem wäre gewiss nicht so, wenn sie wüsste, welche Gedanken durch sein Gehirn schwirrten.

In dieser Nacht werde *ich* das Drama inszenieren, dachte er voller Genugtuung. Wie er es genießen würde, wenn sie sich unbehaglich umherwand ... Ja, er würde den Spieß umdrehen und ihr eine wohlverdiente Lektion erteilen. In Irland war er ein Idiot gewesen, denn er hatte sich von seiner Leidenschaft übermannen lassen. Aber Maura hatte ihn nur ein einziges Mal zum Narren gehalten. Ein zweites Mal würde ihm das nicht passieren. Genüsslich malte er sich aus, wie er den Eindruck erwecken würde, er wolle in der Hochzeitsnacht mit ihr schlafen.

Doch das würde er nicht tun. Noch nicht. Erst einmal sollte sie warten, in wachsender Verwirrung, und allmählich die Fassung verlieren. Ständig würde sie sich fragen, wann …

»Guten Abend, Irin.«

Maura fuhr herum und griff sich an die Kehle. Offenbar hatte er sie erschreckt. Doch sie erholte sich sehr schnell. »Ich habe dich nicht klopfen gehört«, sagte sie kühl.

»Weil ich es nicht tat.«

Langsam ließ er seinen Blick über ihren Körper wandern. Sie trug ein Nachthemd aus schlichter weißer Baumwolle, nur an den Ärmeln und am Saum mit Spitzenborten verziert.

Wollte sie ihm mit dieser bescheidenen Aufmachung bedeuten, sie sei nicht hinter seinem Geld her? Keine Sekunde lang glaubte er, sie wäre nicht an seinem Reichtum interessiert. In Irland war er ein blinder Narr gewesen. Sie hatte ihm eine Falle gestellt, und er war hineingetappt. Jetzt hatte sie erreicht, was sie wollte – den Titel einer Duchess, seinen Namen, Geld, Sicherheit für den Rest ihres Lebens. Dafür hatte sie ihm ihre Jungfräulichkeit geschenkt. Und deshalb kann ich ihr nicht die Tür weisen, dachte er verbittert.

Während er zu ihr ging, griff sie nach ihrem Morgenmantel. Oh, demnach war also das schamhafte, scheue Mädchen zurückgekehrt!

Sie verknotete den Gürtel des Morgenmantels, der ihre schmale Taille betonte. Über ihren Brüsten spannte sich der dünne Stoff, und er konnte die Knospen ausmachen. Die Situation amüsierte ihn. Wie sie sich kleidete, spielte keine Rolle. Merkte sie denn nicht, wie provozierend sie wirkte? In edler Seide und kostbarer Spitze würde sie nicht begehrenswerter aussehen. Vielleicht wusste sie das nicht. Oder sie hatte ihre äußere Erscheinung sorgsam geplant, als Teil ihres Kalküls – oder es war ihr einfach egal.

Irritiert hob sie die Brauen. Ah, die hochmütige Duchess!

»Gefällt dir dein Zimmer?«, fragte er höflich.

»Sehr gut, danke.« Wie kühl und würdevoll, die kleine Betrügerin ... »Es war sehr freundlich von dir, dass du Aggie erlaubt hast, mir beim Auspacken zu helfen. Bisher hat sich mir noch gar keine Gelegenheit für eine genauere Inspektion dieses Raums geboten. Befindet sich dort eine Ankleidekammer?« Sie zeigte auf eine Tür neben dem Schrank.

»Nein.« Erstaunlich, welch Genugtuung ihm dieses einzige Wort bereitete ... »Mein Schlafzimmer. Für mich ist das sehr angenehm, Irin. Wann immer ich es wünsche, kann ich dich besuchen. Oder du kommst zu mir.«

Gelassen schlüpfte er aus seinem Jackett und warf es auf den Stuhl neben dem Spiegel.

Ihre Augen verengten sich. »Was machst du eigentlich in meinem Zimmer? Wie wir beide wissen, wurde unsere Ehe bereits vollzogen ...«

»Trotzdem ist es eine Ehe.« Alec öffnete die Knöpfe seines Hemds, das auf dem Jackett landete. »Und ich habe dir eine Nacht voll ehelichen Glücks versprochen. Ich möchte meine Gemahlin mit der Glut erfreuen, die ihr gebührt. Glaub mir, ich werde dich nicht enttäuschen.«

In ihren strahlend grünen Augen erschien ein herausfordernder Glanz. »Reine Angeberei, Schotte?«

»Nur die Feststellung einer Tatsache, Irin.«

Verächtlich starrte sie ihn an. Doch sie fuhr sich mit der Zunge über die Lippen. Wie er inzwischen herausgefunden hatte, tat sie das nur, wenn sie nervös war. Und dazu hatte sie allen Grund. Trotzdem wich sie nicht vor ihm zurück. Nein, sie würde nicht klein beigeben.

»Falls dein Gedächtnis dich im Stich lässt, Alec, du hast die Blume bereits gepflückt – und sie kann nur einmal gepflückt werden.«

Ihre Wortwahl erheiterte ihn, und er lachte leise.

»Deshalb«, fuhr sie fort, »musst du dich nicht verpflichtet fühlen, mir eine Nacht voll ehelichen Glücks zu bieten, wie du es nennst. Das ist nicht nötig. Außerdem – es ist eine lange Reise gewesen, nicht wahr? Und ich bin ziemlich müde.«

»Schade – ich nämlich nicht«, verkündete er fröhlich.

Die Schultern gestrafft, stand sie in der Nähe des Schranks.

Forschend betrachtete Alec ihr Gesicht. »In jener Nacht hast du mich verführt«, erinnerte er sie. »Nun will ich *deine* Glut erwecken und dich besitzen. Missgönnst du mir dieses Vergnügen?«

»Das hattest du bereits, wenn ich dich darauf hinweisen darf.«

Er setzte sich auf die Bettkante. Einladend klopfte er neben sich auf die Matratze. »Zu meinem Bedauern erinnere ich mich nur ganz vage an unsere erste Nacht. Dafür entschuldige ich mich. Nie wieder werde ich so viel Wein trinken. Verstehst du jetzt, warum ich mich so sehr auf die Hchzeitsnacht freue, meine Duchess? In jener Nacht konnte ich dich nicht richtig würdigen. Das möchte ich wiedergutmachen. Konnte ich dir wenigstens gewisse Freuden bereiten?« Er wartete keine Antwort ab. »Das hoffe ich, trotz deiner Jungfräulichkeit. Falls ich mich ungeschickt angestellt habe – jetzt werde ich meine ganzen Liebeskünste aufbieten und deine süße Lust stillen. Alles werde ich tun, um meine ehelichen Pflichten perfekt zu erfüllen. Über dieses Thema habe ich noch nie richtig nachgedacht. Und vor unserer überstürzten Hochzeit fand ich erst recht keine Gelegenheit dazu. Aber ich finde, ein Mann und eine Frau sollten in ihrem Ehebett die gleiche Erfüllung finden. Hoffentlich stimmst du mir zu. Und jetzt komm her, setz dich neben deinen Gemahl.«

Die Lippen zusammengepresst, erwiderte Maura seinen Blick. Es herrschte drückendes Schweigen.

»Komm zu mir, Duchess«, bat Alec leise. »Oder ich hole dich.«

In den schönen grünen Augen erschien ein seltsames Licht. Doch sie blieb immer noch stehen. Entweder fürchtete sie das Risiko nicht. Oder sie war dumm genug, sich einzubilden, er würde seine Drohung nicht wahrmachen. Trotz seiner ursprünglichen Absicht war er nahe daran, seine Frau einfach zu packen und das Wort zu halten, das er ihr gegeben hatte. Doch da ging sie steifbeinig zum Fußende des Betts und setzte sich.

Mindestens einen Meter von ihm entfernt.

Gut, das würde er ihr gestatten. Wenigstens vorerst.

Wieder senkte sich bleiernes Schweigen über sie. Alec studierte Mauras Profil und überlegte, wie er jetzt vorgehen sollte. In seinem Innern tobte ein Aufruhr widersprüchlicher Gefühle. Maura hingegen wirkte ruhig und gelassen.

Stellte sie seine Willenskraft auf die Probe?, fragte er sich. Oder war es ein geistiges Kräftemessen?

Nachdenklich runzelte Alec die Stirn. Wenn sie auch eine Jungfrau gewesen war – das hatte sie nicht daran gehindert, die Rolle der Verführerin zu spielen. Diese Erkenntnis schürte seinen Zorn – und sein Verlangen.

Auf einmal wünschte er, sie würde ihn ebenso heiß begehren wie er sie. Bis aufs Blut würde er sie reizen.

Denn eins hatte sich nicht geändert. Obwohl er sich betrogen und verraten fühlte – er sehnte sich genauso nach ihr wie in der Nacht des Maskenballs. Gewiss, das missfiel ihm. Doch es ließ sich nicht bestreiten. Wie ein Vorhang aus schwarzen Wellen hing ihr das

Haar auf die Schultern. Unglaublich, wie sehr sie ihn erregte – wie keine andere Frau je zuvor.

Und sie verschmähte ihn – was noch keine Frau gewagt hatte. Das war sehr unklug. Wusste sie denn nicht, dass dieses Verhalten jeden Mann herausfordern und den Impuls wecken musste, seine Macht zu beweisen? Offenbar merkte Maura nicht, was sie seinem männlichen Stolz antat.

Entschlossen rückte er zu ihr. Als er einen Arm um ihre Taille legte, las er Angst in ihren Augen, die sofort wieder verschwand.

»Du kannst mir nicht verweigern, was mir zusteht, Irin«, erklärte er und umfasste ihr Kinn mit Daumen und Zeigefinger. »Ich werde meine Begierde nicht bezähmen – und deine werde ich entfachen. Oder hast du es so schnell vergessen? In jener Nacht hast du mir deine Jungfräulichkeit geopfert. Erinnerst du dich nicht?«

»Nun – vielleicht vage … Es war genauso, wie ich es meinem Onkel gestand. Zu viel Wein … Wir beide haben sehr viel getrunken.«

»Und du hast keineswegs den Eindruck erweckt, du würdest mich abstoßend finden. Ganz im Gegenteil. Geradezu tollkühn hast du mit mir geliebäugelt – und auf der Terrasse des Ballsaals meinen Kuss mit der gleichen Glut erwidert. Oder behauptest du, auch das hättest du vergessen?«

Sie schob ihre Unterlippe vor – ein bezauberndes Schmollen, das ihn drängte, ihr den Mund mit seinem zu verschließen. Von heißer Begierde erfüllt, bekam er eine steinharte, unbequeme Erektion. Wenn er Mauras Hand auf seinen Schenkel legte, würde sie es spüren ... Nur mühsam widerstand er der Versuchung, genau das zu tun und ihre Reaktion zu beobachten.

»Gerätst du nur in amouröse Stimmung, wenn du Alkohol getrunken hast?«, murmelte er. »Vielleicht sollte ich dich eines Abends wieder dazu verleiten. Auf Gleneden wird ein ausgezeichneter Whisky gebrannt. Damit würde ich gern die Verführerin heraufbeschwören, die ich in jener Nacht kennengelernt habe.«

Verwirrt riss sie die Augen auf. Doch ihre Zunge war so scharf wie eh und je. »Von Whisky halte ich nichts. Und von dir in diesem Moment ebenso wenig.«

»Du bist sehr jung Irin, aber alt genug, um genau zu wissen, was du tust, wenn du einen Mann betörst. Auf diese Kunst verstehst du dich – ohne jeden Zweifel.«

Während er sprach, öffnete er den Gürtel ihres Morgenmantels und streifte ihn von ihren Schultern.

»Was ist mit der Frau geschehen, die ich auf dem Maskenball getroffen habe?« Seine Fingerspitze strich über den Ausschnitt ihres Nachthemds. »Wohin ist sie verschwunden? Du hast die kühne Piratin gespielt, Irin. Jetzt solltest du dich in eine liebevolle Ehefrau verwandeln.«

»Wie kann ich eine Rolle spielen, die nicht zu mir passt? Ich bin keine liebevolle Ehefrau. So wie du kein liebevoller Ehemann bist.«

Das Funkeln in Mauras Augen weckte den Wunsch, sie herauszufordern und zu zähmen – und sie gleichzeitig zu spüren, zu schmecken, alles an ihr zu genießen. Offensichtlich hatte er sie richtig eingeschätzt, sie besaß eine eiserne Willenskraft.

Ebenso wie er. Und er würde sich niemals geschlagen geben.

»Ich glaube, ich muss dich auf etwas hinweisen …«, begann er. »Möglicherweise wird es deine Erinnerung an unsere erste Begegnung auffrischen und dein Verlangen erneut schüren. Und vielleicht wird es sogar *meine* Erinnerung an unsere Vereinigung wecken.«

Schweigend schüttelte sie den Kopf.

»Bist du so fest entschlossen, alles zu vergessen, Irin? Was ich dir erklären möchte – ich verfüge über ausreichende Erfahrungen, und ich merke es, wenn eine Frau meine Avancen willkommen heißt. Und das hast du getan, voller Leidenschaft. Muss ich jene Gefühle erneut in dir entfesseln?«

»Alec …«

»Ich habe einen hohen Preis für dich bezahlt, Irin. Darf ich die Freuden meiner Ehe nicht auskosten? Gönnst du mir nicht einmal einen Kuss?«

»Was du willst – das ist kein Kuss!«, fauchte ist.

Da hatte sie Recht. Ihre Augen erschienen ihm übernatürlich groß. Dieses kleine Biest! Warum das plötzliche Widerstreben? Sie hatte ihn in den Hafen der Ehe gelockt. Mit Worten, mit Blicken, mit ihrem Körper. Und – ja, er hatte sich bereitwillig verführen lassen. Durch seine eigene Schuld hatte er den Preis bezahlt, einen kostbaren Preis, nämlich seine Ungebundenheit. Doch die Irin hatte nur ein einziges Mal mit ihm gespielt. Inzwischen hatte er seine Lektion gelernt.

»Ist es denn verwunderlich, dass ich noch einmal erleben möchte, was meinem Gedächtnis entfallen ist, teure Gemahlin? Für meine Trunkenheit in jener Nacht entschuldige ich mich. Irgendwie ist das seltsam – denn normalerweise schwächt übermäßiger Alkoholgenuss die Manneskraft.«

Und beim Himmel, er würde sie erregen, bis sie ihn begehrte. Genauso, wie er sie in der Nacht des Maskenballs begehrt hatte. Oh, jetzt gab sie vor, nichts zu empfinden. Aber er wusste es besser – er kannte das Feuer, das ihr Blut erhitzt hatte. Nur zu gut erinnerte er sich an ihre weichen, geöffneten Lippen, ihren lockenden Eifer. Nun, vielleicht sollte er es ihr mit gleicher Münze heimzahlen. Atemlos würde sie sich hin und her winden und vor Sehnsucht nach ihm schreien. Bis zur Ekstase würde er sie treiben – und ihr dann die Erfüllung verweigern.

Er stand auf, ergriff Maura bei der Hand und zog sie hoch. Scheinbar verlegen schaute sie zur Seite. Nur zögernd kehrte ihr Blick zu ihm zurück. Nun spielte die Verführerin wieder einmal das schüchterne Mädchen.

Wenn er auch nicht zu heftigen Temperamentausbrüchen neigte – dieser Irin gelang es immer wieder, seine Selbstkontrolle ins Wanken zu bringen. Und sobald die Flammen in ihm entzündet wurden, ließen sie sich nicht so leicht löschen.

Hielt sie ihn wirklich für einen Narren? Einmal war er auf ihre Tücke hereingefallen. Ein zweites Mal würde ihm das nicht passieren. Und wenn sie dachte, er sei eine Marionette, an deren Fäden sie nach Lust und Laune ziehen konnte, täuschte sie sich ganz gewaltig.

Alec umarmte sie. Im selben Moment, in dem sie den Kopf hob, presste er seinen Mund auf ihren. Er schlang seine Finger in ihr Haar, umfasste ihren Nacken, seine und ihre Lippen verschmolzen.

Falls sie immer noch glaubte, er sei eine Schachfigur, die ihr hilflos ausgeliefert war, würde er sie eines Besseren belehren. Seine Zunge glitt über ihre Lippen, die geschlossen blieben. Also wies sie ihn ab, obwohl sie seine Frau war – nachdem sie erreicht hatte, was sie wollte?

Irgendetwas in seinem Innern verhärtete sich. Nein, entschied er. Nein.

Aus seiner Kehle drang ein heiserer Laut, und er umfing sie noch fester. Ihr Busen schmiegte sich an seine Brust, ihre schlanken Schenkel an die seinen, an kraftvolle Muskeln. Als sie nach Luft rang, nutzte er die Gelegenheit. Seine Zunge öffnete ihren Mund, und er saugte an ihrer, die sie vergeblich zurückzuziehen suchte. In irgendeinem fernen Teil seines Bewusstseins registrierte er ihr leises, protestierendes Stöhnen. Doch er war nicht in der Stimmung, neue Täuschungsmanöver zu dulden. Warum bestand sie immer noch darauf, die Unschuld zu mimen?

Besitzergreifend küsste er sie, als wolle er ihr seinen Willen aufzwingen.

Er spürte, wie sie sich zu befreien versuchte. Auf diese Weise gab sie ihm zu verstehen, dass ihr sein Kuss ebenso missfiel wie die Umarmung.

Schließlich ließ er sie los. Aber er war noch nicht mit ihr fertig, denn er wollte zu sehen bekommen, was ihm gehörte.

Ein schneller Zugriff, noch einer, und Morgenmantel und Nachthemd lagen am Boden.

Nackt stand sie vor ihm.

Sie hob die Arme, um ihre Brüste zu verdecken. Doch er umklammerte ihre Handgelenke – so feinknochig und zerbrechlich –, drückte sie zu beiden Seiten ihres Körpers hinab und hielt sie eisern fest.

Da wandte sie ihr Gesicht zur Seite. Ihr Wagemut schien zu entschwinden. Gewiss fand sie ihren Mann hartherzig, ja grausam.

Ihre Haut schimmerte wie Alabaster. Abschätzend glitt Alecs Blick über ihre gertenschlanke Gestalt, die wohlgeformten Beine. Von wachsender Lust erfüllt, stellte er sich vor, diese schönen langen Beine umschlängen seine Hüften, während er so tief wie nur möglich in sie eindrang.

Während er sie musterte, ließ er sich sehr viel Zeit. Nur vage nahm er ihre Verzweiflung wahr, da seine Gedanken einem anderen Problem galten.

Maura war exquisit. Großer Gott, es ergab keinen Sinn. Wie hatte er eine solche Frau besitzen – und den Liebesakt vergessen können? Wieso? Verdammt, die Wirkung des Alkohols musste noch stärker gewesen sein, als er vermutet hatte.

Nun schöpfte er einen neuen Verdacht. Angestrengt versuchte er sich die Einzelheiten jener Nacht ins Gedächtnis zurückzurufen. Vielleicht im Dunkeln – ohne Kleidung ...

Seine Kinnmuskeln spannten sich an. Immer schneller pochte sein Herz, und er focht einen harten Kampf gegen sein wildes Verlangen aus. Er ließ Mauras Handgelenke los, seine Finger umschlossen eine ihrer Brüste.

Gepeinigt zuckte sie zusammen. Alecs Hand sank hinab. Also fand sie ihn gefühllos und brutal. Statt ihn wie geplant zu begehren, dachte er mit einem ironischen Lächeln.

Abrupt griff er nach seinem Jackett und dem Hemd. »Ich gehe jetzt in mein Zimmer, Irin. Wenn du dich einsam fühlst – komm zu mir.«

Neuntes Kapitel

Trotzdem ist es eine Ehe ... Ich möchte meine Gemahlin mit der Glut erfreuen, die ihr gebührt ... Glaub mir, ich werde dich nicht enttäuschen ...

Wie Alarmglocken dröhnten die Worte in Mauras Ohren.

Nur widerstrebend gestand sie sich ein, wie schmerzhaft Alecs Besuch an ihren Nerven gezehrt hatte. Ihr Herz schlug immer noch wie rasend. Hastig schlüpfte sie in ihr Nachthemd und kroch unter die Bettdecke.

Sie musste den Tatsachen ins Auge blicken – Alec McBride war gefährlich. Angstvoll hatte sie die innere Kraft gespürt, die er ausstrahlte. Und sein unerschütterliches Selbstvertrauen. Einen solchen Mann durfte man nicht unterschätzen, dachte sie beklommen.

Allmählich fürchtete Maura, einen schweren Fehler begangen zu haben.

Bevor Alec in sein Zimmer gegangen war, hatte er deutlich genug bekundet, was er von dieser Ehe hielt. Er verabscheute die Situation, in der er sich befand. Denn er glaubte, sie habe ihn wegen seines Reichtums geheiratet.

Nun, vielleicht ist das vorteilhaft, überlegte sie zitternd. Aber wenn er herausfand, dass Murdoch den Diakon bezahlt hatte – und dass O'Reilly gar kein Diakon war … Gewiss, früher einmal war er ein Geistlicher gewesen, bevor er sich am Geld seiner Kirchengemeinde vergriffen hatte. Dabei war er ertappt und dann sofort exkommuniziert worden.

Und wenn nun Alec erfuhr, dass die Heirat ungültig war?

Dieser Gedanke steigerte Mauras Angst beinahe zur Panik. So eiskalt waren seine Augen an diesem Abend gewesen … Sie hatte nur Mittel und Wege gesucht, um ins Haus des Schwarzen Schotten zu gelangen – und nicht bedacht, mit was für einem Mann sie sich auseinandersetzen musste.

Sie hatte nicht erwartet, dass er an diesem Abend in ihr Zimmer schlendern würde. Ein Fehler – damit hätte sie rechnen und sich vorbereiten müssen, um ihm möglichst gelassen zu begegnen.

Natürlich hätte sie niemals vermutet, der verdammte Schurke würde sie entkleiden! Es war unklug, ihn zu provozieren, warf sie sich vor. In Zukunft musste sie ihre spitze Zunge im Zaum halten. Aber er hatte sie mit seinen sarkastischen Kommentaren herausgefordert. Welch ein arroganter, widerwärtiger Mann! Wie konnte er es wagen, unangemeldet ihr Schlafgemach zu betreten!

Du bist hier der Eindringling, mahnte eine boshafte innere Stimme.

Bedrückt starrte Maura zur Zimmerdecke empor. Noch immer glaubte sie Alecs Worte zu hören.

Ich habe dir eine Nacht voll ehelichen Glücks versprochen.

An diesem Abend war sie noch einmal ungeschoren davongekommen. Ob er beabsichtigt hatte, seine Ankündigung in die Tat umzusetzen, wusste sie nicht. Wahrscheinlich nicht. In seinem Kuss hatte sie zu großen Zorn gespürt. Und verletzten Stolz …

Widersprüchliche Gefühle kämpften in ihrer Brust. Einerseits triumphierte sie, andererseits fürchtete sie sich. Wenigstens war sie hier. In Schottland. Aber Murdoch hatte sie gewarnt. *Wer anderen eine Grube gräbt, fällt selbst hinein.*

Würde Alec McBride ihren Plan vereiteln? Keinen einzigen noch so kleinen Fehler durfte sie sich leisten. Sonst wäre alles verloren.

Was Alecs Verhalten betraf, machte sie sich nichts vor. An diesem Abend war seine Botschaft glasklar gewesen. In seinem Haus würde er tun, was ihm beliebte. Sie gehörte ihm. Und er würde so mit ihr umgehen, wie es ihm gefiel.

Auf unmissverständliche Weise hatte er ihr bedeutet, er würde sich nicht manipulieren lassen.

Aber sie würde ihn abwehren und seinem Bett fernbleiben, beschloss sie. Das würde ihr gelingen. Zumindest musste sie darauf hoffen. So wütend er über die erzwungene Heirat auch sein mochte – er war ein Gentleman, allerdings ein sehr leidenschaftlicher und zielstrebiger. Und da lag der Hase im Pfeffer.

Er glaubte, die Ehe sei vollzogen worden. Sonst

hätte er der Hochzeit niemals zugestimmt. Und jetzt musste Maura ihn in der Überzeugung bestärken, sie seien tatsächlich verheiratet. Keinesfalls durfte er misstrauisch werden und sich fragen, ob auch alles mit rechten Dingen zugegangen war.

Vielleicht würden sein Zorn und sein verletzter Stolz ihn veranlassen, ihr Bett zu meiden. Aber wie lange? Irgendwie musste sie eine Möglichkeit finden, den Kreis des Lichts zu suchen, ohne dass Alec es bemerkte. Sie würde ihn umgarnen, damit kein Verdacht in ihm erwachte, und gleichzeitig auf Distanz gehen. Wenn er hinter ihre Jungfräulichkeit kam, würde er die Wahrheit herausfinden.

Und feststellen, wie niederträchtig sie ihn hintergangen hatte …

Nicht zum ersten Mal musste sie ein hysterisches Gelächter unterdrücken.

Welch unerträgliche Situation!

Und in diese prekäre Lage hatte sie sich selbst gebracht, mit ihren unlauteren Machenschaften. In Irland war alles reibungslos verlaufen, und sie hatte sich so viel auf ihre Klugheit eingebildet.

Aber jetzt, in Schottland, war sie ihrer Sache nicht mehr so sicher. Insbesondere, weil sie sich mit einer unumstößlichen Tatsache konfrontiert sah.

Alec McBride war kein Narr.

Bis Maura endlich im Reich der Träume versank, dauerte es sehr lange. Doch es waren keine angenehmen Träume. Ganz im Gegenteil.

Sie rannte durch einen Wald, bahnte sich einen Weg zwischen dichten Bäumen. Überall lauerten düstere Schatten. Jemand folgte ihr und rief immer wieder ihren Namen. Näher und näher kam er heran. Der Schwarze Schotte – ohne jeden Zweifel. Vor ihrem geistigen Auge erschien sein Bild. Er trug seine Piratenkleidung. Auf seinem Haar, so schwarz wie die Nacht, saß ein Hut mit einer Feder. Ein üppiger dunkler Schnurrbart, gefletschte Zähne … Plötzlich hörte Maura ein Gelächter, das ihr Blut gefrieren ließ, denn er hatte sie fast erreicht. Nur seine rechte Hand steckte in einem schwarzen Lederhandschuh. Damit griff er nach ihr. Doch sie wich ihm blitzschnell aus.

Und dann sah sie den Kreis des Lichts. Er war klein. Im Durchmesser nicht größer als die Spanne ihrer gespreizten Finger. Leuchtend schwebte er in der Luft und drehte sich langsam, gehämmertes Silber spiegelte eine Vielfalt der schönsten Farben wider. Und instinktiv wusste Maura, dass sie ihn nur berühren musste, um sich in Sicherheit zu bringen. Beinahe war sie am Ziel. Fast … Schreiend streckte sie die Fingerspitzen aus. Im selben Moment packte die behandschuhte Hand des Schwarzen Schotten ihren Rock, sie strauchelte und stürzte, in einen bodenlosen Abgrund …

… in die Arme eines wilden, gefährlichen Schotten mit blauen Augen, die Eissplittern glichen.

»Wach auf, Irin, wach auf!«

Aus ihrer Kehle drang ein halberstickter Schrei. Langsam kehrte ihr Bewusstsein zurück. Alec saß neben ihr auf dem Bett. Behutsam rüttelte er an ihrer Schulter.

Da ging ihr ein seltsamer Gedanke durch den Sinn. Alec auf ihrem Bett – das war nicht gefährlich.

Aber Alec *im* Bett – das wäre sehr gefährlich.

Als er merkte, dass sie erwacht war, ließ er sie los. »Großer Gott, Irin, mit deinem Geschrei hast du das halbe Personal zu Tode erschreckt.«

»Ich – ich habe geträumt«, stammelte sie, immer noch leicht benommen.

»Ja, das dachte ich mir.« Sein Blick blieb an ihren Lippen hängen. In ihre Wangen stieg feurige Röte, und sie erinnerte sich an den Kuss in der letzten Nacht.

Und wie grausam er sie gezwungen hatte, nackt vor ihm zu stehen …

Jetzt schaute er sie wieder an, den Kopf schief gelegt. »Was hast du geträumt?«

Das wollte sie ihm nicht erzählen.

Einen Finger unter ihrem Kinn, schaute er ihr in die Augen. »Was hast du geträumt?«

»Ein Pirat hat mich verfolgt«, antwortete sie widerstrebend.

»Ach, ein Pirat? Warum?« Boshaft fügte er hinzu: »War er hübsch?«

Irgendetwas– vielleicht ein erholsamer nächtlicher Schlaf – musste seine Stimmung, die am letzten Abend miserabel gewesen war, gebessert haben.

Wohingegen eine unruhige Nacht ihre eigene Laune verschlechtert hatte … »Nein«, erwiderte sie honigsüß, »es war der hässlichste, ekelhafteste Pirat, den du dir nur vorstellen kannst.«

Einer seiner Mundwinkel zog sich nach oben – zweifellos ein sehr spöttisches Lächeln. »Und bist du vor diesem furchtbaren Piraten gerettet worden, Irin?«

Unbehaglich runzelte sie die Stirn. Er war vollständig bekleidet, und sie trug nur ein Nachthemd unter der Bettdecke – das missfiel ihr. »Nein, ich glaube nicht … Irgendwie landete ich in den Armen eines anderen Piraten. Und ich vermute, er wollte mich nicht retten, sondern quälen.«

»Oh, gewiss nicht. Da gibt es noch eine Möglichkeit. Dieser zweite Pirat in deinem Traum – ich wette, er sah sehr gut aus.«

Maura presste die Lippen zusammen.

»Ja«, fuhr er leichthin fort, »wie ich sehe, habe ich Recht. Hab ich's doch gewusst.«

Welch eine Frechheit! Erbost starrte sie ihn an. »Und wieso nimmst du das an?«

»Ganz einfach – meistens errate ich, was den Frauen durch den Kopf geht.«

»Tatsächlich, Schotte?« Ohne zu überlegen, fügte sie hinzu: »Also kennst du das schönere Geschlecht? Ziemlich unhöflich, vor der Frau, mit der du erst seit einem Tag verheiratet bist, mit deinen Eroberungen zu prahlen …« Würde er sie jetzt über Einzelheiten informieren?

Erstaunt hob er die dunklen Brauen. »Ich habe von meiner Schwester Anne gesprochen. In ihrer Kindheit hat sie sich furchtbar melodramatisch aufgeführt, ebenso wie meine Cousine Caro.«

»Nun, ich bin weder ein Kind noch melodramatisch.« Sie rückte ein wenig zur Seite, um ihn besser anschauen zu können. Bei dieser Bewegung rutschte gegen ihren Willen der große runde Ausschnitt ihres Nachthemds nach unten.

Schweigend musterte er ihre nackte Schulter, und sie zog hastig die Bettdecke darüber.

Ihre Blicke trafen sich.

»Soll ich hierbleiben und dir bei deinem Bad helfen?«, fragte er.

Offenbar genoss er ihr sichtliches Entsetzen.

Sein dämonisches Lächeln vertiefte sich.

»Nein? Vielleicht ein anderes Mal.« Nach einer kurzen Pause sprach er weiter: »Weißt du, Irin, wenn du immer so geräuschvoll träumst, muss ich dich woanders unterbringen.«

Dann würde er sich wenigstens nicht gleich nebenan befinden. Jetzt lächelte Maura. »Wo immer du ein Zimmer finden kannst.«

»Wahrscheinlich wäre es am besten, du ziehst zu mir. Dann kann ich dich wecken, wenn du wieder so ohrenbetäubend schreist.«

Mauras Lächeln gefror.

»Nur um dich zu trösten, Irin, was immer du auch träumen magst.«

Vernichtend starrte sie ihn an, ohne ihn einer Antwort zu würdigen.

»Immerhin wäre es möglich, dass du von diesem

grässlichen Alptraum heimgesucht wurdest, weil du ganz allein in einer fremden Umgebung geschlafen hast. Und das lässt sich mühelos ändern, nicht wahr?«

Inzwischen war ihr Triumphgefühl endgültig verflogen. Oh, dieser elende Schurke – meinte er das ernst?

»Schläfst du immer so lange, Irin?«

Maura wandte sich zur Uhr auf dem Nachttisch. Wie sie erschrocken feststellte, war es schon fast zehn Uhr.

»Wie lange dauert es, bis du angezogen bist?«

»Nicht lange«, versicherte sie hastig. Hoffentlich würde er ihr nicht erneut seine Hilfe beim Baden anbieten.

»Großartig.« Er stand auf und ging zur Tür.

Dann drehte er sich um. Maura erstarrte. Soeben hatte sie begonnen, aus dem Bett zu steigen, und sie fürchtete, Alec würde ein ganzes nacktes Bein sehen.

Natürlich, sie hatte es doch geahnt: Sein Blick wanderte von ihrem Schenkel ganz langsam zu ihrem Gesicht hinauf.

»Ich dachte, wir könnten ausfahren. Zieh etwas an, das sich für einen Aufenthalt an der frischen Luft eignet. Die Sonne ist noch nicht hinter den Wolken hervorgekommen. In dieser Gegend ist das Wetter manchmal unberechenbar.«

Verwirrt blinzelte sie. »Ja – und?«

»Gehörst du zu den Frauen, die ganz schrecklich jammern, wenn sie ein bisschen nass werden?«

»Selbstverständlich nicht.«

»Besitzt du feste Stiefel?«

»Ja.«

Mit einiger Mühe verbarg sie ihre Enttäuschung. Sie hatte geplant, an diesem Tag nach dem Kreis des Lichts zu suchen.

»Aber du musst dich nicht um mich kümmern«, fuhr sie fort. »Sicher hast du viele andere Pflichten – zumal du eben erst nach Hause zurückgekehrt bist. Ich sehe mich sehr gern ohne deine Begleitung um …«

»O nein, an diesem Morgen lasse ich dich nicht allein«, entgegnete er aalglatt. »Bald wird die Sonne scheinen. An einem so schönen Tag solltest du nicht im Haus bleiben.« Er zog seine Taschenuhr hervor. »Wenn dir das Frühstück aufs Zimmer gebracht wird – bist du in einer Stunde fertig?«

»Schon früher, ich brauche nur eine Viertelstunde.«

»Ah, eine Frau, die *nicht* den halben Vormittag mit ihrer Toilette verbringt! Anscheinend werden wir sehr gut miteinander auskommen.«

Maura warf ihm einen scharfen Blick zu. Verspottete er sie schon wieder? Das konnte sie nicht feststellen. Aber seine Laune hatte sich eindeutig gebessert.

Fünfzig Minuten später eilte sie die Treppe hinab. Die Hände hinter dem Rücken verschränkt, stand Alec in der Halle und beobachtete sie. Die Brauen hochgezogen, richtete er einen vielsagenden Blick auf die Standuhr.

»Dieses Haus ist zu groß«, erklärte sie atemlos. »Vorhin habe ich die falsche Treppe erwischt und mich verirrt. Leider habe ich mir nicht den Weg eingeprägt, als Mrs. Yates mich gestern Abend nach oben führte.« Natürlich war das eine Lüge. Denn sie hatte die Gelegenheit genutzt, um einige Türen zu öffnen und zu überlegen, wo sie ihre Suche nach dem Lichtkreis beginnen sollte.

»Auf keinen Fall darf ich meine Gemahlin hilflos umherirren lassen, nicht wahr? Womöglich würdest du verhungern, und die Polizei könnte mir die Schuld daran geben.«

Schon wieder dieser Spott ... Oder doch nicht? War seine Sorge echt?

Er umfasste ihren Ellbogen und führte sie ins Freie. »Wenn wir zurückkommen, zeige ich dir das ganze Haus und auch die Nebengebäude. Aber nun wollen wir das schöne Wetter für einen Ausflug nutzen. Wer weiß, wann es wieder regnen wird ... «

Vor dem Eingang wartete ein Junge mit einem kleinen zweirädrigen Einspänner. Alec stieg auf den Sitz, reichte ihr eine Hand und zog Maura nach oben. Die Sonne verbarg sich immer noch hinter grauen Wolken.

Nachdem Maura Platz genommen hatte, ergriff Alec die Zügel. Sie fuhren davon, und Maura blickte über ihre Schulter zurück. Aufmerksam betrachtete sie das Haus. Bei Tageslicht wirkte es ganz anders, von Bäumen umgeben. Dazwischen blühten farbenfrohe Blumen – dunkelrote Fuchsien, rosafarbene Hyazinthen. An der Fassade des Gebäudes schimmerten zahllose Erkerfenster mit Mittelpfosten.

Am Vorabend war sie zu nervös gewesen, um das zu bemerken – aber der Erker in ihrem Schlafzimmer war sehr gemütlich ausgestattet, mit einem Sofa voller Kissen. Wie gut konnte sie sich vorstellen, dort zu sitzen, angenehm warm, während der Wind die Zweige der Bäume peitschte und herbstlicher Regen herabprasselte …

Das Pferd trabte eine schmale Straße entlang. Zu beiden Seiten grasten Schafe auf den Weiden, hinter einer niedrigen Steinmauer rannte ein Schäferhund neben dem Einspänner dahin. Wehmütig dachte Maura an das McDonough Castle. So musste es auch einmal ausgesehen haben – inmitten schöner Bäume, saftiger Wiesen und einer üppigen Blumenpracht. Jetzt war die grüne Vegetation verkümmert, nur noch selten blühten Blumen – ganz egal, wie oft es regnen mochte. Und hier gedieh die Natur in fruchtbarer Fülle.

Und auf dem McDounogh-Land wuchs so gut wie nichts.

Schließlich machte die Straße eine Rechtsbiegung. Hinter einer Baumgruppe glänzte Wasser.

Als Alec den Blick seiner Frau bemerkte, erklärte er: »Das ist der kleine See, der Gleneden Hall am nächsten liegt. Im Sommer ist es hier sehr schön.«

»Das glaube ich dir.« Der See war lang und schmal. Trotz der düsteren Wolken konnte sie sich ausmalen, wie die Wellen im Sonnenschein glitzern würden. Am anderen Ufer erhoben sich grüne Hügel. »Wollen wir auf der Rückfahrt hier anhalten?«

»Vielleicht. Wären wir früher aufgebrochen, hätten wir reichlich Zeit.« Aus den Augenwinkeln warf er ihr einen Seitenblick zu.

Was er andeutete, verstand sie sofort. »Was soll das heißen?«, erwiderte sie bissig. »Willst du mich jeden Tag im Morgengrauen aus dem Bett zerren?«

Ein sanftes Lächeln verzog seine Lippen. »Meine liebste Maura, am liebsten würde ich dich *ins* Bett zerren.«

Wieder einmal stieg ihr heiße Röte ins Gesicht. Ihr stockte der Atem, als eine schockierende Vision vor ihrem geistigen Auge erschien – Alec lag nackt auf dem Bett und zog sie zwischen seine Schenkel hinab, ihr Busen schmiegte sich an seine Brust, ihre Beine an die seinen …

Vergeblich bemühte sie sich, das Bild zu verscheuchen. Gewiss, sie hatten bereits nackt beisammengelegen – aber nicht auf so obszöne, erotische Weise! Noch skandalöser: In ihrer Fantasie öffnete sie bereitwillig und verführerisch die Lippen!

Genau das galt es zu vermeiden.

»Vom Haus führt auch ein Waldweg zu diesem See«, sagte Alec. »Den zeige ich dir ein anderes Mal.«

Doch sie hörte ihm kaum zu. Bei jeder Bewegung streifte sein Oberschenkel ihre Hüfte. Das verwirrte sie. Tun konnte sie nichts dagegen. Hilflos war sie seiner Nähe ausgeliefert. Viel zu intensiv nahm sie ihn wahr. Jede Einzelheit.

An diesem Morgen war er wie ein Gentleman gekleidet, der keine Arbeit scheute. Schwarze Stiefel umhüllten seine Schienbeine. Unter den engen Breeches zeichneten sich kraftvolle Muskeln ab. Die Brise presste das Hemd an seine Brust und erinnerte Maura an die Nacht in Lord Prestons Haus. Am Hals stand es offen und zeigte dunkles Kraushaar. Jeder Quadratzentimeter dieses Mannes wirkte so stark und bezwingend.

Aber das wusste sie bereits seit der Nacht, die sie mit ihm verbracht und in der sie ihn ausgezogen hatte. Ihr Leben lang würde sie daran denken – an lange Glieder, von schwarzen Härchen bedeckt. Auf der breiten Brust erschienen sie noch dichter. Und tiefer unten – drahtig und üppig, rings um …

Entschlossen kniff Maura die Augen zusammen und verbannte die Vision. Doch die lebhafte Erinnerung an die Nacht des Maskenballs ließ sich nicht verscheuchen.

Da Alec keinen Hut trug, zerzauste der Fahrtwind sein Haar. Beinahe spürte sie die pechschwarzen Strähnen wieder an ihren Lippen. Er trug auch keine Handschuhe. Geschickt handhabte er die Zügel. Nur wenn es nötig war, spannten sich seine Finger an. Meistens erlaubte er dem Pferd, das Tempo selbst zu bestimmen.

Mauras Herz pochte schneller und unregelmäßig. Unfähig, ihren Blick von Alecs Händen loszureißen, spürte sie heißes Blut in ihren Wangen. Kräftige, sehnige Finger … Diese Hände hatten ihre Brüste entblößt. So schockierend intim. Sie entsann sich, wie er sie berührt hatte …

Ihrer Kehle musste sich ein Laut entrungen haben, denn Alec wandte sich zu ihr.

»Wolltest du etwas sagen, Irin?«

»Nun, ich…« Irgendwie gelang es Maura, den Blick von seinen Händen abzuwenden. Im Osten lag der Wald. Und im Westen… »Ich glaube, ich rieche das Meer.«

»Ja, in der Tat.« Der Einspänner fuhr um eine Biegung, und Maura sah eine grenzenlose Wasserfläche. »Wollen wir zum Strand gehen?«

Sie nickte, und er lenkte den Wagen an den Straßenrand, dann sprang er vom Sitz hinunter und band das Pferd an einem Ast fest. Inzwischen war auch Maura hinabgeklettert. Sie raffte ihren Rock – da ihr praktische Kleidung empfohlen worden war, hatte sie auf Unterröcke verzichtet – und wanderte hinter Alec durch hohes Gras. Am Rand einer Böschung blieb sie stehen. Der Strand erstreckte sich etwa dreißig Meter unter ihnen.

»Leidest du an Höhenangst, Irin?«, fragte Alec.

Sie schaute auf. Eine Herausforderung? »Natürlich nicht!

Ich bin in der Nähe des Meeres aufgewachsen. Gewissermaßen am Rand sehr hoher Klippen, wie ich hinzufügen möchte.«

»Es hätte mich auch gewundert, wenn du dich fürchten würdest.« Ein schwaches Lächeln umspielte seine Lippen, und ihre Blicke trafen sich. »Meine tapfere, furchtlose irische Gemahlin… Steigen wir hinab.«

Maura wollte vorangehen. Aber Alec schüttelte den Kopf.

»Lass mir den Vortritt. Der Weg ist steil und steinig. Nur breit genug für *eine* Person.« Sein Lächeln nahm einen dämonischen Ausdruck an. »Dann kann ich dich auffangen, wenn du stolperst und stürzt. So wie der Pirat in deinem Traum heute Morgen.«

Oh, der Schurke! Ohne jeden Zweifel versuchte er sie zu provozieren. Nun, sie würde sich nicht unterkriegen lassen. Der Pfad wand sich den Steilhang hinab. Sicheren Fußes folgte sie ihrem Ehemann nach unten. Als sie schon ihren Triumph genießen wollte, rutschten Kieselsteine unter den Sohlen ihrer derben Schuhe davon.

Im selben Moment drehte Alec sich um und ergriff ihre Hände, zog Maura hoch und bewahrte sie vor einer peinlichen Landung auf ihrem Hinterteil.

Aber er ließ sie nicht los. Stattdessen legte er einen Arm um ihre Taille. Da er einen Schritt unter ihr stand, befanden sich ihre Gesichter auf gleicher Höhe. Langsam glitt sein Blick über ihre Züge und verharrte endlos lange auf ihren Lippen.

Schon wieder klopfte ihr Herz schneller, und sie hatte das seltsame Gefühl, dass Alec sie küssen wollte. Auf einmal erschien ein neues Licht in seinen schönen blauen Augen – ganz eindeutig ein boshafter Glanz. Wusste er, welche Wirkung er auf sie ausübte? Was zum Teufel stimmte denn nicht mit ihr? Einfach lächerlich … Was er für sie empfand, hatte er ihr unmissverständlich klargemacht. Von einer

Ehefrau hielt er nicht viel. Und von ihr erst recht nichts.

Er hob sie hoch und stellte sie auf weichen Sand. »So, da sind wir. Du hast das Ziel unbeschadet erreicht.«

Sobald er sie losließ, trat sie hastig zur Seite. Der breite Sandstreifen umgab eine Landspitze, und sie zeigte in diese Richtung. »Was liegt dahinter? Noch ein Strand?«

»Ja. Hier besteht die Küstenlinie aus Landzungen und Buchten.«

»Können wir am Meer entlanggehen?«

»Wenn du willst ...«

Sie raffte ihren Rock und wanderte neben Alec dahin. Am Ende der Landspitze wehte ein heftiger Wind und peitschte Mauras Haare in ihr Gesicht. Immer wieder strich sie ihre Locken beiseite, gab die vergebliche Mühe jedoch schließlich auf.

Als sie sich der Bucht näherten, flaute der Wind ab. Trotz des grauen Himmels fand Maura diesen Teil der Küste erstaunlich schön. Felsbrocken und Bäume ragten auf dem schmalen Strand empor, sanfte Wellen überspülten den Sand.

Die Hände in die Hüften gestemmt, schaute Alec sich um. »O Gott, seit einer halben Ewigkeit bin ich nicht mehr hier gewesen«, sagte er lächelnd. »Früher kamen mein Bruder Aidan und ich sehr oft an diesen Strand. Entweder rannten wir um die Wette, oder wir spielten Piraten. Bis zum heutigen Tag weiß unsere Mutter nichts davon.« Er zeigte auf einen Felsvorsprung. »Dort gibt es sogar eine Höhle, in der wir immer unsere Beute versteckt haben.«

»Und du warst sicher der wilde Piratenkapitän.«

Da verzog er das Gesicht zu einem Grinsen, das ihr den Atem nahm. »Natürlich, ich bin ja auch der Ältere.«

Maura bezwang ihre rasenden Herzschläge. »Um wie viele Jahre?«

»Zwei.«

»Nun«, bemerkte sie trocken, »da dieser geringe Altersunterschied keine Rolle gespielt haben kann, muss dein Bruder kleiner gewesen sein.«

»Genauso war's.«

Maura setzte sich auf einen Felsblock, der wie ein Hocker aussah, und strich ihren Rock glatt. »Bist du deshalb im Kostüm eines Piraten auf den Maskenball gegangen?«

»Vielleicht.« Alec richtete seinen Blick auf ihre Brüste. »Natürlich hatte ich nicht erwartet, eine Lady vom gleichen wilden Kaliber zu treffen.«

Maura ignorierte die kleine Spitze und verschränkte die Arme vor der Brust. »Für ein Piratenschiff muss diese Bucht ein perfekter Ankerplatz gewesen sein. War einer deiner Vorfahren ein Seeräuber?« Unwillkürlich hielt sie den Atem an.

»Davon weiß ich nichts. Aber womöglich liegt irgendwo in der Nähe von Gleneden ein Schatz vergraben. Ah, da fällt mir etwas ein. Irgendwann kamen Gerüchte von einem Familienfluch auf. Aber ich habe keine Ahnung, worum es dabei geht.«

Maura schaute in seine Augen. »Machst du dir deshalb Sorgen?«

»Nein. Warum sollte ich?«

»Einen Fluch sollte man niemals auf die leichte Schulter nehmen, Schotte.«

»Beliebst du zu scherzen?«, fragte er, ohne seine Belustigung zu verbergen.

Ärgerlich presste sie die Lippen zusammen.

»Großer Gott, du meinst es ernst, Irin.«

Maura dachte an den Kreis des Lichts. »Auf dieser Welt gibt es Dinge, die man nicht erklären kann.«

»Zum Beispiel Kobolde, Elfen und Todesfeen?«

Schaudernd erinnerte sie sich an die Nacht, in der ihr Vater gestorben war. Damals hatte sie nicht die Klage einer Todesfee gehört, sondern das Geheul eines Wolfs.

»Willst du mir etwa erzählen, du würdest an Geister glauben?« Alec musterte sie einige Sekunden lang, dann brach er in Gelächter aus. »Nicht zu fassen! Nur die Iren glauben an diesen Unsinn.«

»Amüsier dich nicht auf meine Kosten, Schotte!«, fauchte sie. »Und untersteh dich, meine Landsleute und mich zu beleidigen!«

Besänftigend hob er die Hände – eine Geste, mit der er offenbar seine Kapitulation bekunden wollte. Ha! Sicher war Alec McBride kein Mann, der jemals kapitulierte.

»Nichts für ungut, Irin. Inzwischen habe ich dir einiges über meine Familie verraten, und jetzt solltest du mir von deiner erzählen. Du hast erwähnt, du seist in der Nähe des Meeres aufgewachsen.«

»Aye.«

Fragend hob er die dunklen Brauen. »Ganz Irland wird vom Meer umgeben. Wo genau liegt deine Heimat?«

»In Inishowen.«

»Und deine Ausbildung?«

Maura zögerte. Nun musste sie sehr genau überlegen, was sie sagen würde. Allzu viel durfte Alec nicht über die Geschichte ihrer Familie erfahren. Er glaubte ohnehin, sie sei an seinem Geld interessiert. Also könnte er vermuten, sie habe es auch auf seinen Titel abgesehen. »Mein Vater hat mich unterrichtet.«

»Hast du später eine Schule für junge Damen besucht?«

Sie schüttelte den Kopf.

»Obwohl du die Tochter eines Earls bist? Kein vornehmes Mädchenpensionat?«

Würdevoll reckte sie ihr Kinn empor. »Nicht alle Aristokraten sind so reich wie du, Alec.«

»Tut mir leid, ich wollte dich nicht kränken«, beteuerte er leise.

»Schon gut.« Aber in ihrer Stimme schwang immer noch verletzter Stolz mit.

»Hast du Geschwister?«

»Nein. Meine Mutter starb, als ich ein kleines Kind war. Und mein Vater – vor wenigen Wochen.« Schmerzhaft hämmerte ihr Herz gegen die Rippen. Für die Trauer um den geliebten Vater hatte sie keine Zeit gefunden. Wie durch ein Wunder gelang es ihr, in ruhigem Ton zu sprechen. »Jetzt gibt es nur noch mich …« Hastig verbesserte sie sich. »Und natürlich Onkel Murdoch, er war der einzige Bruder meiner Mutter.«

»Ist er verheiratet?« Warum wollte er das wissen? Aus reiner Neugier?

»Nein«, log sie. »Nach Papas Tod bin ich zu meinem Onkel gezogen.«

Sie stand auf, schaute zum Meer hinab, und Alec trat an ihre Seite. Wieder einmal raubte ihr seine Nähe den Atem. Warum verwirrte er sie immer wieder? Viel zu intensiv spürte sie ihn, seine Kraft, seine Größe. Sie wünschte fast verzweifelt, er würde weggehen.

Doch das tat er nicht. Stattdessen fühlte sie, dass er ihr Profil betrachtete. Aber sie erwiderte seinen Blick nicht.

»Wie konzentriert du die Stirn runzelst, Irin … Darf ich fragen, woran du denkst?«

»O ja, das darfst du. Doch es bedeutet keineswegs, dass ich antworten muss.«

»Wir sind verheiratet. Solltest du mich nicht in deine Gedanken einweihen?«

»Nur wenn du mir auch deine verrätst«, konterte sie leichthin.

»Eins zu null für dich«, bemerkte er trocken.

»Also gut …« Sie wandte sich zu ihm. »In der Nähe meines Elternhauses gibt es einen Berg. Manchmal bin ich hinaufgestiegen. Dazu brauchte ich fast einen halben Tag. Doch die Mühe lohnte sich. Wenn man auf dem Gipfel steht, genießt man eine wundervolle Aussicht.«

»Das kann ich mir vorstellen.« Dass er sie immer noch anschaute, merkte sie nicht.

»Dieser Berg ragt direkt am Meer empor, und ich schaute nach Norden, nach Osten und Westen. Dort fühlte ich mich wie auf dem höchsten Punkt der Welt, und ich bildete mir ein, ich würde in der Ferne die Arktis erkennen. Selbst wenn es regnete, blieb ich auf dem Gipfel stehen, denn wenn die Sonne wieder hervorkam, entstand ein prächtiger Regenbogen, der die ganze Welt zu umarmen schien.« Wehmütig lächelte sie. »So etwas hast du bestimmt noch nie gesehen.«

»Oh, warte nur ab, bis du den ersten schottischen Regenbogen erblickst.«

»Hier ist der Himmel viel zu grau für einen richtigen Regenbogen«, behauptete sie.

Zum Beweis zeigte sie zu den düsteren Wolken hinauf.

Lachend schüttelte Alec den Kopf. »Willst du wirklich die Schönheit eines irischen Regenbogens preisen, auf dieser feuchten, sumpfigen Insel?«

Entrüstet rümpfte sie die Nase.

Seite an Seite wanderten sie zur Landspitze. Jetzt blies der Wind noch heftiger, brannte in Mauras Augen, und sie konnte kaum noch etwas sehen. Von Alec gefolgt, stieg sie den steinigen Weg zur Straße hinauf.

Ein starker Windstoß brachte sie aus dem Gleichgewicht, sie taumelte nach hinten, und Alec hielt sie fest. Wieder einmal hatte er sie gerettet.

Sobald sie im Einspänner saßen, begann es zu regnen. Wie Eisnadeln prasselten die Tropfen herab. Maura griff nach ihren Hutbändern. Doch der Wind riss sie ihr aus den Fingern, der Hut flog davon. Ihr Umhang flatterte wie die Flügel einer gigantischen Fledermaus.

Bis sie Gleneden Hall erreichten, schien eine Ewigkeit zu verstreichen, obwohl sie nur eine Meile zurücklegen mussten. Vor der Haustür wartete ein Reitknecht, der die Zügel übernahm. Alec hob Maura vom Wagensitz, hielt ihre Hand fest und eilte mit ihr die Eingangstreppe hinauf.

»Nie wieder werde ich mit dem schottischen Sonnenschein prahlen«, versprach er, als sie in der Halle standen. »Jetzt solltest du ein heißes Bad nehmen und dich nachher ausruhen, weil du letzte Nacht schlecht geschlafen hast. Oder wenn du willst, zeige ich dir dein neues Heim.«

Ihr neues Heim ... Unwillkommene Schuldgefühle stiegen in ihr auf. Niemals würde sie sich in Gleneden zu Hause fühlen. Denn sie würde nur so lange bleiben, bis sie den Kreis des Lichts gefunden hatte. »Ja, ich würde das Haus sehr gern sehen.«

»Wir beide müssen trockene Sachen anziehen. Außerdem erwartet mich mein Verwalter, ich soll einige Dokumente unterzeichnen. Treffen wir uns in einer halben Stunde. Soll ich an deine Tür klopfen, wenn ich fertig bin?« Die milde Ironie in seiner Stimme entging ihr nicht.

Wenigstens würde er diesmal anklopfen ... Sie nickte und verbarg ihre freudige Erregung. Bei der Besichtigungstour wollte sie entscheiden, wo sie mit der Suche nach dem Lichtkreis beginnen würde.

Zehntes Kapitel

Es war Mrs. Yates, die an Mauras Tür klopfte und erklärte, Seine Gnaden erwarte Ihre Ladyschaft in der Bibliothek. Dort spräche er immer noch mit seinem Verwalter.

Während die freundliche Frau mit Maura nach unten ging, erzählte sie ihr, sie habe schon als junges Mädchen in Gleneden Hall gearbeitet. Voller Stolz erwähnte sie, kurz nach der Hochzeit von Alecs Mutter sei sie zur Haushälterin befördert worden. »Jetzt ist sie ja die Dowager Duchess, die Herzoginwitwe, weil ihr ältester Sohn geheiratet hat.«

Und eigentlich ist sie immer noch die Duchess of Gleneden, dachte Maura schuldbewusst.

Alec beugte sich zusammen mit einem anderen Mann über eine Landkarte, die auf einem wuchtigen Schreibtisch ausgebreitet war.

Als er die beiden Frauen in der Tür stehen sah, bedeutete er Maura einzutreten, und richtete sich auf. »Meine Liebe, darf ich dir Mr. Malcolm Campbell vorstellen, meinen Verwalter. Campbell, das ist meine Gemahlin Maura, die Duchess of Gleneden.« Ironisch fügte er hinzu: »Wenn wir es dem Mann auch nicht verübeln, dass er in den Campbell-Clan hineingeboren wurde – wir lassen es ihn nie vergessen.«

Der Verwalter lachte leise. »Wie glücklich müssen Sie sich schätzen, Mylord, weil ein Campbell es mit seiner Würde vereinbaren kann, für Sie zu arbeiten.« Höflich verneigte er sich vor Maura. »Eure Gnaden.«

»Freut mich, Sie kennenzulernen, Mr. Campbell.« Lächelnd schüttelte sie ihm die Hand.

»Allzu lange wird es nicht mehr dauern, Maura«, sagte Alec. »Bleib hier, wenn du willst.«

»Ja, natürlich«, murmelte sie und ging zu der Fensterreihe am anderen Ende des Raums.

Sie gab vor, in den Hof zu schauen. In Wirklichkeit kehrte sie den beiden Männern den Rücken, um ihre Gefühle zu verbergen. Dumme, unerwartete Tränen brannten in ihrer Kehle, quollen aus den Augenwinkeln, und sie schluckte nur mühsam. Dann versuchte sie sich zu fassen. Die gutmütige Hänselei zwischen Alec und Mr. Campbell weckte schmerzliche Erinnerungen an ihren Vater und Murdoch.

So wie Murdoch war auch Mr. Campbell ein hochgewachsener Mann, allerdings nicht so hager wie ihr Butler.

Und ihr Vater … O Gott, wie sie ihn vermisste! Der Gedanke an seine Todesnacht war wie ein Messer, das sich in ihr Herz bohrte. Wann immer sie jene Ereignisse in ihr Gedächtnis zurückrief, verengte eine qualvolle Last ihre Brust. Noch war das Leid zu frisch, die Leere in ihrer Seele eine klaffende Wunde.

Was Alec betraf … Auf dem Maskenball hatte er

auch sie gehänselt. Erst jetzt war diese heitere Stimmung zurückgekehrt, im freundschaftlichen Geplänkel mit seinem Verwalter. Gewiss, damals hatte er versucht, sie in sein Bett zu locken. Und das durfte sie ihm nicht verübeln, weil sie genauso zielstrebig die kokette Verführerin gespielt hatte.

Wieder einmal entsann sie sich bedrückt, wie raffiniert sie ihn überlistet hatte, um nach Schottland zu gelangen. Aber so bitter sie das Täuschungsmanöver auch bereute – es war notwendig gewesen. Und jetzt musste sie stark bleiben und die quälenden Schuldgefühle verdrängen, die ihren Erfolg gefährdeten.

Kraftvolle Hände legten sich auf ihre Schultern. Verwirrt zuckte sie zusammen. Sie hatte nicht gehört, dass Mr. Campbell hinausgegangen war.

»Bist du bereit?«, fragte Alec leichthin.

Sie drehte sich um und hob den Kopf. Aber sie senkte die Lider – was keine Rolle spielte, wie sie nur wenige Sekunden später herausfand. Zu ihrem Unbehagen spürte sie seinen prüfenden Blick.

»Was bedrückt dich?«, wollte er wissen.

»Wieso – was sollte mich bedrücken?«

»Weinst du?« Bei dieser Frage nahm seine Stimme einen ungläubigen Klang an.

»Nein.« Maura biss die Zähne zusammen.

»Doch.« Mit einer Fingerspitze wischte er eine Träne von ihrer Wange und hielt sie ihr wie eine Trophäe vor die Augen. »Da siehst du es – du weinst.«

Glaubte dieser Tölpel tatsächlich, sie bräuchte einen Beweis? »Nein, Schotte, jetzt weine ich nicht mehr«, behauptete sie und schaute zu ihm auf.

Verblüfft runzelte er die Stirn. Warum waren die Männer immer so erstaunt, wenn eine Frau weinte?

»Aus welchem Grund hast du geweint?«, beharrte er.

Maura schwieg.

»Wenn du dich nicht wohlfühlst ...«, begann er.

»Es geht mir gut.« Als er sich noch immer nicht von der Stelle rührte, seufzte sie resignierend. »Ich – ich habe an meinen Vater gedacht«, gestand sie stockend. »So ähnlich wie dieser Raum hat auch seine Bibliothek ausgesehen.«

Und das war ausnahmsweise keine Lüge. Holz in einer warmen dunklen Farbe verkleidete die Wände. Ein großer Schreibtisch, komfortable Ledersessel. Aber es gab gewisse Unterschiede. Hier wirkte die Einrichtung sauber, gepflegt und gemütlich, während Maura oder Jen nur selten Zeit gefunden hatten, um die Möbel in der Bibliothek von Castle McDonough abzustauben. Letztes Jahr hatten sie ein wertvolles Ölgemälde verkauft und den Pächtern mit diesem Geld über den Winter hinweggeholfen.

Die Stille zog sich in die Länge. »Tut mir leid«, sagte Alec schließlich. »Das vergaß ich ... Du hast es bereits erwähnt. Und ich entsinne mich, dass dein Onkel erklärt hat, dein Vater sei ein Earl *gewesen* ...« Beklommen unterbrach er sich. »Wenn du willst, verschieben wir den Rundgang.«

»Nicht nötig. Jetzt habe ich meine Fassung zurückgewonnen. Es wäre zu schrecklich, wenn ich den Weg zum Speisezimmer nicht fände und verhungern müsste.«

»Selbstverständlich wollen wir das verhindern«, erwiderte er belustigt. Dann zog er ein Taschentuch hervor, das er ihr reichte.

Sie wischte sich die Tränenspuren von den Wangen, schnäuzte sich und steckte das Tuch in die Tasche ihres Rocks. »Sicher ist meine Nase knallrot, nicht wahr?«

»Ähm … ich …« Alec verstummte, als wüsste er nicht, was er antworten sollte.

»Nun sag schon«, murmelte sie.

Zum ersten Mal seit ihrer Ankunft in Schottland schenkte er Maura wieder jenes gewinnende Lächeln, das sie in der Nacht des Maskenballs so oft gesehen hatte. »Eigentlich sollte ich dir versichern, deine Nase würde in reizvollem Rosa schimmern. Aber um bei der Wahrheit zu bleiben – sie ist wirklich knallrot.«

Seltsamerweise lockerte dieser ungalante Kommentar die angespannte Atmosphäre.

»Gehen wir?« Alec wies zur Tür.

Bevor sie die Bibliothek verließen, glitt auf einmal die Sonne hinter den Wolken hervor, ein Strahl schien durch ein Fenster herein und beleuchtete Alecs Gesicht. Bei diesem Anblick hielt Maura den Atem an, denn sie gewann den Eindruck, ein Gott aus der griechischen Antike sei zum Leben erwacht. Sein kurzgeschnittenes schwarzes Haar glänzte im Licht, eine Locke hing ihm in die Stirn. Genauso schwarz schimmerten die prägnant geschwungenen Brauen, passende Rahmen für die leuchtend blauen Augen, die einen so faszinierenden Kontrast zu dem dunklen Haar bildeten. Seine wohlgeformte Nase musste man im besten Sinne aristokratisch nennen, ebenso das markante Kinn. Jeder einzelne Gesichtszug war vollkommen. Im Ganzen betrachtet, personifizierte Alec McBride, der Duke of Gleneden, das Ideal männlicher Schönheit. Unbeschreiblich attraktiv – unvergesslich. Kein Wunder, dass es Maura in jener Ballnacht so leichtgefallen war, sich ihm gegenüber kokett zu geben …

Vorsicht, mahnte eine innere Stimme. Auf keinen Fall durfte sie sich zu ihm hingezogen fühlen. Aye, er war eine Augenweide. Aber abgesehen von der Nacht in Lord Prestons Haus und diesem Tag hatte sie seinen Charakter im Grunde ziemlich abstoßend gefunden.

Für ihren Aufenthalt in Schottland gab es nur einen einzigen Grund, erinnerte sie sich.

Sie musste den Kreis des Lichts finden und nach Hause bringen – nach Irland.

Nichts würde sie daran hindern, das Versprechen einzulösen, das sie ihrem Vater an seinem Sterbebett gegeben hatte. Mit diesem Gelöbnis kehrten ihr Mut und ihre Entschlusskraft zurück.

Ein paar Stunden später schwirrte ihr der Kopf. So viele Räume hatte sie gesehen, und sie war tief beeindruckt von der enormen Größe des Hauses, das in der Form eines E angelegt war. Von der zentralen Eingangshalle führten lange Korridore zu den diversen Flügeln. Nicht weniger als sechs Treppen hatte Maura gezählt.

Dazu gehörte auch die breite Treppe in der Halle. Dieser älteste Teil des Hauses stammte aus den Zeiten Robert Bruces, von dem Alec ihr am Vortag erzählt hatte. Im Lauf der Jahrhunderte waren der Nord- und der Südflügel angebaut worden. Regelmäßig hatten die Dukes einzelne Trakte renovieren lassen und für den jeweils modernsten Komfort gesorgt.

Der mittlere Teil wurde für offizielle Ereignisse benutzt. Hier lagen der Ballsaal, das Musikzimmer und die Bibliothek. Den Nordflügel bewohnte die Familie. In diesem Teil befanden sich die Schlafgemächer des Dukes und der Duchess sowie andere Schlafzimmer, Alecs Arbeitsraum, das Schulzimmer und verschiedene für die Bedürfnisse der Familie bestimmte Gemächer. Im Südflügel wurden die Gäste einquartiert.

Erbost dachte Maura an die kostbaren Antiquitäten, Vasen und Kunstgegenstände, die sie gesehen hatte. Wie viele mochte der Schwarze Schotte auf seinen Raubzügen gesammelt haben?

Und wo hatte er den Kreis des Lichts versteckt? Sie hatte ihre Suche als Neugier getarnt. In einem Zimmer öffnete sie einen üppig verzierten orientalischen Schrank und spähte hinein. Eine Viertelstunde später schaute sie in die Schubladen eines edlen französischen Sekretärs. In einem anderen Raum hob sie mit einer Fußspitze die Ecke eines kunstvoll geknüpften türkischen Teppichs und warf einen unauffälligen Blick darunter.

Zumindest glaubte sie das …

… bis sie verwirrt nach Luft schnappte, denn sie sah Alec gelassen am Türrahmen lehnen, die Arme vor der Brust verschränkt.

»Was suchst du denn, Irin?«, fragte er amüsiert. »Heute Morgen habe ich einen Fluch erwähnt. Und einen Schatz, der vielleicht irgendwo vergraben liegt. Bildest du dir ein, den hätte ich unter einem Teppich versteckt? Seltsam – über dieses Thema haben wir Anfang des Jahres bei einem Familiendinner in London gesprochen. Da entschieden wir, falls ein solcher Schatz auf Gleneden existieren sollte, hätten Aidan, Annie und ich ihn schon längst aufgestöbert.« Er hob beide Hände. »Aber falls du einen irischen Zauberspruch kennst, der den Schatz auf magische Weise zum Vorschein bringen würde – nur zu! Das erlaube ich dir sehr gern. Solltest du ihn finden, würde ich dir gratulieren.«

Maura murmelte einen alten irischen Fluch.

Schließlich folgten sie dem langen Korridor, der zur großen Halle zurückführte. Alec war sichtlich stolz auf sein Erbe, und er freute sich über Mauras Interesse und ihre zahllosen Fragen.

An den Wänden hingen Porträts. Offenbar stellten sie Familienmitglieder aus verschiedenen Generationen dar. Vor einem dieser Bilder, direkt neben der Tür zum Ballsaal, blieb Maura stehen.

»Das entstand ein paar Jahre, bevor mein Vater erkrankte«, erklärte Alec.

Lächelnd betrachtete sie das rothaarige junge Mädchen, das neben dem Duke stand und den Eindruck erweckte, es werde jeden Moment in Gelächter ausbrechen.

»Meine Schwester Anne«, sagte Alec. »Oder Annie, wie wir sie nennen. Ja, sie ist genauso temperamentvoll, wie sie aussieht.«

Auf einmal überkam Maura eine sonderbare Wehmut. Das Mädchen auf dem Gemälde weckte in ihr den Wunsch, mit ihm zu lachen. Maura war sich sicher, dass sie Anne liebgewonnen hätte.

»Und das ist mein Bruder Aidan.« Alec zeigte auf einen jungen Mann zwischen Anne und ihm selbst.

Dass die beiden Brüder waren, ließ sich unschwer an der gleichen Größe und dem kraftvollen Körperbau erkennen. Aber Aidan besaß helleres Haar und Alec ein prägnanteres Kinn.

Dann musterte sie Alecs Mutter, die auf der anderen Seite des Dukes stand, eine dunkelhaarige, gertenschlanke, kleine Gestalt. Erstaunt überlegte Maura, wie diese zierliche Frau zwei so große, starke Söhne hatte gebären können. Offensichtlich gerieten die beiden nach dem breitschultrigen Vater. Doch sein kastanienrotes Haar hatten sie nicht geerbt.

Dem Maler war es gelungen, eine tiefe Zuneigung zwischen den porträtierten Personen einzufangen, das Band einer echten verwandtschaftlichen Nähe.

Für einen kurzen Augenblick bedauerte Maura, dass sie Alecs Familie niemals kennenlernen würde.

Und sie verstand nicht, weshalb er in diesem liebevollen Elternhaus ein so unangenehmes Wesen entwickelt hatte.

Sie wandte sich zu ihm. »Darf ich fragen, an welcher Krankheit dein Vater gestorben ist?«

»Das wissen wir nicht.« Ein Schatten verdunkelte seine Miene. »Er ist von zahlreichen Ärzten untersucht worden. Endlos lange diskutierten sie über die Ursache seines beklagenswerten Zustands und konnten sich nicht einigen – ebenso wenig, was die Behandlung betraf. Mein Vater war immer kerngesund und robust gewesen. Trotzdem wachte er eines Morgens auf – schwer krank, zu schwach, um das Bett zu verlassen. Ein Jahr lang siechte er dahin, und wir fürchteten jeden Tag, es wäre sein letzter.«

Maura begann zu schwanken. Mit schierer Willenskraft gelang es ihr, nicht zusammenzubrechen. Heiliger Himmel – auch ihr Vater war aus heiterem Himmel auf unerklärliche Weise erkrankt. Wenigstens hatte er nur einen Tag lang leiden müssen.

»Bisher haben wir noch immer nicht herausgefunden, was meinen Vater in den Tod getrieben hat«, fügte Alec hinzu.

Aber Maura wusste es. Für sie bestand kein Zweifel – es hing mit dem Fluch zusammen, der die Clans McDonough und McBride peinigte.

Die McDonoughs wurden bestraft, weil sie es versäumt hatten, den Kreis des Lichts zu bewachen.

Und die McBrides, weil der Schwarze Schotte ihn gestohlen hatte.

Während sie andere Porträts besichtigten, wurde Maura von einem eigenartigen Gefühl erfasst – eine fremde Macht zwang sie sich umzudrehen, zur gegenüberliegenden Wand.

Beinahe hätte sie aufgeschrien.

Wie in ihrem Traum …

Ein unheimlicher Mann starrte sie an. Unter einem Federhut glänzte mitternachtsschwarzes Haar, die blauen Augen wirkten steinhart und glitzerten, als würde er Maura verspotten. Als wüsste er etwas, das allen anderen Menschen verborgen blieb – auch ihr selbst.

Wie rasend pochte ihr Herz, fast schmerzhaft. Der Schwarze Schotte, erriet sie. Unter dem dichten dunklen Schnurrbart grinsten höhnische Lippen. Genauso wie in ihrem Traum glaubte sie ein geisterhaftes Gelächter zu vernehmen. An einer Hand – nur an der rechten – trug er einen schwarzen Lederhandschuh, die Finger über dem Griff seines Schwerts gekrümmt. Eisige Kälte drohte die Luft in ihren Lungen zu gefrieren.

»Wer ist das?«, hörte sie sich flüstern.

»James, der siebte Duke of Gleneden«, antwortete Alec und trat an ihre Seite. »Ziemlich unangenehmer Kerl, nicht wahr?«

Eher böse, dachte sie. Abgrundtief böse … Sie starrte die schwarz behandschuhte Hand an. Durch ihren Körper rann ein Schauer, den sie sogar in ihrem Herzen spürte. Irgendwie hatte sie das Gefühl, diese

Hand würde ihren Hals umschlingen und das Leben aus ihr herausdrücken.

»Ich müsste in der Familienchronik nachsehen«, fuhr Alec fort. »Aber ich glaube, er wurde von einer schrecklichen Familientragödie heimgesucht. Nur einer seiner Söhne überlebte. Glücklicherweise«, bemerkte er trocken, »sonst stünde ich jetzt nicht vor dir.«

Welche Tragödie? Eine Folge des Fluchs?

»Diese Familienchronik würde ich gern einmal lesen«, sagte sie. »Sicher ist das eine sehr interessante Lektüre ... Und ich finde, man muss auf den Ursprung seiner Familie stolz sein.«

»Da bin ich ganz deiner Meinung. In meiner Jugend hätte ich dir den Namen seiner Frau nennen können, seiner Brüder und Schwestern, und so weiter. Leider habe ich das alles vergessen.«

Vielleicht hatte der Schwarze Schotte sein wahres Wesen sogar seiner eigenen Familie verheimlicht. Oder Alec wollte die Existenz eines schwarzen Schafes in der Geschichte seiner erlauchten Vorfahren nicht zur Kenntnis nehmen.

Sie holte tief Atem und wandte sich ab, weil sie den Anblick des siebten Dukes of Gleneden nicht mehr ertrug.

Entschlossen bezwang sie ihre heftigen Herzschläge und beschwor die Vision des Lichtkreises herauf, so wie er ihr im Traum erschienen war. Silbrig und schimmernd, schwebend über dunklem Nichts. Alle Farben der Welt spiegelten sich in seinem Glanz.

Irgendwie musste sie ihn finden.

Und beten, es möge ihr gelingen, den Fluch für immer zu besiegen.

Vor dem Dinner zog sie das rote Taftkleid an, das sie am Tag nach dem Maskenball getragen hatte – bei der Besprechung in Lord Prestons Bibliothek. Wie sie inzwischen gemerkt hatte, stärkte diese Farbe ihre innere Kraft.

Alec war nicht so schlecht gelaunt wie am vergangenen Abend. Ganz im Gegenteil, er begegnete ihr genauso freundlich wie schon den restlichen Tag, und die Mahlzeit verlief nicht so unangenehm, wie sie es befürchtet hatte.

Doch sie gab sich keinen Illusionen hin. Er misstraute ihr. Das hatte sie an diesem Nachmittag deutlich genug gespürt, bei seinen Fragen nach ihrer Familie. Inständig hoffte sie, dass ihre Antworten ihn zufriedengestellt hatten. Sie glaubte zumindest, ihm keinen Grund gegeben zu haben, an ihrer Aufrichtigkeit zu zweifeln.

Nach dem Abendessen erzählte er von seinen Reisen. Er hatte Amerika besucht, den europäischen Kontinent, und in Ägypten die alten Pharaonengräber besichtigt.

Fasziniert hörte Maura zu, die Ellbogen auf dem Tisch, das Kinn in eine Hand gestützt, und kümmerte sich nicht um ihre tadelnswerten Manieren. Wehmütig dachte sie daran, dass sie vor ihrer Fahrt zur schottischen Küste nie weiter als bis nach Dublin gekommen war.

Der Abend verstrich erstaunlich schnell. Als die Dienstboten den Tisch abgeräumt hatten, stand Alec auf und reichte ihr seine Hand. Zögernd schaute sie ihn an und las die bereits vertraute Belustigung in seiner Miene.

Nach einem tiefen Atemzug legte sie ihre Hand in seine und erhob sich.

»Ein Glas Weißwein im rosafarbenen Salon, Irin? Oder vielleicht in der Halle? Es ist sehr gemütlich, mit einem Brandyschwenker vor dem Kamin zu sitzen.«

Maura warf ihm einen abweisenden Blick zu.

»Nein? Eigentlich nahm ich an, du hättest beim Dinner genug Tee getrunken. Am Morgen nach dem Maskenball musst du dich noch viel elender gefühlt haben, als ich dachte.«

»Bitte, mach dich nicht lustig über mich.«

Er lachte leise, und es klang überraschend liebenswert. Sekundenlang blieb Mauras Herz stehen. Dieses Lachen … Und wie er sie ansah, der warme Glanz in seinen hellblauen Augen …

Krampfhaft schluckte sie. »Nun sollte ich mich zurückziehen.«

Alec hob die Brauen, und Maura biss sich auf die Lippen. O Gott, würde er ihre Worte als Einladung deuten?

»Schon so früh?«, fragte er, doch er ließ sie nicht zu Wort kommen. »Ach, ich vergaß«, murmelte er. »Letzte Nacht hast du schlecht geschlafen. Dann erlaube mir, dich nach oben zu begleiten.«

Er bot ihr seinen Arm, und ihr blieb nichts anderes

übrig, als danach zu greifen. Nur ganz leicht lagen ihre Finger auf seinem Ärmel. Durch den Stoff spürte sie seine harten Muskeln. Er schwieg, während sie die Stufen hinaufstiegen und in den Korridor bogen, der zu ihrem Schlafzimmer führte – und zu seinem. Würde er ihr folgen und seine ehelichen Rechte beanspruchen? Letzte Nacht hatte er mit ihr gespielt. Sie war keine Närrin und hatte seine Absicht durchschaut, ihr Unbehagen zu bereiten. Natürlich war es ihm gelungen.

Und jetzt fand sie seine selbstsichere Haltung genauso beklemmend. Er mochte sie nicht. Zweifellos wünschte er, diese Ehe wäre nie geschlossen worden. Das hatte er ihr bei der Zeremonie unmissverständlich gezeigt. Aber an diesem Tag benahm er sich anders. Hatte er die Situation inzwischen akzeptiert?

Nein, Maura wusste es besser. Sie beneidete ihn um seine Gelassenheit, als sie ihr Zimmer erreichten. Er öffnete die Tür. Doch er blieb stehen, jenes schwache Lächeln um die Mundwinkel, das sie mittlerweile so gut kannte – ein Lächeln, das sie entwaffnete und gleichzeitig zur Vorsicht ermahnte.

Sie ließ seinen Arm los und fragte sich, was sie tun oder sagen sollte. Auf einmal verließ sie ihr Mut. Auch ihre Stimme gehorchte ihr nicht. Sein Kopf neigte sich herab, und ihr stockte der Atem.

Verwirrt sah sie, dass sein Blick ihren Lippen galt. In seinen Augen las sie Emotionen, die sie nicht zu ergründen wagte. Ein paar herzzerreißende Sekunden lang fürchtete sie, er würde sie küssen.

Unter ihren Füßen schien der Boden zu schwanken. Die Wandleuchten warfen flackernde Schatten auf Alecs Gesicht. In Mauras Brust bildete sich eine bleischwere Last. Großer Gott, dachte sie hilflos, er ist so attraktiv, dass ich kaum atmen kann. Und sie wollte – o ja, sie wollte …

Seine Fingerknöchel streiften ihre Wange. »Vielen Dank für diesen erfreulichen Tag, Irin.« Dann ergriff er ihre Hand, küsste die Fingerspitzen und ging.

In ihrem Zimmer schloss sie die Tür und lehnte sich dagegen. Unwillkürlich strich sie über ihren Mund – diese Lippen hatte er geküsst – und ließ die Hand hastig sinken. Ihre Wange schien wie Feuer zu brennen, obwohl er sie nur ganz leicht berührt hatte.

Sie zitterte am ganzen Körper, ihr Puls raste. In ihren Ohren rauschte das Blut. Der Himmel möge ihr beistehen – welch eine Närrin sie doch war! Das hatte sie in ihrem Plan nicht bedacht. Niemals hätte sie erwartet, Alec würde eine so betörende Anziehungskraft auf sie ausüben. Nein, dachte sie verzweifelt, sie war davon ausgegangen, ihn abstoßend zu finden.

Aber es ließ sich nicht leugnen, sie fühlte sich zu ihm hingezogen – viel stärker, als es ihr bisher bewusstgeworden war. Von Anfang an … Diese Erkenntnis sollte sie eigentlich nicht überraschen. Trotzdem war sie völlig verblüfft.

Vorhin hatte sie sich danach *gesehnt,* die Hitze und den Druck seiner Lippen auf den ihren zu spüren. Ja, sie hatte sich gewünscht, er würde sie genauso leidenschaftlich und fordernd küssen wie in der Nacht des Maskenballs.

Ein Grund mehr, sich in Acht zu nehmen …

Denn sie hatte etwas gelernt an diesem Tag: Alec war ein Mann mit vielen Facetten. Diese hellblauen Augen konnten eisige Kälte ausstrahlen oder verführerisch glühen – kühle Entschlossenheit bekunden oder heißen Zorn.

Natürlich durfte sie ihm nicht trauen. Nicht zum ersten Mal regte sich der Verdacht in ihr, er habe sie den ganzen Tag über verschiedenen Prüfungen unterzogen.

Und das ließ nur eine einzige Schlussfolgerung zu. Vielleicht war Alec McBride ganz besonders gefährlich, wenn er seinen Charme versprühte.

Elftes Kapitel

Zwei Tage später ritt Maura auf einer scheckigen grauen Stute in das Dorf südlich von Gleneden, an der Kirche vorbei zum Friedhof. Sie band das Pferd an einem Baum fest und sah sich um.

Als Murdoch hinter einer knorrigen Eiche hervortrat, lief sie zu ihm und warf sich an seine Brust. Noch am selben Tag war er ihr nach Schottland gefolgt. Das hatten sie vereinbart, um während Mauras Suche nach dem Kreis des Lichts in Verbindung zu bleiben.

Behutsam schob er sie von sich und musterte ihr Gesicht. »Lady Maura! Was stimmt denn nicht, Mädchen?« Sein Begrüßungslächeln erlosch. »Hat der Duke Ihnen etwas angetan? Oh, das wusste ich ja – er ist ein übler Schurke …«

Maura schüttelte den Kopf und kämpfte mit den Tränen. »Nein, nein, Murdoch, es geht mir gut. Wirklich, er ist kein Mann, der jemandem schaden würde.«

Sobald die Worte über ihre Lippen gekommen waren, erkannte sie instinktiv, dass sie nicht der Wahrheit entsprachen. Obwohl Alec sich höflich und rücksichtsvoll verhielt, spürte sie seine Distanz, seine Wachsamkeit. Und sie selbst begegnete ihm ebenso vorsichtig, stets bemüht, seinen Argwohn nicht zu schüren.

Beide verbargen ihr Misstrauen. Aber Maura wusste, dass er sie genauso aufmerksam beobachtete wie sie ihn.

»Haben Sie irgendetwas erfahren, Lady Maura, oder etwas herausgefunden?«, fragte Murdoch.

»Noch nicht. Das Haus ist riesengroß, jeder Flügel wurde in einem anderen Jahrhundert erbaut.« Zögernd gab sie zu: »Wahrscheinlich wird es länger dauern, als ich dachte. Jedenfalls verbirgt sich der Kreis des Lichts in diesen Mauern, Murdoch.« Sie berichtete vom Porträt des siebten Dukes of Gleneden und erschauerte wieder. »Als ich das Bild entdeckte, erwähnte Alec, dieser Ahnherr sei von einer Tragödie heimgesucht worden. Und ich weiß auch, warum«, fügte sie bitter hinzu.

»Wegen des Fluchs?«

Maura nickte. »Am nächsten Tag las ich in der Familienchronik. Ich hatte Alec erklärt, solche Aufzeichnungen würden mich interessieren. Aber darin fand ich nur wenige Informationen über James McBride, den siebten Duke – sein Hochzeitsdatum, den Geburtstag seines Sohnes und seinen Todestag. Für einen so tollkühnen, abenteuerlustigen Schurken hat er erstaunlich lange gelebt. Erst mit achtzig Jahren ist er gestorben, und ich frage mich, wann er die Piraterie aufgegeben hat.«

Eine Zeit lang schwieg sie. Ihre Augen verdunkelten sich.

»O Murdoch, der Kreis des Lichts ist da – ich weiß es, ich fühle es. Das kommt mir unheimlich vor, und ich verstehe nicht, warum es so ist. Aber es gibt keinen Zweifel. Vielleicht klingt es albern, aber es geht mir genauso wie meinem Vater kurz vor seinem Tod – ich höre den Ruf des Lichtkreises.«

Murdoch berührte ihre Schulter. »Davon müssen Sie mich nicht überzeugen, Kindchen. Und ich glaube ganz fest an Ihren Erfolg. Bald werden Sie den Lichtkreis finden.«

Dankbar lächelte sie ihn an. Dann hob sie einen Finger. »Warten Sie«, bat sie, ging zu ihrer Stute und löste zwei Beutel vom Sattelgurt. Sie sank auf die Knie und öffnete einen der Säcke. Schwungvoll zog sie zwei große Kandelaber hervor. »Schauen Sie!« Sie befeuchtete eine Fingerspitze mit ihrer Zunge und strich über den Sockel eines der Kerzenständer. »Reines Silber! Ich habe noch einen mitgebracht, zudem ein Tablett und eine vergoldete Vase. Verkaufen Sie die Sachen und geben Sie Nan das Geld.«

»Um Gottes willen, Lady Maura!« Der Butler konnte seine Sorge nicht verhehlen. »Wenn der Duke bemerkt, dass das alles verschwunden ist …«

»Keine Bange, das wird ihm nicht auffallen. Außerdem hat uns der Schwarze Schotte bestohlen, also habe ich uns nur ein kleines bisschen für den Verlust entschädigt. Beruhigen Sie sich, Murdoch, niemand wird diese Gegenstände vermissen. Ich habe sie auf dem Dachboden gefunden.« Das stimmte nicht ganz.

Nur die Kandelaber stammten aus der Dachkammer. Die Vase und das Tablett hatte sie aus einem Schlafzimmer im alten Flügel entwendet.

Seufzend nahm Murdoch die beiden Beutel entgegen. »Diese Miene kenne ich, Lady Maura. Nehmen Sie sich bloß in Acht, riskieren Sie nicht zu viel.«

»Natürlich nicht, ich weiß, was ich tue.«

Sie vereinbarten, sich in zwei Wochen wieder am selben Ort zu treffen. Dann küsste sie Murdoch auf die Wange, schwang sich in den Sattel und ritt nach Gleneden Hall zurück.

Vor dem Stall übergab sie die Zügel einem Reitknecht. Fröhlich pfiff sie vor sich hin, bog um die Ecke und stieß gegen eine Gestalt, die ihr so hart wie Granit erschien.

Starke Hände hielten sie fest, als sie aus dem Gleichgewicht geriet. »Da bist du ja«, sagte Alec in täuschend mildem Ton. »Wo warst du?«

»Ich bin nur ausgeritten.« Wie lahm das klang.

»Auf der Straße?«

»Und über die Wiesen.«

»Kein Wunder, dass ich dich nicht gesehen habe ... Gerade bin ich aus dem Dorf zurückgekehrt.«

Beinahe blieb ihr das Herz stehen. Wenn er sie beobachtet hatte, in Murdochs Gesellschaft ...«

»Gleich bei meiner Ankunft habe ich nach dir gesucht. Niemand wusste, wo du bist.«

»Warum hast du mich gesucht?«, fragte Maura und bemühte sich, ihr rasendes Herz zu besänftigen.

»Heute waren wir noch gar nicht zusammen, meine teure Gemahlin, und ich dachte, wir könnten zum See wandern.«

Meine teure Gemahlin … Brennende Röte stieg ihr ins Gesicht. Musste er sie so nennen? Wollte er sie in Verlegenheit bringen?

Ja, ganz sicher!

»Oder bist du inzwischen schon dort gewesen, Irin?«

»Nein. Du hast versprochen, mir einen Weg durch den Wald zu zeigen.«

»In der Tat«, bestätigte Alec und ergriff ihren Arm.

Sie schlenderten am Nordflügel vorbei zum Wald. Nach einer knappen halben Meile hielt Maura inne. »Oh, sieh doch!«, rief sie. »Wie schön!« Sie zeigte auf eine steinerne Brücke, die über einen schmalen Bach führte. Am anderen Ende führte ein von Efeu überwachsener Torbogen zu einer kleinen Lichtung. »Was ist das? Ein Brunnen?« Neugierig betrachtete sie ein Schindeldach, das eine runde steinerne Einfassung überwölbte. Beinahe eine Miniatur des Dachs von Gleneden Hall …

»Ja, der sogenannte Wunschbrunnen.«

Inzwischen war Maura über die Brücke geeilt. Sie blieb neben dem Brunnen stehen und blickte sich um. »Oh, hier ist es einfach wundervoll – so still und beschaulich.«

Alec lehnte sich an den Rand des Brunnens, dessen Durchmesser etwa zwei Meter betrug. »Nun, das ist Ansichtssache. Auch meine Mutter begeistert sich für dieses Fleckchen Erde. Jahrelang war der Brunnen zugemauert, seit den Lebzeiten meines Großvaters. Aber Mama ließ ihn öffnen, als ich noch ein kleiner Junge war.« Er deutete auf eine steinerne Bank im Schatten eines Baums. »Für meinen Geschmack ist diese Lichtung zu einsam. Aber meine Mutter kommt oft hierher um zu lesen, weil die Atmosphäre so friedlich ist.«

»Genau das wollte ich gerade sagen.« Lachend beugte Maura sich über den Brunnenrand, der bis zu ihren Hüften reichte, und spähte hinab. Die moosbewachsenen Innenwände verloren sich in dunklem Nichts. »Oh, er ist trocken«, stellte sie enttäuscht fest.

»Das überrascht mich nicht. Warum sollte man sich hier etwas wünschen, wenn man nicht einmal weiß, wann sich der Brunnen wieder mit Wasser füllen wird? Früher schauten meine Schwester und meine Cousine Caro zu den Sternen hinauf und wünschten sich alles Mögliche. Ich habe mich oft gewundert, warum sie nie zu dieser Lichtung gegangen sind.«

»Vielleicht sind sie hier gewesen.«

»Ja, mag sein. Oder sie zogen die Sterne vor, weil sie nachts stundenlang aufbleiben wollten – zum Ärger ihrer Kinderfrau und des restlichen Haushalts.«

Nun schwieg er eine Weile – um vertrauten Erinnerungen nachzuhängen, wie Maura vermutete.

»Wenn doch einmal Wasser im Brunnen aufsteigt«, fuhr er schließlich fort, »ist es am nächsten Tag wieder versickert. Sonderbar, aber ich glaube, das geht schon seit mehreren Generationen so.«

»Trotzdem gefällt mir der Brunnen ebenso gut wie deiner Mutter«, betonte Maura.

»Ach, tatsächlich? Warum habe ich das Gefühl, du willst einfach nur einen anderen Standpunkt vertreten als ich?«

»Das hast *du* gesagt«, entgegnete sie. »Mir wäre das gar nicht in den Sinn gekommen.«

Diesen Kommentar ignorierte Alec. Er streckte seine Hand aus. »Gehen wir weiter. Hinter der nächsten Anhöhe liegt der See.«

Sie zögerte, denn sie wollte seine Hand nicht ergreifen. Was sie bei einer Berührung empfände, war viel zu unberechenbar. Das ließ sich nicht im Zaum halten.

Ihn vermochte sie nicht im Zaum zu halten, und dieser Gedanke erschreckte sie.

»Nun, Irin?« Lässig winkte er sie zu sich. In seinen Augen erschien ein provozierender Glanz.

Verdammt, er wusste es. Ganz genau wusste er, was er ihr antat.

Maura hob das Kinn. Fast herausfordernd legte sie ihre Hand in seine. Und vielleicht ebenso demonstrativ schlossen sich seine Finger um ihre.

Eine Zeit lang wanderten sie wortlos dahin und folgten einem gewundenen Waldweg. Zwischen den Wipfeln der Bäume spielten die Sonnenstrahlen Verstecken.

Aller Ärger war vergessen, als Maura den See erblickte. Am gegenüberliegenden Ufer erhoben sich bewaldete Hügel, deren Schatten sich im leuchtenden Blau des Wassers spiegelten. Entzückt rannte sie die grasbewachsene Böschung hinab. »Ein Bootshaus! Oh, und ein Landesteg!« Sie lief weiter. Erst auf dem Steg blieb sie stehen und zeigte zu den Hügeln hinüber. »Die Bäume da am Wasserrand mit den schönen geschwungenen Zweigen, sind das Moorbirken? Und die anderen, weiter oben an den Hängen, könnten es Waldkiefern sein?«

»Ja.« Anscheinend freute ihn ihr Wissen. »Wie beruhigend, dass es außer dem Brunnen noch etwas in Schottland gibt, das dein Wohlgefallen erregt, Irin ... Diese Wälder solltest du im Herbst sehen, wenn sich die Blätter goldgelb und rot färben. Und im Frühling blühen da drüben Primeln und Veilchen.«

Im Herbst wäre sie nicht mehr hier. Und im Frühling erst recht nicht ...

Aber Maura hörte der beharrlichen inneren Stimme nicht zu. Sie setzte sich auf den Steg und zog die Schuhe aus, raffte die Röcke und tauchte die Zehen ins Wasser. Wie ein Kind fühlte sie sich wieder, und sie merkte nicht, dass Alec ihre geflickten Baumwollstrümpfe musterte.

Nach einer Weile setzte er sich zu ihr und streckte die langen Beine aus. Lachend spritzte Maura ihn mit einer Fußspitze an.

Doch er wich ihr geschickt aus.

»Wirklich und wahrhaftig, gehörst du etwa zu den Männern, die ganz schrecklich jammern, wenn sie ein bisschen nass werden?«

Dem nächsten Wasserstrahl, den sie in seine Richtung schleuderte, entging er nicht.

Auf die Hände gestützt, neigte sie sich lachend zurück. »Gibt es ein Boot in diesem Häuschen?«

»Aye. Und du wirst nicht *allein* auf den See hinausrudern«, entschied er in strengem Ton.

Empört schnitt sie eine Grimasse. »Jetzt führst du dich wie ein engstirniger alter Mann auf.«

»Tatsächlich? So schön das hier auch sein mag – meine Schwester Anne und meine Cousine Caro haben einmal eine furchtbare Nacht auf dem Wasser verbracht, als plötzlich ein Sturm aufkam. Wenn du dich allein in diesem Boot hinauswagst und ich dich nicht finde, könnte ich glauben, ein Selkie habe dich entführt.«

»Ein – was?«

»Ein Selkie. Auch wir Schotten haben unsere Legenden. Ein Selkie ist ein Meeresgeschöpf mit einer Robbenhaut. Wenn es diese Haut abwirft, nimmt es menschliche Gestalt an. Angeblich ist ein Selkie-Mann unglaublich hübsch, und er übt eine unwiderstehliche Wirkung auf die Frauen aus.«

»Wärst du eifersüchtig, wenn ich mich in einen Selkie-Mann verliebe?« Maura tauchte ihre Zehenspitzen wieder ins Wasser und beobachtete die Wellenkreise, die sich ausbreiteten.

»Sogar sehr eifersüchtig, Irin. Und vielleicht bist du eine Selkie-Frau, die in mein Leben getreten ist, um mich zu verhexen. Sagtest du nicht, du seist am Meer aufgewachsen?«

Maura bezwang ihren Lachreiz. »Von mir lässt du dich wohl kaum bezirzen. Da du mich für ein Ärgernis hältst, wird mir das ganz gewiss nicht gelingen.«

»In der Nacht des Maskenballs war ich verzaubert. Wenn du's versuchst, könntest du mich vielleicht erneut verhexen.«

Gegen ihren Willen beschleunigte sich ihr Puls.

»Und viel leichter, als du denkst«, fügte Alec leise hinzu.

Eine Herausforderung oder ein Scherz? Ihr stockte der Atem. Von seinem forschenden Blick verwirrt, wusste sie nicht, wie sie seine Worte deuten sollte.

»Wie auch immer, ich würde es schätzen, wenn du die Dienstboten in Zukunft über deine Pläne informierst.« Damit spielte er auf ihre Abwesenheit am Morgen an. »Wenn ich dich so bald nach der Hochzeit schon wieder verlieren würde – das fände ich sehr bedauerlich.«

»Und ich hasse es, wenn man mir Vorschriften macht!«, erwiderte sie ärgerlich. »Falls ich mich weigere, das Personal über meine Absichten zu informieren – lässt du mich dann bewachen?«

»Führ mich nicht in Versuchung«, erwiderte er in freundlichem Ton.

»Sag mir bloß nicht, was ich tun und lassen soll!«

»Also, ich sage dir Folgendes, Duchess. Solltest du mich zu gewissen Maßnahmen zwingen, werde ich dich nicht bewachen lassen.« Seine Stimme klang weich wie Samt. »Stattdessen werde ich dich in meinem Schlafzimmer einsperren.«

Sein schwaches Lächeln empfahl ihr, dieses Thema nicht weiterzuverfolgen. Unbehaglich zog sie ihre Schuhe wieder an. Alec erhob sich und half ihr auf die Beine.

Während sie über die Brücke gingen, warf er ihr einen kurzen Blick zu. »Gerade fällt mir ein: Ich habe meine ehelichen Pflichten vernachlässigt.«

Abrupt blieb sie stehen. Wie meinte er das? Da gab es nur eine einzige Möglichkeit.

Ein wissendes Lächeln kräuselte seine Lippen. Verdammt, konnte der Schurke ihre Gedanken lesen?

»Wegen unserer überstürzten Hochzeit konntest du keine Aussteuer zusammenstellen.«

»Was?« Maura blinzelte verwirrt.

»Eine Aussteuer. Jede Braut hat ...«

»Ja, ich weiß, was eine Aussteuer ist«, unterbrach sie ihn.

»Die brauche ich nicht. In meinem Herzen bin ich ein einfaches irisches Landmädchen ...«

»Und jetzt die Duchess of Gleneden.«

Schuldbewusst senkte sie den Blick. Nun, das war sie nicht, aber ... »Jedenfalls will ich mich nicht wie eine alberne junge Debütantin herausputzen.«

»Das ist auch gar nicht nötig. Nun bist du eine verheiratete Frau. Aber es würde mich freuen, wenn du mir erlaubst, dich zu beschenken. Ich habe geschäftlich in Glasgow zu tun und noch andere Dinge zu erledigen. Wenn wir morgen früh zeitig aufbrechen, können wir den Zug von Tay nach Glasgow nehmen. Dort kannst du alles kaufen, was du brauchst – alles, was dein Herz begehrt.«

Mit einiger Mühe verbarg sie ihre Enttäuschung. Wenn er allein nach Glasgow fuhr, wäre das die ideale Gelegenheit, den Kreis des Lichts zu suchen.

»Ehrlich gesagt bleibe ich lieber hier. Bisher konnte ich mich noch gar nicht in Gleneden einleben.«

»Dafür hast du noch viele Jahre Zeit, Irin. Was würden denn außerdem die Leute denken, wenn ich meine junge Gemahlin so kurz nach der Hochzeit alleinlasse? Mit Fug und Recht könnten sie behaupten, ich sei ein schlechter Ehemann.«

Oder sie eine pflichtvergessene Ehefrau …

Sie holte tief Atem. »Wirklich, ich ziehe es vor, auf Gleneden Hall zu bleiben.«

»Warum?«

Entschlossen hielt sie seinem Blick stand. »Was du tust, weiß ich«, erklärte sie leise. »Du willst mich prüfen. Denn du glaubst, ich hätte dich geheiratet, um den Titel einer Duchess zu tragen. Und wegen deines Geldes. Aber ich interessiere mich weder für deinen Adelstitel noch für deinen Reichtum. Oder für irgendetwas, das man kaufen kann. Nicht einmal einen Shilling deines Geldes würde ich ausgeben.«

Eine mahnende Stimme erinnerte sie an die Kandelaber und die übrigen Sachen, die sie Murdoch an diesem Morgen übergeben hatte. Nein, das war etwas anderes, argumentierte eine zweite Stimme. Die Entschädigung für das kostbare Gut, das der Schwarze Schotte den McDonoughs gestohlen hatte.

Und sie hatte das alles nur für die Pächter des McDonough-Clans entwendet. Nicht zu ihrem eigenen Vergnügen. Für sich selbst wollte sie gar nichts.

»Sei nicht so albern«, bat Alec trocken. »Du bist eine Duchess, und du musst dich so kleiden, wie es deiner Position gebührt.«

»Tut mir leid, dass ich deinen Ansprüchen nicht genüge und dich in Verlegenheit bringe ...« Zitternde Lippen beeinträchtigten die Wirkung ihres verächtlichen Blicks, der ihn nur sekundenlang streifte. Obwohl sie das Geständnis einen Teil ihres Stolzes gekostet hatte, warf sie ihren Kopf in den Nacken. Dummerweise verengten Tränen ihre Kehle.

»Das habe ich nicht gesagt, Irin, und du weißt es auch. An Würde mangelt es dir keineswegs.«

So sanft seine Stimme auch klang, spürte Maura doch seine Ungeduld. Seine überlegene Haltung erzürnte sie ebenso wie ihre Unfähigkeit, seine Gedanken zu lesen, während er ihre immer wieder zu erraten schien.

»Was genau hast du an mir auszusetzen?«

»Nur eins, Duchess. Ich habe eine schöne irische Rose geheiratet. Leider hat sie viele Dornen.«

Maura verdrehte die Augen. »Und ich habe eine stachlige schottische Distel geheiratet.«

»Ah!«, seufzte Alec. »Eine bildschöne Frau, die geistreichen Witz besitzt! Kann sich ein Mann noch mehr wünschen?«

»Es ist mein voller Ernst. Morgen würde ich wirklich lieber auf Gleneden bleiben.« Noch während sie sprach, spürte sie die Last der Heuchelei, die ihre Seele bedrückte.

Alec lehnte am Brückengeländer, die Fußknöchel lässig gekreuzt, die Arme verschränkt. Sein windzerzaustes Haar ließ ihn fast jungenhaft aussehen.

Aber ansonsten wirkte er kein bisschen jungenhaft. Am Hals war sein Hemd aufgeknöpft und enthüllte dunkles Kraushaar. Mauras Mund wurde staubtrocken. Statt zu antworten, schaute er sie einfach nur an. Wieder einmal erinnerte sie sich an seine Küsse in der Nacht des Maskenballs, wie sich seine Lippen auf ihren angefühlt hatten. So heiß, so verlockend …

Energisch verbannte sie den Gedanken. »Hast du mir nicht zugehört?«

»Doch«, erwiderte er leise. »Trotz deiner Unlust solltest du heute Abend früh zu Bett gehen. Wir werden im Morgengrauen aufbrechen. Und es wäre mir gar nicht recht, wenn ich deiner Zofe helfen müsste, dich anzukleiden.« In anzüglichem Ton fügte er hinzu: »Weil ich dich viel lieber ausziehen möchte … Natürlich würde ich dir meinen Beistand in beiden Fällen nicht verwehren.«

Elender Schurke! Glaubte er, nun gewonnen zu haben? Offensichtlich genoss er es in vollen Zügen, sie zu quälen. Alles an ihm – die lässige Haltung, das teuflische Grinsen, das seine Lippen umspielte – bekundete seinen selbstgefälligen Triumph, und das ärgerte sie maßlos.

Aber sie konnte ihn wohl kaum von seinem Entschluss abbringen.

»Also gut, Schotte, wenn du darauf bestehst, werde ich dich in die Stadt begleiten.«

»Ausgezeichnet.« Alec bot ihr wieder seinen Arm. »Freut mich, dass es mir gelungen ist, dich umzustimmen. Es wäre ja auch zu schrecklich, wenn ich mich in Glasgow nach meiner Gemahlin sehnen müsste.«

Was, er würde sich nach ihr *sehnen?* Ha!

Gerade noch rechtzeitig schluckte sie einen bissigen Kommentar hinunter.

Es war sicher besser, eine Schlacht zu verlieren, als den Krieg.

Zwölftes Kapitel

Nach der Ankunft im Bahnhof von Glasgow half Alec seiner Frau in eine Droschke. Ein junger Bursche verstaute die beiden Reisetaschen im Gepäckraum.

Während die Pferdehufe auf dem Pflaster der schmalen Straßen klapperten, beobachtete Alec, wie Maura ihre hübsche kleine Nase an das Wagenfenster drückte. Zu seiner Belustigung erinnerte sie ihn an ein Kind bei seinem ersten Großstadtbesuch.

»Ziemlich alt, nicht wahr?«, fragte sie.

»Glasgow?«

»Aye.«

»Ja, sehr alt. Hier bauten die Römer im ersten Jahrhundert einige Festungen. Und die Stadt selbst wurde im sechsten oder siebten Jahrhundert von St. Mungo gegründet. Einigen Legenden zufolge war der Heilige mit König Arthur verwandt.«

»In diesen Straßen riecht es furchtbar unangenehm«, meinte Maura und rümpfte die Nase.

»Allmählich hat Glasgow sich zu einer Industriestadt entwickelt. Die Werften haben den Bewohnern zu Wohlstand verholfen, aber auch eine schlimme Luftverschmutzung verursacht. In Edinburgh herrscht eine ähnliche Atmosphäre. Dort gibt es eine alte und eine neue Stadt. Ich muss sagen, ich ziehe Edinburgh vor. Es ist eine atemberaubende Stadt. Hoch über dem Firth of Forth ragt Edinburgh Castle empor, ein fantastischer Anblick.«

»Oh, ich wünschte, ich könnte hinfahren«, seufzte Maura.

»Das wirst du sicher tun – und auch London kennenlernen.«

Weder die eine noch die andere Stadt würde sie besuchen. Das wusste sie. Sobald sie den Kreis des Lichts besaß, würde sie mit Murdoch nach Irland zurückkehren, ins Castle McDonough.

Vor dem Hotel wurde Alec von einem begeisterten Portier begrüßt. »Euer Gnaden! Wie schön, dass wir Sie wieder einmal beherbergen dürfen!«

»Danke, David. Diesmal habe ich meine Frau mitgebracht.«

»Dann erlauben Sie mir, Ihnen beiden zu gratulieren. Eure Gnaden …« David beuge sich tief über die Hand, die Maura ihm reichte. »Hoffentlich werden Sie Ihren Aufenthalt in unserem Haus genießen.«

Der Duke und die Duchess wurden nach oben geleitet, in eine luxuriöse Suite mit kostbaren Tapeten und üppigen Brokatvorhängen. An den Salon grenzte das Schlafzimmer, wo drei Stufen zu einem breiten Himmelbett mit einem Baldachin hinaufführten. Maura spürte, wie sich all ihre Nerven anspannten.

»Gefällt Ihnen die Suite, Euer Gnaden?«, fragte der Hoteldiener, der das Gepäck heraufgetragen hatte.

»Ja, sehr gut, Edward«, antwortete Alec. »Danke.«

Als er mit seiner Frau allein war, wandte er sich zu ihr. Sie stand neben einem kleinen Wandtisch. An ihren Fingerspitzen hing ihr Hut. Ihre gestrafften Schultern verrieten, wie angespannt sie war.

»Eigentlich hätte Edward *dich* fragen sollen, ob dir die Suite gefällt«, bemerkte er.

»Ist das mein Zimmer?«

»In der Tat.«

»Und deines?«

Alec sah die steile Falte, die sich zwischen ihren fein gezeichneten schwarzen Brauen bildete, und neigte den Kopf. »Nun, ich glaube, das Bett ist groß genug für uns beide.«

Bedrückt wich sie seinem Blick aus. Nach einer Weile reckte sie das Kinn und schaute ihn an. »Ist das Hotel ausgebucht?«

Er zuckte die Achseln. »Keine Ahnung.«

»Vielleicht lässt sich ein anderes Zimmer für mich finden.«

Maura verbarg ihre wachsende Panik erstaunlich gut, und Alec zügelte seinen Zorn.

»Warum? Wir würden nicht zum ersten Mal im selben Bett schlafen. Nur knapp zwei Wochen sind verstrichen, seit du es kaum erwarten konntest, mein Nachtlager zu teilen. Doch jetzt, da du meine Duchess bist, scheint dein Eifer verflogen zu sein.«

Seinen Worten folgte ein langes Schweigen.

»In diesem Hotel bin ich wohlbekannt, Irin. Und es wäre mir sehr unangenehm, wenn das Gerücht aufkäme, ich würde mich so schlecht mit meiner Frau verstehen, dass sie ein eigenes Zimmer verlangt.« Alecs Stimme nahm einen scharfen Klang an. »Obwohl wir auf Gleneden getrennt schlafen« – jedenfalls noch, dachte er – »hier musst du meine Anwesenheit im Bett ertragen.«

»Ich dachte …«, begann sie nach einem tiefen Atemzug. »Also, ich dachte, zwischen uns sei alles klar. Du wünschst nur meine Gesellschaft. Sonst nichts.«

»Wie du mir in unserer ersten Nacht auf Gleneden in Erinnerung gerufen hast – die Blume ist bereits gepflückt worden. Warum fühlst du dich trotzdem so unbehaglich? Ich bin durchaus imstande, meine Begierde zu zähmen.«

Erbost biss sie die Zähne zusammen. Zur Hölle mit seiner Arroganz, mit seiner Beharrlichkeit …

»Jeden Tag frage ich mich, wohin meine kühne, verführerische Piratin verschwunden ist«, gestand er, »und wann sie wieder auftauchen wird.«

»Und wenn sie nie mehr erscheint?«, entgegnete Maura honigsüß.

Alec schenkte ihr sein entwaffnendes Lächeln. »Dann muss ich sie eben dazu zwingen.«

Sofort pochte ihr Herz schneller, und sie ermahnte sich zu verstärkter Wachsamkeit.

»Gehen wir spazieren, Duchess.«

Sie blinzelte verwirrt. »Musst du dich nicht um deine Geschäfte kümmern?«

»Doch, und deshalb sollten wir keine Zeit verschwenden.« Alec hielt einen Flügel der Doppeltür auf. »Nach dir.«

Und so blieb ihr nichts anderes übrig, als die Suite zu verlassen.

Der Spaziergang führte an der nächsten Straßenecke nach rechts, und Mauras Atem stockte. Hier reihten sich exklusive, zweifellos sehr teure Geschäfte aneinander. Alec wollte sie zum Besuch eines Ladens bewegen, über dessen Tür ein Schild mit der Aufschrift »Madame Rousseau« hing.

Aber Maura schüttelte den Kopf. »Das haben wir gestern besprochen. Ich brauche nichts. Sei versichert, meine Garderobe genügt mir.«

Seine Augen verengten sich. »Falls ich dir einen Rat geben darf: Du solltest nicht versuchen, meine Pläne zu durchkreuzen. Sobald ich einen Entschluss gefasst habe, kann mich nichts davon abbringen. Gewiss, die Leute werden uns anstarren. Aber wenn du Madame Rousseaus Geschäft nicht freiwillig betrittst – meine modebewusste Mutter zieht es den elegantesten Londoner Läden vor –, lässt du mir keine Wahl. Ich würde nicht zögern, dich über meine Schulter zu werfen und hineinzutragen.«

Natürlich hatte er das nicht wirklich vor, doch Mauras Miene veranlasste ihn beinahe, seine Drohung wahrzumachen.

Ein paar Leute gingen vorbei. Reglos blieb Maura stehen, und ihr Blick verdammte ihn voll smaragdgrünem Feuer. Welch eigensinniges Mädchen!

»Nun, Duchess? Wie entscheidest du dich?«

»Das würdest du nicht wagen«, stieß sie zwischen zusammengepressten Zähnen hervor.

»Willst du's riskieren?«

Sie öffnete den Mund und schloss ihn wieder. Jetzt las er wachsende Unsicherheit in ihrem Blick.

»Ist es denn so schwierig, zwei einfache Fragen zu beantworten, Duchess? Gehst du aus eigenem Antrieb in dieses Geschäft? Oder soll ich dich wie einen Mehlsack hineinschleppen?«

Wütend starrte sie ihn an.

»In deinen Augen erkenne ich das dringende Bedürfnis, mich wieder einmal zu ohrfeigen«, sagte er leichthin. »Bitte, tu es nicht. Zumindest nicht hier. Es wäre mir lieber, du würdest das auf später verschieben.« Bedeutungsvoll fügte er hinzu: »Wenn wir allein sind ...«

Mauras Gesicht nahm den Ausdruck eisiger Verachtung an. Aber sie betrat das Geschäft.

Hinter dem Ladentisch saß eine zierliche, modisch gekleidete Frau von etwa fünfzig Jahren. Nur ein paar graue Strähnen an den Schläfen verrieten ihr Alter.

Bei Alecs Anblick leuchteten ihre schräg stehenden dunklen Augen auf. »Ah, Euer Gnaden!«, rief sie und erhob sich. »Welch Freude, Sie wiederzusehen!«

In ihrer Jugend musste sie eine Schönheit gewesen sein, entschied Maura. Dieses Urteil revidierte sie, als die Frau hinter dem Ladentisch hervorkam, denn Madame Rousseau besaß immer noch die schlanke, wohlgeformte Figur einer blutjungen Dame. Vom Klang ihrer Stimme angelockt, eilten einige Mädchen aus einem durch einen Vorhang abgeteilten Nebenraum, die Hände voller Maßbänder, Scheren und Stecknadeln.

»Guten Tag, Madame«, grüßte Alec und küsste die Fingerspitzen der Ladenbesitzerin. »Darf ich Sie mit meiner Gemahlin bekanntmachen, der Duchess of Gleneden.«

»*Enchanté,* Eure Gnaden.« Anmutig knickste sie, dann wandte sie sich wieder Alec zu und lachte leise. »Wie viele Herzen werden brechen, wenn sich die Heirat des Schwarzen Schotten herumspricht.« In geschäftsmäßigem Ton fuhr sie fort: »Und wie kann ich Ihnen helfen?«

Alec legte einen Arm um Mauras Taille und zog sie an sich. »Erlauben Sie mir, ein paar Minuten allein mit meiner Frau zu reden?«

»*Mais certainement.*« Madame Rousseau knickste noch einmal, klatschte in die Hände, und ihre Gehilfinnen zogen sich wieder hinter den Vorhang zurück. »Bitte, läuten Sie, wann immer Sie bereit sind, Euer Gnaden.«

»Ich dachte, das hätten wir gestern geklärt«, sagte Maura mit belegter Stimme.

»Tatsächlich?«

»Ja.«

»Da irrst du dich«, erwiderte Alec sanft. »Eins muss ich allerdings zugeben – du verblüffst mich unentwegt. Und du verwirrst mich. Eine Frau, die ihre Toilette in kurzer Zeit beendet, die es hasst, Kleider zu kaufen und das Geld ihres Ehemanns auszugeben! Zweifellos unterscheidest du dich von den meisten Damen unserer Gesellschaftsschicht.«

Maura wusste nicht, ob sie das als Kompliment auffassen sollte, entschloss sich aber dazu. »Danke. Können wir jetzt ins Hotel zurückkehren?«

Diese Frage ignorierte er. »Nun biete ich dir die Gelegenheit, so viele Kleider auszusuchen, wie du willst, Irin. Jede andere Frau würde sich glücklich schätzen.«

»Gerade hast du gesagt, ich sei nicht so wie andere Damen. Und ich hoffe, du nimmst mir meine Kritik nicht übel, Schotte, aber ich finde es ziemlich leichtsinnig, einer Frau in einem solchen Laden freie Hand zu lassen.«

Ungläubig starrte er sie an, dann holte er tief Luft. Das verstand er nicht. *Sie* verstand er nicht. Das hatte sie doch angestrebt, oder? Sie war in sein Bett gesunken, um den Titel einer Duchess zu ergattern. Den trug sie jetzt. Und obwohl sie über sein Geld verfügen durfte, lehnte sie sein Angebot ab. Genauso, wie sie es ablehnte, sein Bett zu teilen.

Oder spielte sie ihm eine Komödie vor, um ihm zu beweisen, sein Verdacht, sie habe ihn wegen seines Reichtums geheiratet, sei unbegründet?

Wie auch immer, sein Groll wuchs, und er fühlte sich gekränkt.

»Ich schlage dir ein Abkommen vor, Irin.«

Misstrauisch runzelte sie die Stirn. »Welches Abkommen?«

Alec berührte ihren Ellbogen. Als sie instinktiv zurückwich, lachte er. »*Das* meine ich nicht, Duchess.«

Sie fuhr sich mit der Zunge über die Lippen. »Was dann?«

»Hör mir zu«, bat er und stützte sich auf den Ladentisch. »Du lässt Madame und ihre Gehilfinnen Maß bei dir nehmen. Danach suchst du dir in diesem Laden aus, was dir gefällt – Kleider, Schuhe, Handschuhe, und so weiter. Die Kosten spielen keine Rolle.«

Energisch schüttelte Maura den Kopf. »Aber ich brauche nichts.«

»Moment mal, du sollst nicht auswählen, was du *brauchst*, sondern was dir *gefällt*, Duchess. Alles, was du willst – was dich glücklich macht.«

Ihr Blick glitt zu den Seidenstrümpfen, die hinter Alec in einem Regal lagen. Dann schaute sie ihn wieder an. »Fürchtest du nicht, ich könnte dich ins Armenhaus bringen?«

»Versuch's doch«, ermunterte er sie grinsend. »Tu dein Bestes.«

»Und wenn ich Nein sage?«

»Solltest du dich weigern, ein paar Sachen auszusuchen, kaufe ich den ganzen Laden.«

»Was?«, kreischte sie.

»Genau das werde ich tun«, beteuerte er.

Maura legte den Kopf schief. »Warum habe ich das Gefühl, dass noch mehr hinter diesem Abkommen steckt?«

»Auch ich werde etwas aussuchen. Wenn wir nach Gleneden zurückgekehrt sind, zeigst du mir deine Wahl, und ich präsentiere dir meine. Du musst versprechen, dass du tragen wirst, was ich kaufe – und was du kaufst. So, das wäre alles.«

Nachdenklich kräuselte sie die Lippen, und Alec bekämpfte den drängenden Wunsch, diesen reizvollen Mund mit seinem zu verschließen, ihre süße Zunge zu kosten und seinem Verlangen einfach freien Lauf zu lassen. Wohin es auch führen mochte.

Schließlich richtete er seinen Blick auf Mauras gerunzelte Stirn. »Bist du damit einverstanden, Duchess?«

»Um dein Vermögen zu retten, muss ich wohl oder übel zustimmen«, murrte sie.

Alecs zufriedenes Lächeln steigerte sich zu schallendem Gelächter. »Also gut«, sagte er und strich mit seiner Fingerspitze über ihre Wange. »Madame?«, rief er. »Ihre Gnaden sind bereit, Maß nehmen zu lassen!«

Nach dieser Prozedur erhob er sich aus dem Sessel vor der Ankleidekammer.

»Und jetzt muss ich unter vier Augen mit Ihnen sprechen, Madame.«

Sobald die beiden hinter dem Vorhang verschwanden, ging Maura zielstrebig zu den Seidenstrümpfen. Sie ergriff ein Paar und ließ es zwischen den Fingern hindurchgleiten. Vorhin hatte sie Madame Rousseau erklärt, was sie kaufen wollte, und sichtliche Verwunderung erregt. Aber nun wurde ihr fast schwindlig vor Glück. Am liebsten wäre sie durch den Laden getanzt. Endlich würde sie Seidenstrümpfe besitzen.

Hinter ihr erklang Alecs Stimme. »Wie ich sehe, gefallen dir diese Strümpfe, Irin. Sie sind ja auch wirklich sehr schön, nicht wahr?«

Maura freute sich zu sehr über ihre neueste Errungenschaft, um sein triumphierendes Grinsen zu bemerken.

An diesem Abend dinierten sie im Speisesaal des Hotels, einem schönen Raum in Bronze- und Goldtönen. Kostbare Kristalllüster verbreiteten helles Kerzenlicht.

Maura aß nur wenig. Um so öfter griff sie nach einem kunstvoll geschliffenen Kelch, den der Kellner großzügig gefüllt hatte. Als sie das Glas an die Lippen hob, spürte sie Alecs prüfenden Blick.

Vielsagend lächelte er sie an, und sie stellte den Kelch hastig beiseite. Er fühlte ihre wachsende Nervosität, die sie mit jeder Geste verriet.

Nachdem sie ein Dessert abgelehnt hatte, schlang sie ihre Finger unter dem Tisch ineinander. Immer wieder schweiften ihre Augen zur Treppe.

Alec ließ seinen Digestif, einen Brandy, im Schwenker kreisen und lehnte sich zurück. Warum Maura so besorgt war, wusste er. »Stimmt was nicht, Irin?«

»Nun …« Mit einer bebenden Hand berührte sie ihre Stirn. »Ich habe schreckliche Kopfschmerzen.«

»Wie seltsam«, meinte er und legte den Kopf schief.

»Seltsam?«, wiederholte sie.

»Vielleicht liegt es am Wein.«

Maura warf ihm einen unergründlichen Blick zu.

»Anscheinend übt der Wein unterschiedliche Wirkungen auf dich aus.« Eine Zeit lang gab er vor, über dieses Thema nachzudenken. »Wenn du dich an Lord Prestons Maskenball erinnerst: Damals weckte der Wein deine amouröse Glut.« Mit der Fingerspitze zeichnete er die Konturen ihres Kinns nach, und er spürte, wie sie sich unter der Berührung anspannte.

Oh, der verdammte Schurke! Wie er die Situation genoss! Doch sie musste ihm Recht geben. In jener Nacht hatte der Wein ihr tatsächlich geholfen, mit dem attraktiven Duke zu kokettieren.

»So leid es mir auch tut, dass ich dir den Abend verderbe, Alec – ich fürchte, meine Kopfschmerzen werden unerträglich.«

Ihn beschlich der Eindruck, sie würde andeuten, *er* sei unerträglich.

»Sollen wir einen Arzt rufen?«

»Nein!«, protestierte sie. »Wenn ich mich ein bisschen ausruhe, wird es mir bald bessergehen.« Sie schob ihren Stuhl zurück und stand auf.

Sofort war er an ihrer Seite.

Als sie die geschwungene Treppe erreichten, umfasste eine starke Hand ihren Ellbogen.

»Vielleicht sollte ich dich tragen, Irin. Sicher fühlst du dich ziemlich schwach, wenn du an so schlimmen Kopfschmerzen leidest.«

Auf der sechsten Stufe angelangt, knirschte sie mit den Zähnen.

»Wirklich, Maura, das ist unklug. Stütz dich auf mich, überanstreng dich nicht!«

Im Spiegel über dem Treppenabsatz sah sie sein

Gesicht. Er lachte sie aus, dieser widerwärtige Kerl!

Sobald sie die Suite betraten, erkannte sie, wie leichtsinnig sie ihn unterschätzt hatte. Denn seine Hände berührten bereits die Knöpfe am Rücken ihres Kleids.

Ruckartig hob sie den Kopf. »Eine Zofe … Sicher gibt es im Hotel … «

»Wenn dein Mann für dich sorgt, brauchst du keine Zofe. Wie rücksichtslos wäre ich, würde ich dich alleinlassen, wenn du auf meine Hilfe angewiesen bist!«

Das Kleid fiel zu Boden, zusammen mit den Unterröcken.

»So, jetzt fühlst du dich nicht mehr so eingeengt.« Ein warmer Kuss auf ihren Nacken ließ sie erschauern.

Und zu ihrem Entsetzen war es ein *wohliger* Schauer, der durch ihren ganzen Körper rann.

»Hast du dich erkältet, Irin? Dann muss ich dich sofort ins Bett bringen.«

Geschickte Finger zupften an der Verschnürung ihres Korsetts. Als er sie zu sich umdrehte, schnappte Maura nach Luft. »Nein, warte!«

Das Korsett landete auf den Unterröcken, das Hemd wurde über ihren Kopf gezogen.

Unglücklich starrte sie auf ihre nackten Brüste hinab.

»Still, Irin. Vor deinem Ehemann solltest du keine mädchenhafte Scham empfinden, meinst du nicht auch?« Zärtlich hauchte er einen Kuss auf ihren Busenansatz, bevor er ihre Unterhose nach unten streifte. »Wie schön du bist.«

Dann zog er die Nadeln aus ihrem Haar. Die Locken fielen auf ihre Schultern hinab, über seine Hände. Nun befreite er sie von den Schuhen und den Baumwollstrümpfen.

»Da siehst du es, du brauchst keine Zofe, wenn sich ein fürsorglicher Ehemann um dich kümmert. Und jetzt ins Bett mit dir!«

Maura wusste nicht, ob sie es aus eigener Kraft geschafft hätte. Kraftlos taumelte sie – vor Verlegenheit oder Entsetzen. Vielleicht beides, dachte sie beschämt, während ein muskulöser Arm unter ihre Kniekehlen glitt. Wie mühelos er sie hochhob und auf das Bett legte …

Danach tat er etwas Unglaubliches. Innerhalb weniger Sekunden legte er sein Jackett und das Hemd ab und entblößte seine breite, dunkel behaarte Brust.

Bis ihr die Stimme wieder gehorchte, dauerte es eine Weile. »Wenn ich wirklich erkältet bin – und die Krankheit ansteckend ist, solltest du woanders schlafen.«

»Unsinn! Gewiss wäre es bedauerlich, wenn du mich anstecken würdest.« Ein übertriebener Seufzer bekräftigte Alecs Worte. »Aber ich will mir nicht vorwerfen lassen, ich sei ein herzloser Ehemann. Wenn ich tatsächlich krank werde, können wir wenigstens gemeinsam genesen. Und wenn nicht – wer weiß? Vielleicht bleiben wir ein paar Tage länger im Hotel, genießen unseren Honigmond und liegen im Bett, solange wir wollen.«

Mauras Gedanken überschlugen sich. Zur Hölle mit diesem selbstgefälligen Schurken! So leicht war seine Strategie zu durchschauen, seine Belustigung offensichtlich, seine Dreistigkeit grenzenlos. Warum verbarg er seine wahren Interessen hinter dieser lächerlichen Fürsorge?

Und was hatte er jetzt vor?

Das sollte sie bald herausfinden. Er schlüpfte aus seiner Hose – in Mauras greifbarer Nähe. Mühsam schluckte sie. Wie hart und straff seine Hinterbacken aussahen. Und dann drehte er sich um.

Nackt.

Sie hätte wegschauen können. Sie hätte wegschauen *sollen*.

Doch sie tat es nicht. Irgendein sonderbarer Wahnsinn musste sie befallen haben, der es ihr verwehrte, den Blick von Alec loszureißen. Und das war ihre allerschlimmste Schmach! Sie warf sich auf dem Bett herum. Stöhnend vergrub sie das Gesicht in den Armen. Aber das Bild kraftvoller Männlichkeit ließ sich nicht verdrängen.

Alec löschte die Nachttischlampe und kroch zu ihr ins Bett. »Komm, Irin, wenn ich dich wärme, werde ich dich vor Alpträumen bewahren.« Ein muskulöser Arm umschlang sie, drückte sie an eine starke Brust.

Innig vereint wie ein liebevolles Ehepaar, lagen sie beisammen. Maura bekämpfte ihren rasenden Puls, wagte kaum zu atmen oder sich zu bewegen; vor lauter Angst, sie würde seinen Körperteil erregen, der alle ihre Gedanken beherrschte.

Hilflos war sie der Hitze ausgeliefert, die sein Körper verströmte. Viel zu heftig hämmerte ihr Herz. Aber er tat nichts weiter, als ihren Arm und ihre Schulter zu streicheln – eine federleichte Liebkosung, die sie seltsamerweise beruhigte. Allmählich entspannte sie sich und versank in der Welt ihrer Träume.

Viel früher, als Alec gehofft hatte.

Dreizehntes Kapitel

Am nächsten Morgen lag Maura allein im Bett. Sie hatte tief und fest geschlafen. Erstaunlich – wo sie doch die ganze Nacht in Alecs Armen gelegen hatte.

Als er in die Suite zurückkehrte, hatte sie gebadet und sich angezogen. Sie frühstückten im Speisesaal des Hotels. Dann fuhren sie in einer Droschke zum Bahnhof. In Ayr wurden sie von dem Kutscher Douglas erwartet. Alec half seiner Frau in den Wagen und nahm ihr gegenüber Platz. Schon den ganzen Tag begegnete er ihr höflich, aber kühl und distanziert. Oder war er mit seinen Gedanken einfach nur woanders? Was auch immer hinter seinem Schweigen stecken mochte – es zehrte an ihren Nerven.

Schließlich ertrug sie es nicht länger und begann drauflloszuschwatzen.

»Welch deprimierendes Wetter, nicht wahr? So, wie diese Wolken aussehen, wird es sicher bald regnen. Ach, schau doch, ein Torfmoor! Und du hast es gewagt, Irland eine feuchte, sumpfige Insel zu nennen! Erinnerst du dich? Auf dem McDonough-Land gibt es kein Torfmoor mehr. Einmal ist mein Vater vor dem Winter den ganzen Weg bis nach Donegal gefahren, um Brennstoff für das Castle und die Pächter zu beschaffen. In jenem Jahr war es bitterkalt. Ich war damals erst zehn Jahre alt. Aber ich werde es nie vergessen.«

Zehn Minuten später erblickte sie ein Pony.

»Ist das ein Shetland?«, fragte sie und lachte entzückt. »Oh, das erinnert mich an die Ponys in Connemara. Hast du jemals ein Connemara gesehen? Diese Tiere zogen die Karren mit dem Torf zum Castle McDonough ...«

Jäh hielt sie inne, weil sie Alecs ärgerliche Miene bemerkte, und ging sofort in die Defensive.

»Was stört dich denn?«

»Nun, ich hatte keine Ahnung, dass ich mit einer redseligen Spottdrossel verheiratet bin«, erwiderte er gedehnt. »Darauf hätte dein Onkel mich hinweisen sollen.«

»Würdest du nicht wie ein ungehobelter Holzklotz dasitzen, statt hin und wieder ein bisschen Konversation zu betreiben, hätte ich das Schweigen nicht brechen müssen«, zischte sie.

»Oh, ein Temperamentsausbruch? Warum überrascht mich das? Was für ein stürmisches kleines Ding du bist, wusste ich doch im Grunde von Anfang an.«

Maura strafte ihn mit einem frostigen Blick. Wenn er glaubte, sie würde sich auf einen Streit mit ihm einlassen, täuschte er sich. Während der restlichen Fahrt starrte sie aus dem Wagenfenster. Kein einziges Wort käme mehr über ihre Lippen.

In der Halle von Gleneden übergab sie ihren Hut

der wartenden Zofe und bat sie, ihr Reitkostüm aus dem Schrank zu holen.

Eine Hand klopfte auf ihre Schulter. »Leider musst du auf deinen Ausritt verzichten.«

Maura schaute an Alec vorbei zu den Fenstern. Inzwischen hatte sich der Himmel weiter verdüstert und seine Schleusen geöffnet, Regentropfen prasselten gegen die Scheiben.

»Aber wenn man auf einer feuchten, sumpfigen Insel namens Irland gelebt hat, ist man natürlich an ein bisschen Regen gewöhnt«, höhnte er.

»Warum musst du mich ständig peinigen?«, fauchte sie.

»Wie auch immer, dieser finstere Himmel passt zweifellos großartig zum übellaunigen Herrn von Gleneden.« Sie lächelte ironisch, dann zog sie ihre Handschuhe aus und überreichte sie der Zofe Aggie. »Jetzt würde ich gern Tee im roten Salon trinken.«

Aggie blinzelte, und Alec erriet den Grund ihrer Verwirrung. »Sicher meinst du den goldenen Salon im Nordflügel, Maura, im Familientrakt. Hier gibt es keinen roten Salon, nur einen rosafarbenen im Gästeflügel.«

»Dann servieren Sie den Tee bitte im goldenen Salon, Aggie«, wandte Maura sich an das Mädchen.

»Sehr wohl, Eure Gnaden.« Die Zofe knickste und eilte davon, um den Auftrag ihrer Herrin auszuführen.

Nach einem kurzen Blick in Alecs Richtung ging Maura zum Nordflügel. Viel zu oft amüsierte sich der Schuft auf ihre Kosten.

Doch sein abscheuliches Verhalten durfte sie nicht von ihrer Mission ablenken. Seit ihrer Ankunft hatte sie nur ein halbes Dutzend Schlafzimmer nach dem Kreis des Lichts abgesucht, außerdem den Dachboden. Aber dort war sie nur auf die silbernen Kandelaber gestoßen, die sie Murdoch übergeben hatte.

Während sie im goldenen Salon saß und Tee trank, entschied sie, sich vorerst nicht entmutigt zu fühlen. Gleneden Hall war einfach nur viel größer, als sie erwartet hatte. Am schwierigsten fand sie die Frage, wo ein Pirat vor zweihundert Jahren den Lichtkreis versteckt haben mochte – so gut, dass ihn zweihundert Jahre lang niemand aufgespürt hatte.

Denn das hatte niemand getan.

Also befand sich der silberne Ring immer noch in diesen Mauern.

Irgendwo.

Das eigenartige Gefühl, er müsse sich ganz in ihrer Nähe befinden, war nicht verflogen.

Im Gegenteil, es wurde intensiver. Jedes Mal, wenn sie am Porträt des siebten Dukes of Gleneden vorbeiging, beschleunigte sich ihr Puls. Und jedes Mal glaubte sie, in Eiswasser zu versinken. Das Glitzern in seinen Augen schien sie zu verhöhnen.

Und wann immer sie das Gemälde betrachtete, verfluchte sie James McBrides schwarze Seele. Rastlos rührte sie ihren Tee um und legte den kleinen Löffel auf die Untertasse. Ihr Blick schweifte durch den Raum und blieb am Bild eines Obstkorbs haften, das über dem Sofa hing. Kurz entschlossen stand sie auf und spähte in den Flur, um sich zu vergewissern, dass niemand in der Nähe war. Dann eilte sie zurück und schaute hinter jedes der sechs Bilder, die den goldenen Salon schmückten. Doch sie entdeckte kein Geheimfach, auch keine verborgenen Schubladen in dem langen, niedrigen Tisch vor dem Sofa. Seufzend bezwang sie ihre Ungeduld. Würde Alec sich nicht im Haus aufhalten, könnte sie nach Herzenslust überall herumstöbern.

Sie setzte sich wieder, nippte an ihrem Tee und starrte aus dem Fenster. Mittlerweile hatte der Regen nachgelassen. Die lange Reise in der Bahn und der Kutsche hatte ihre Sehnsucht nach frischer Luft geweckt. Wenn es zu regnen aufhörte, bevor das Tageslicht erlosch, wollte sie zum Wunschbrunnen wandern. Lächelnd erinnerte sie sich an die idyllische Lichtung. Obwohl sie Alecs Mutter nicht kannte, hatten sie etwas gemeinsam. An diesem Ort fühlten sie sich beide wohl.

»Eure Gnaden?«

Maura hob den Kopf und sah Aggie in der Tür stehen. Erst da wurde ihr bewusst, dass das Mädchen schon zweimal nach ihr gerufen hatte. Sie biss sich auf die Lippen. Noch immer hatte sie sich nicht daran gewöhnt, mit »Eure Gnaden« angesprochen zu werden.

»Ja, Aggie?«

»Seine Gnaden bittet Sie auf Ihr Zimmer, Eure Gnaden.«

»Danke, Aggie.« Glaubte er, sie würde sofort zu

ihm gelaufen kommen, wenn er ihre Gesellschaft wünschte? Sollte er doch warten!

Bevor sie zu ihrem Zimmer schlenderte, verstrichen volle fünfzehn Minuten. Alec saß in einem der wuchtigen Lehnstühle vor dem Kamin. Nach seiner Miene zu schließen, hatte er nicht allzu ungeduldig gewartet.

Nun stand er auf, eine kleine, mit einem Band umwundene Schachtel in der Hand, die er an seine Brust drückte. »Dachtest du, ich hätte unsere Vereinbarung in Madame Rousseaus Laden vergessen?«

Mauras Atem stockte. Oh, ihre Strümpfe … Sie griff nach der Schachtel.

Aber er hielt die Schachtel hoch über seinen Kopf. »Pass gut auf, damit du dein neues Eigentum nicht verlierst«, mahnte er. »Und denk an dein Versprechen. Was immer du gekauft hast, du musst es tragen.«

»Ja, ja!« Jetzt war *sie* ungeduldig.

»Natürlich wirst du auch tragen, was ich gekauft habe. Gibst du mir dein Wort?«

»Ja!«

Da legte er die Schachtel in Mauras Hände. Sie riss das Band herunter, packte die Strümpfe aus und presste sie an ihre Wange.

»Oh, das kann ich kaum glauben! Meine ersten Seidenstrümpfe! Und sie gehören mir allein!« Freudestrahlend hüpfte sie auf und ab, bis Alec ihren Arm umfasste und zur Tür zeigte.

Aggie und einige andere Dienstmädchen trugen runde Schachteln ins Zimmer, die sie neben dem

Schrank abstellten. Nachdem sie sich zurückgezogen hatten, nickte Alec seiner Frau zu. Sie kniete nieder und hob die Deckel der Schachteln hoch, einen nach dem anderen.

Eine Schulter an die Tür gelehnt, schaute Alec ihr zu. Als sie den Inhalt der letzten Schachtel ausgepackt hatte, lagen einige Dutzend Seidenstrümpfe am Boden verstreut.

Hilflos begann sie zu lachen. »O Gott, du hast alle Seidenstrümpfe in diesem Laden gekauft?«

»Ja, ich glaube, etwas in der Richtung hat Madame Rousseau erwähnt.« Er musterte Maura gedankenverloren. Wäre sie in ihren Wünschen maßlos gewesen, hätte er wenig oder gar nichts erworben. Doch sie hatte sich für ein einziges Paar Strümpfe entschieden, nach langem Zögern. Auf einmal bereute er, dass er nicht all die exklusiven Geschäfte in Glasgow leer gekauft hatte.

Denn möge der Himmel ihm helfen – nichts war zu teuer, wenn es dieses unbändige Glück bei ihr bewirkte.

Über Mauras Wangen strömten Lachtränen, als er sie auf die Beine zog. Ungestüm umschlang sie seinen Hals. »Alec McBride, du bist verrückt!«

In seiner Brust erwachte ein seltsames Gefühl, und er musste nach Atem ringen. Er gab ihr ein Taschentuch, damit sie die Tränen wegwischen konnte. Noch nie hatte er eine so grenzenlose Begeisterung über etwas derart Unbedeutendes beobachtet.

Mit ihrem Widerstreben hatte sie viel mehr gewonnen als mit Habgier oder hartnäckigen Forderungen. Sie behauptete, sie habe sich weder für seinen Adelstitel noch für sein Vermögen interessiert. War sie *zufällig* in seinem Bett gelandet? Wenn er es bloß wüsste …

Nur eins wusste er: Um nichts auf der Welt wollte er Mauras glückstrahlendes Gesicht missen. Denn der Glanz in ihren schönen grünen Augen war unbezahlbar.

Beim Abendessen ließ Maura immer wieder einen ihrer Schuhe an den Zehen baumeln, streckte das Bein aus und raffte ihre Röcke, um den Seidenstrumpf zu bewundern.

Während sie Tee tranken, fragte Alec: »Tust du, was ich glaube, Irin?«

»Gar nichts tue ich«, erwiderte sie, die Wimpern sittsam gesenkt.

Alec stellte seine Tasse auf die Untertasse, faltete seine Serviette ordentlich zusammen und legte sie neben seinen Teller. Als Maura das nächste Mal ihren Fuß hob, griff er unter den Tisch und umfasste ihre Wade. »Also gefallen dir deine neuen Strümpfe?«

»O ja.«

Seine Finger glitten zu ihrer Kniekehle hinauf. »Mir auch, Irin, mir auch«, beteuerte er und lachte.

Nun erreichte seine Hand beinahe ihr seidenes Strumpfband. Erschrocken riss sie die Augen auf, und er ließ sie los.

Der Abend verstrich sehr schnell. Nach dem Dessert schob Alec seinen Stuhl ein wenig zurück, und Maura wollte seinem Beispiel folgen. »Warte«, bat er leise. »Zeig mir deine Hände.«

Erstaunt starrte sie ihn an. »Was?«, fragte sie und versteckte die Hände instinktiv unter dem Tisch, in ihrem Schoß.

Alec schüttelte den Kopf und musterte sie mit durchdringenden Augen. »Deine Hände, wenn du so freundlich wärst, Irin.«

In wachsender Verwirrung wich sie seinem Blick aus. Nur zögernd hob sie ihre Hände, die sogleich von starken Fingern erfasst wurden.

Dann drehte er die Handflächen nach oben. »So klein und zart«, murmelte er. »Wie die Hände eines Kindes.«

Maura schluckte mühsam. In Alecs kraftvollen Händen schienen ihre eigenen zu verschwinden. Sie versuchte sich ihm zu entziehen.

Aber er hielt ihre Handgelenke fest.

Auf einmal bebte sie am ganzen Körper.

»Warum zitterst du, Maura?«

»Ich weiß es nicht«, wisperte sie und schaute auf seine Finger hinab, die ihre Handgelenke umklammerten, unentrinnbar und doch sanft.

Zu ihrer Verblüffung entfernte er den schlichten goldenen Ring von ihrer linken Hand, den er ihr in Irland an den Finger gesteckt hatte. Ehe sie wusste, wie ihr geschah, ersetzte er ihn durch einen anderen.

Maura drehte ihre Hand herum und betrachtete den Ring. Von winzigen Diamanten umgeben, funkelte ein großer Saphir im flackernden Kerzenlicht. »Was … was ist das?«, stammelte sie.

»Seit über zweihundert Jahren hat jede Duchess of Gleneden diesen Ring getragen«, erklärte er in ernstem, feierlichem Ton.

»Aber deine Mutter …«

»Jetzt ist sie die Dowager Duchess. Nach dem Ende ihrer Trauerzeit zu Ehren meines Vaters hat sie diesen Ring abgelegt, und nun trägt sie einen anderen, den er ihr geschenkt hat – und den sie sehr schätzt, weil sich besondere Erinnerungen damit verbinden. Da du meine Frau bist, gehört der Saphir dir, meine Liebe. An deiner Hand sieht er sehr schön aus.«

Er neigte sich hinab, ergriff ihre Finger erneut, und seine Lippen berührten die Innenseite ihres Handgelenks. Seltsamerweise wirkte dieser Kuss so intim, als habe er seinen Mund auf den ihren gepresst.

Auf einmal wollte sie weinen. In ihrer Kehle stiegen heiße Tränen auf. Alecs Zärtlichkeit, die Art, wie er sie ansah – das ließ ihr Herz schmelzen.

Verliebte sie sich in ihn? Nein, unmöglich.

Wieder einmal verspürte sie Gewissensqualen wegen ihres niederträchtigen Täuschungsmanövers, und sie verachtete sich selbst. Seit der Saphirring ihren Finger schmückte, fand sie ihre Mission noch verwerflicher. Dieses Familienerbstück durfte sie nicht tragen. Wenn Alec die Wahrheit herausfand, würde er sie hassen. Und das würde sie nicht verkraften.

Er stand auf, ihre Hand immer noch in seiner. Nach einem tiefen Atemzug erhob sie sich ebenfalls.

Mit einem Lächeln gab er ihr zu verstehen, der feierliche Moment sei nun beendet. »Was hältst du von einem Glas Wein im goldenen Salon, Irin? Oder von einem Brandy vor dem Kaminfeuer in der Halle?«

»Trotz des Regens ist es immer noch warm, und es wäre überflüssig, ein Feuer im Kamin zu entzünden.«

»Da hast du Recht. Am besten treffen wir uns in deinem Zimmer. Dort erwartet dich noch ein Geschenk.«

Verstört rang sie nach Luft. »Aber der Saphir ...«

»Das ist dein Ehering, kein Geschenk. Als Duchess of Gleneden bist du seine rechtmäßige Besitzerin.«

Verzweifelt trug sie einen Konflikt mit sich aus. Immer schwerer lastete der Betrug auf ihrer Seele. Andererseits ... Verdammt, es gab keinen Grund, warum sie sich schuldig fühlen sollte. Der Schwarze Schotte hatte den Clan McDonough bestohlen, und sie war hergekommen, um den Kreis des Lichts zurückzugewinnen.

So nahe war sie ihrem Ziel ... Für Alec wäre der Verlust nicht so schlimm. Ein Bruchteil der Wertsachen in diesem Haus würde genügen, um alle Familien auf dem McDonough-Land jahrelang zu ernähren.

Oh, zum Teufel mit dem Schwarzen Schotten!

»Bist du bereit, dein anderes Geschenk zu bewundern, Irin?«

Dass Alec sämtliche Emotionen beobachtete, die ihr Gesicht widerspiegelte, ahnte sie nicht.

Entschieden schüttelte sie den Kopf. »Was ich will, habe ich schon erhalten: meine Seidenstrümpfe. Sehr viele Seidenstrümpfe, wenn du dich erinnerst ... « Sie zwang sich zu lachen. »Sonst brauche ich nichts.«

»Du darfst das zweite Geschenk nicht ablehnen. Denk an unsere Vereinbarung. Ja, du hast deine Wahl getroffen, aber meine noch nicht gesehen. Was ich für dich ausgesucht habe, findest du in deinem Zimmer.« Ausdrucksvoll zog er die Brauen hoch. »Bist du gar nicht neugierig?«

Aye, sie war neugierig – und ganz durcheinander ...

»Geh nach oben«, bat er leise.

Blieb ihr etwas anderes übrig? O Gott, warum hatte sie ihm dieses alberne Versprechen gegeben? Die Röcke gerafft, stieg sie die Treppe zu ihrem Zimmer hinauf. Bei jedem Schritt empfand sie den Impuls, sich umzudrehen und wieder hinunterzulaufen. Doch dann würde sie in Alecs Armen landen. Und wenn sie ihn oben erwartete ...

So oder so, es gab kein Entrinnen.

In ihrem Zimmer ging sie zum Bett. Auf der Tagesdecke lag ein Nachthemd aus feiner Spitze. Noch nie im Leben hatte sie etwas derart Schönes gesehen. Fast ehrfürchtig strich sie darüber und fürchtete, das zarte Material würde sich unter ihren Fingern auflösen.

»Gefällt es dir?«

Alecs leise Stimme durchbrach die Stille. Dann fiel die Tür ins Schloss. Maura hatte nicht bemerkt, dass er ins Zimmer getreten war.

Unsicher drehte sie sich zu ihm um. »Ich weiß nicht, was ich sagen soll.«

»Gefällt dir das Hemd etwa nicht?«

»Doch ...«

»Und was bedrückt dich?«

Zum zweiten Mal an diesem Tag rannen Tränen über ihre Wangen. Diesmal waren es keine Freudentränen.

»Bist du etwa überwältigt?«

»Mach dich nicht über mich lustig, Schotte!« Vergeblich bekämpfte sie ihre Scham. »Ich ... ich fühle mich wie eine Diebin.«

»Welch ein sonderbares Wort, Irin.«

»Warum ist es sonderbar? Deine Gefühle hast du nicht verhehlt. Du glaubst, ich hätte dich umgarnt, damit du mich heiratest. Weil ich hinter deinem Geld her war ...« Mit einer vagen Geste wies sie auf die luxuriöse Ausstattung ihres Schlafzimmers. »Und weil ich das alles für mich gewinnen wollte.«

Alec legte einen Finger unter ihr Kinn und zwang sie, seinen Blick zu erwidern. »Sei versichert, Irin, ich bin kein Geizhals. Und ich werde mich auch niemals wie einer benehmen. Auch du musst nicht knausern. Kauf dir, was immer du willst. Ich werde dir genug Taschengeld geben. Wenn du noch mehr brauchst – in der rechten Schublade des Schreibtisches in meinem Arbeitsraum liegen mehrere Banknoten. Die Schlüssel findest du in der Vase hinter dem Tisch. Oder komm zu mir. Können wir uns jetzt darauf einigen, dieses Gespräch nie wieder zu führen?«

Eindringlich schaute er in ihre Augen. Bis sie nickte, dauerte es eine Weile.

»Sehr gut, Duchess. Und jetzt befassen wir uns mit erfreulicheren Dingen.« Lächelnd betrachtete er sein Geschenk. »Wie ich gestehen muss, fand ich dieses Nachthemd sehr … aufregend.«

Und Maura fand es sehr … freizügig. Sekundenlang presste sie ihre Lippen zusammen. »Nun, es ist …« Sie würde in der Hölle schmoren, weil sie Alec so schmählich hintergangen hatte. Und wenn nicht aus diesem Grund, dann zweifellos, wenn sie es wagen sollte, ein so aufreizendes Nachthemd anzuziehen!

»Ja, ich verstehe, warum dir die Worte fehlen, Irin.« Mit sanfter Gewalt schob er sie zu einem Wandschirm. »Zieh es an.«

»Moment mal!« Maura blinzelte ungläubig. »Erwartest du tatsächlich …«

»Ja.«

»Jetzt?«

»Genau.«

»Jetzt?«

»Hat sich die Spottdrossel in einen Papagei verwandelt? Oder ist dir entgangen, dass die Nacht hereingebrochen ist, Duchess?«

Musste er ein so verflixt logisches Argument vorbringen? Mühsam versuchte sie ihre Verzweiflung zu verbergen. »Wo ist der Morgenmantel?«

»Den gab's nicht. Und ich hätte ihn ohnehin nicht gekauft. Welchen Sinn hätte es, ein so zauberhaftes Nachthemd zu erwerben, wenn es unter einem Morgenmantel versteckt wird?«

Was sie darauf antworten sollte, wusste sie nicht. Und sie hatte ohnehin keine Wahl. Verdammt, warum amüsierte ihn die Situation so sehr? Erbost griff sie nach dem Nachthemd und verschwand hinter dem Wandschirm. Alec hörte ein paar gemurmelte Flüche. Als ein besonders ausdrucksvoller zu ihm drang, seufzte er. »Brauchst du Hilfe beim Aufschnüren deines Korsetts?«

»Zu diesem verflixten Korsett bin ich noch gar nicht gelangt, weil ich erst einmal all diese widerwärtigen Knöpfe öffnen muss!«

»Welch ein Glück, dass ich hier bin«, bemerkte er und trat hinter den Wandschirm.

Maura machte sich keine Illusionen. Als er sie nach oben geschickt hatte, war ihr sofort klar gewesen: Die Zofe würde gewiss nicht auf sie warten.

»Bestenfalls sind die Zwänge der weiblichen Kleidung ein Ärgernis und schlimmstenfalls die reine Qual. Darf ich dir vorschlagen, auf diese Fesseln zu verzichten, wenn du dich in deinem oder in meinem Zimmer aufhältst?« Inzwischen hatte er alle Knöpfe geöffnet. »So, das wäre erledigt.«

Maura presste eine Hand auf ihre Brust, obwohl keine Gefahr bestand, dass das Kleid hinabfallen könnte. »Darf ich dich jetzt bitten, meine Privatsphäre zu berücksichtigen?«

»Natürlich«, erwiderte Alec und ließ sie hinter dem Wandschirm allein.

In ihrer Brust tobte ein Aufruhr beklemmender Gefühle. Sie griff in die Tasche ihres Rocks, holte ihren geliebten Samtbeutel hervor und legte ihn auf einen Stuhl. Dann schlüpfte sie aus einem Ärmel ihres gestreiften Seidenkleids. Alec hatte Recht, gestand sie ihm zu, während sie ihre Unterröcke ablegte. In Madame Rousseaus Laden hatte sie versprochen, sie würde anziehen, was immer er kaufen mochte. In das Abenteuer dieser sogenannten Ehe hatte sie sich gestürzt, ohne genauere oder – besser ausgedrückt – realistische Vorstellungen von den Gefahren, die ihr im Haus des Schwarzen Schotten drohen würden. Gewiss, sie hatte mit einigen Schwierigkeiten gerechnet, was die Erwartungen ihres »Ehemanns« betraf. Oder ihre ehelichen Pflichten. Aber Alec McBride war ein besonders viriler und überwältigender Mann.

Von leidenschaftlichem Feuer erfüllt.

Und sie empfand ähnliche Gefühle. Das konnte sie nicht länger bestreiten.

Die wechselseitige Anziehungskraft, die in der Nacht des Maskenballs entstanden war, schwelte immer noch unter der Oberfläche, wann immer sie einander begegneten. Trotz seines Zorns über ihre Manipulationen. Unablässig. Tag für Tag spürte sie, wie Alec sein Bestes tat, um seine Begierde zu zügeln.

Den gleichen Kampf focht auch sie aus.

Nun bewegte sie sich auf einem sehr gefährlichen Grat. Wenn sie ihn zu entschieden und zu oft abwies, würde sein Misstrauen erwachen. Eins musste sie ihm zubilligen: Bisher hatte er eine bemerkenswerte Zurückhaltung geübt. Das verblüffte sie, denn sie erinnerte sich nur zu gut an seine explosive Glut im Haus des Barons. Gewiss, in dieser Hinsicht besaß sie keine Erfahrungen. Doch sie hatte die Flamme seines Verlangens am eigenen Körper gespürt.

Sie streifte das Nachthemd über ihren Kopf und rückte es zurecht. Dann zog sie die Haarnadeln aus ihrem schlichten Knoten, ließ die Locken herabfallen und kämmte sie mit den Fingern.

Hinter dem Paravent hing ein Spiegel mit abgeschrägten Kanten an der Wand. Langsam hob sie den Kopf, um sich zu betrachten, und erschrak über die Frau, die zurückstarrte. Durch die zarte Spitze schimmerte ihre Haut. Das Nachthemd verhüllte fast nichts von ihrem Körper, sondern war so dünn und durchsichtig, dass sie sich nackt fühlte. Mit dem offenen Haar und in dieser schamlosen Aufmachung glich sie einer Frau, die soeben aus dem Bett ihres Liebhabers gekrochen war.

Oder einer Frau, die bald ins Bett ihres Liebhabers kriechen würde …

Wie gelähmt stand sie da. Ihre Herzschläge stockten, und sie wagte nicht, sich umzudrehen – Alec gegenüberzutreten.

Das war gar nicht nötig.

Auf einmal erschien er hinter ihr, hoch aufgerichtet und dominant. Sie wollte sich zu ihm wenden. Doch er hinderte sie daran, indem er den Kopf schüttelte.

Mit einer Fingerspitze löste er die Bänder, die das Nachthemd über einer ihrer Schultern zusammenhielten, und es glitt hinab.

Selbst wenn es ihr Wunsch gewesen wäre – sie hätte sich nicht rühren können – gebannt von Alecs Spiegelbild und ihrem eigenen. Ihre Blicke trafen sich – ihre eigenen Augen waren übernatürlich groß und verwirrt, wohingegen die seinen wie blaue Fackeln zu lodern schienen. Beinahe glaubte sie, er werde ihre Seele berühren. Sein rechter Arm umschlang ihre Taille und zog sie an seine Brust. Bebend spürte sie seine verhaltene Kraft. Dann strich er den schwarzen Vorhang ihrer Haare beiseite, entblößte ihren schlanken, zerbrechlichen Hals, den sanften Schwung einer nackten Schulter.

Niemals im Leben würde sie den brennenden Hunger in seinen Zügen vergessen. Was ihn bewegte, las sie in seinen Augen, bevor er sich herabneigte. Er küsste ihren Nacken, dann zog sein Mund eine heiße Spur zu der zarten Stelle hinter ihrem Ohr. Wie empfindsam ihre Haut dort war, hatte sie gar nicht gewusst. Verlockend streiften seine Lippen die Seite ihres Halses, und sie legte den Kopf schräg, um ihm den Zugang zu erleichtern.

Ihr Körper reagierte instinktiv auf die betörenden Zärtlichkeiten. Ungeduldig. Ihre Brustwarzen drückten sich an den dünnen Stoff und prickelten, als wären sie von Eisnadeln erfüllt, weckten eine Sehnsucht nach – irgendetwas, nach stärkeren Reizen …

Nur vage bemerkte sie, dass ihr Nachthemd zu Boden fiel. Und in der nächsten Sekunde erkannte sie, was dieses *Etwas* war. Denn Alec umfasste ihre rechte Brust. Sein Arm glitt über ihre rechte Schulter.

Nun berührte er auch die linke Brust, behutsam umkreiste sein Daumen die Knospe. Beinahe schrie Maura auf.

Unfähig, ihren Blick vom Spiegel loszureißen, betrachtete sie Alecs Hände. Auf exquisite Weise schien er Besitz von ihr zu ergreifen. Er liebkoste beide Brustwarzen, nahm sie zwischen Daumen und Zeigefinger und drückte sie ganz leicht zusammen.

Von fremdartigen Gefühlen überwältigt, die Augen halbgeschlossen, sah sie den Kontrast seiner gebräunten Hände auf der hellen Haut ihres Busens. Durch ihre Adern strömten Wellen aus reinem Entzücken. Es war unglaublich erotisch zu beobachten, wie er mit ihrem Körper spielte – und noch erotischer, dass er ihre Reaktionen so aufmerksam registrierte.

Starke Finger wanderten zu ihrem Bauch hinunter, umspannten ihre Hüften, dunkel auf heller Glätte. Jetzt übten die Liebkosungen eine schockierende, bezwingende Wirkung aus, eine unwiderstehliche Überzeugungskraft. Maura hielt den Atem an, als Alecs Hand noch tiefer hinabglitt, für einen kurzen, erregenden Moment innehielt …

… und dann zielstrebig das lockige Dreieck oberhalb ihrer Schenkel erreichte.

Aus ihren Gliedern schien alle Kraft zu schwinden. Seine Zunge erhitzte ihren Hals, ihr Kopf sank in den Nacken.

Mit einem halberstickten Laut drehte er sie in seinen Armen herum. Die Beine gespreizt, hob er sie hoch, hielt sie zwischen seinen muskulösen Schenkeln fest und presste sie an seine pulsierende Erektion. Maura umklammerte seine Arme und spürte die Anspannung seiner Muskeln, als er sie zum Bett trug.

Seite an Seite lagen sie beisammen. Ein verzehrender Kuss bekräftigte Alecs eheliche Rechte. Ungeduldig riss er sich das Hemd auf und rieb seine Brust an ihrer. Ihre helle Haut wirkte durchscheinend. Darunter sah er die schwachen Spuren ihrer Adern. Seinem Verlangen machtlos ausgeliefert, umschloss er eine geschwollene Brustwarze mit feurigen Lippen, dann saugte er hungrig an der anderen.

Seine Hand wanderte nach unten. Trotz ihrer Größe war Maura erstaunlich feinknochig und gertenschlank. Mühelos umspannten seine Fingerspitzen ihren Bauch. Mit einem einzelnen Finger streichelte er das Kraushaar zwischen ihren Beinen, fand die weichen Fältchen, die sich darunter verbargen. Als er spürte, wie sie zusammenzuckte, regte sich in seiner Brust ein wildes Verlangen.

O Gott, wie heiß und feucht sie war, wie sie vor Sehnsucht bebte und seine eigene Begierde schürte … Er spürte, wie sich ihre Lippen unter den seinen öffneten. Langsam schob er seinen Finger in ihre intimste Zone.

Auch an dieser Stelle war sie zart gebaut, ganz eng schloss sich die Öffnung um seinen Finger. Wie eine zweite Haut würde sie seine Männlichkeit einhüllen. Beinahe hätte er schwören können …

Maura holte tief Luft. »O Alec.«

Während er sie wieder küsste, spielte sein Daumen mit der winzigen Perle, dem Zentrum ihrer Lust. Stöhnend schmiegte sie sich an ihn.

»Ja, Irin, so ist es gut. Bald wirst du mich in dir spüren.«

Erschrocken riss sie die Augen auf. Ihr Atem stockte, ihre Gedanken überschlugen sich. Wenn sie das zuließ, würde er die Wahrheit erkennen und wissen, was in der Nacht des Maskenballs geschehen war – nein, was *nicht* geschehen war!

Das durfte sie nicht riskieren, sie wagte es nicht.

Sonst würde sie den Kreis des Lichts niemals finden.

Und alles wäre verloren.

»Bitte nicht, Alec«, wisperte sie. Ihr Flehen steigerte sich zu einem Schrei. »Alec!« Irgendetwas in ihrer Stimme durchdrang den feurigen Nebel seiner Lust, und er hob die Lider.

Forschend schaute er in ihre Augen, seine Lippen pressten sich unheilvoll zusammen.

Ihre Wangen brannten. Wie rasend pochte ihr Puls, ihr Herz drohte in ein wildes Chaos zu geraten. Sie schaute Alec an und wünschte, sie hätte es nicht getan.

»Verdammt, Irin, was ist los mit dir?« Das Verlangen, endlich mit ihr zu verschmelzen, brachte ihn fast um den Verstand. Erkannte sie denn nicht, wie unaufhaltsam er sich dem Moment näherte, wenn es kein Zurück gäbe? Nur einen Wimpernschlag war er von dem berauschenden Glück entfernt, möglichst tief in sie einzudringen.

Und da sah er ihre Lippen zittern. Über sein Gesicht glitt ein Schatten, und er wurde blass. »Habe ich dir in der Ballnacht …« Nur mühsam rangen sich die Worte aus seiner Kehle. »… wehgetan?«

»Nein«, flüsterte sie kaum hörbar.

»Was ist es dann?«

Maura schüttelte den Kopf. Als er sie losließ, setzte sie sich auf und verschränkte die Hände vor den nackten Brüsten.

Oh, wie sie ihren infamen Betrug hasste – und ihre verbotene Sehnsucht!

Mit angespannten Kinnmuskeln stieg Alec aus dem Bett. Seine Lippen bildeten einen dünnen Strich. In seinem Blick las Maura immer noch unverhohlene Begierde, und ihr Selbsthass wuchs.

Unvermittelt schienen sich seine Augen in Eis zu verwandeln. Seine Stimme klang ebenso frostig. »Heute Nacht sollst du deinen Willen haben, Duchess. Aber nächstes Mal wirst du mir gehören.«

Die Tür zwischen den beiden Schlafzimmern fiel krachend ins Schloss, und Maura zuckte zusammen. Ihre von Alecs verzehrenden Küssen geschwollenen Lippen prickelten immer noch, und sie kämpfte mit den Tränen ihrer Scham. Oh, wie er sie verachten würde, wenn sie ihr Täuschungsmanöver offenbarte!

Nach dieser herzzerreißenden Begegnung zitterte sie am ganzen Körper. Voller Sorge überlegte sie, was sie tun sollte. Irgendwie musste sie verhindern, dass sie noch einmal im selben Bett landeten. Außerdem musste sie ihn unbedingt besänftigen. Verzweifelt fragte sie sich, wie lange sie ihn noch hinhalten konnte.

Und doch … Möge der Allmächtige ihr verzeihen – sie sehnte sich danach, zu erfahren, was sie bei einem Liebesakt mit Alec McBride empfände. Ihr Herz krampfte sich zusammen, denn er würde niemals wissen, wie inständig sie wünschte, dieses Glück zu erleben. Nur ein einziges Mal.

Trotzdem durfte sie nicht mit ihm schlafen. Sonst wäre all ihre Mühe vergeblich gewesen.

In diesem Haus befand sich der Kreis des Lichts. Ganz in ihrer Nähe. Dieses merkwürdige Gefühl hatte sie nie verlassen. Und wenn sie ihn fand, konnten Alec und sie selbst so weiterleben wie vor der Nacht des Maskenballs.

Also musste sie den Lichtkreis nur aufspüren, und zwar möglichst bald. Dann würde sie nach Irland zurückkehren, ins Castle McDonough.

In ihrer eigenen Welt würde ihr wundes Herz genesen – weit entfernt von Alec McBride.

Vierzehntes Kapitel

Im Zwang einer heißen Begierde, von einer schmerzhaften Erektion gequält, drehte Alec sich auf den Rücken, sprang aus dem Bett und schlüpfte in seinen Morgenmantel.

Heute Nacht sollst du deinen Willen haben, Duchess. Aber nächstes Mal wirst du mir gehören.

Draußen im Flur fuhr er sich mit den Fingern durch das Haar, lehnte sich an die Wand und stieß einen wilden Fluch hervor. Großer Gott, in Mauras Nähe schien sich sein Gehirn jedes Mal zu benebeln, ein Kampf tobte in seiner Seele, und er konnte nicht klar denken. Immer noch brannte das Verlangen wie Feuer in seinen Adern.

Geh zurück, nimm sie, drängte eine innere Stimme. *Sie ist deine Frau, sie gehört dir. Nimm sie! Besteh auf deinem Recht und nimm sie!*

Nein, das würde er nicht tun, dachte er grimmig. Nicht auf diese Weise, nicht bevor sie ihn mit der gleichen Glut begehrte wie er sie.

Oh, an ihrer Leidenschaft zweifelte er nicht. Die hatte er in Mauras geöffneten Lippen gespürt, im Zittern ihres Körpers, der sich an seinen geschmiegt hatte. So vieles fühlte er, wenn er sie küsste. Stets schien sie den gleichen Kampf gegen die Lust auszufechten wie er. Um so ärgerlicher fand er es, dass sie sich ihm so beharrlich verweigerte.

Warum widerstrebte es ihr so sehr, mit ihrem Ehemann zu schlafen?

Seine Schritte führten ihn hinunter in sein Arbeitszimmer. Jetzt brauchte er eine gewisse Distanz zu Maura, um sein Blut zu kühlen. Eine einzige Wand zwischen ihnen genügte nicht. Zu stark wäre die Versuchung, wenn er wüsste, sie läge nebenan in ihrem Bett. Er griff nach der Whiskykaraffe und einem Glas.

Seufzend sank er in den Sessel hinter seinem Schreibtisch. Ein Schatten verdüsterte seine Miene. O ja, sie war eine schöne Frau, seine Maura. Von Anfang an hatte er sie begehrt. Sie betörte und lockte ihn. Und er war auf ihre Tücke hereingefallen und hatte geheiratet – auf eine Art und Weise, mit der er nie gerechnet hatte. Er war so wütend gewesen und er hatte sich gar eingeredet, sie würde ihn nicht reizen. Jetzt machte er sich nichts mehr vor. Mit bitterem Gelächter akzeptierte er seine heiße Sehnsucht. Und da sie seine Frau war, durfte er seine ehelichen Rechte beanspruchen. Aber irgendetwas hielt ihn zurück; *sie* hinderte ihn daran.

Seit der Hochzeit hatte sich einiges geändert. In Irland hatte er sich wie ein Narr von seiner Leidenschaft beherrschen lassen. Auf der Reise nach Schottland war er zu kühler Distanz entschlossen gewesen.

Und jetzt befand er sich im Krieg – mit sich selbst.

Wäre ihm die Ehe nicht aufgezwungen worden,

würde er dann andere Gefühle für Maura hegen? Würde er sie weniger begehren? Nein, gestand er sich widerstrebend ein.

Nun, allem Anschein nach wollte die einzige Frau, die ihn erregte, nichts von ihm wissen. Und beim Himmel, sie war seine Gemahlin!

Er überlegte erzürnt und verblüfft, warum sie ihn abwies. Weil sie bekommen hatte, was sie wollte: den Titel einer Duchess und einen reichen Ehemann?

Wenn er es bloß wüsste! Bei den heißen Küssen hatte er so vieles wahrgenommen. Wie echt sie sich anfühlten!

Aber auch, wie groß sein Stolz war.

Und wie groß *ihrer* …

Maura glich einer Klette, die an seiner Haut klebte, die sich für immer in seinem Gehirn eingenistet hatte. Ihn hatte der Eindruck beschlichen, sie fechte einen ähnlichen Kampf aus wie er selbst. Gegen drängende Begierde, gegen betörende Versuchung. Und er wollte ihre Kapitulation erleben, nicht nur vor ihm, sondern auch vor ihren eigenen Emotionen.

Ihre Leidenschaft hatte er gespürt. Ihre inbrünstige Sehnsucht. Genauso stark und verzweifelt wie seine. Rasende Herzschläge hatten ihm ihre Wünsche verraten. Da irrte er sich nicht. Oder doch? Beunruhigende Zweifel zehrten an seinen Nerven.

Selbstironisch lächelte er. Wurde sein Urteilsvermögen so sehr von wildem Verlangen beeinträchtigt, dass er seinen eigenen Beobachtungen nicht mehr trauen konnte?

Die Schuld lag allein bei ihm, erkannte Alec. Er war davon ausgegangen, immun gegen Mauras Schönheit zu sein, und hatte seine ehelichen Rechte nicht beansprucht, weil er manipuliert worden war. Sein Stolz verwehrte ihm das Eingeständnis, wie glutvoll er sie begehrte. Hier in Gleneden bewiesen ihm die ersten paar Küsse, dass er immer noch Herr seiner Sinne war und seine Lust zu zügeln vermochte. Er hatte ihr demonstrieren wollen, dass er sich nicht wie eine Marionette gängeln ließe. Wäre er bloß so stark geblieben!

Aber welche Rolle spielte es schon? Sie war seine Frau, und er ihr Mann.

Daran konnten sie nichts ändern.

Ebenso wenig wie an seinem Verlangen.

Und Maura begehrte ihn genauso. Ihre Lippen logen nicht. Niemals hatten sie gelogen.

An diesem Abend hatte sie in seinen Armen gezittert, und zwar vor Entzücken, da war er sich sicher. Er hatte den Moment ihrer Kapitulation ganz genau gespürt – und dann ebenso deutlich den Augenblick ihres Rückzugs. Unvermittelt stieg ein vager Verdacht in ihm auf: So selbstbewusst, wie sie sich gab, war sie gar nicht. Er könnte schwören, Angst in ihren Augen gelesen zu haben – eine sonderbare Verletzlichkeit. Und das irritierte ihn am allermeisten. War er in Irland brutal über sie hergefallen?

Das hatte sie bestritten.

Ob sie log oder nicht, jene Nacht hatte unausweichlich zu seiner Hochzeit geführt.

Er leerte seinen Whisky, lehnte die Stirn an die Hand, die das Glas hielt, und starrte ins Dunkel. Welch Narr er gewesen war! Seine Leidenschaft konnte er ebenso wenig kontrollieren wie seine Atemzüge. Er musste Maura nur ansehen, und prompt loderten wilde Flammen in seinem Blut.

Bedrückt lehnte er sich in seinem Sessel zurück. Dass sie ihn wegen seines Geldes geheiratet hatte, ärgerte ihn immer noch. *Ist das wahr?*, fragte eine mahnende innere Stimme. *Ist sie eine Glücksritterin?* Sie hatte nichts verlangt – und seine Geschenke erst nach langem Zögern angenommen.

Eine Finte? Nein, entschied er. Stolz? O ja, in der Tat. Und doch hatte es ihn unglaublich beglückt, ihre Freude über die Strümpfe zu beobachten. Was sie wohl sagen würde, sobald die restlichen Einkäufe nach Gleneden geliefert wurden? Als sie aus dem Laden auf die Straße getreten waren, hatte Madame Rousseau sich zweifellos die Hände gerieben.

Wie auch immer, er musste sich die Wahrheit eingestehen. In jener Nacht war *er* an Maura herangetreten. Und dann war sie bereitwillig auf seine Avancen eingegangen. Er lachte spöttisch. An seiner Anziehungskraft hatte es sicher nicht gelegen, vielmehr an seinem erlauchten Adelstitel.

Andererseits erweckte sie nicht den Eindruck, seine Person oder sein Reichtum wären ihr wichtig.

Doch was hatte sie bewogen, die Heirat zu erzwingen? Was bezweckte sie? Was hatte sie nach Gleneden geführt?

Der Verdacht, die schöne Maura McBride – erstaunlich, wie leicht ihm dieser Name durch den Sinn ging – führe etwas im Schilde, ließ sich nicht von der Hand weisen. Sie war hinter etwas her.

Und was zum Teufel mochte das sein, wenn sie weder an seinem Adelstitel noch an seinem Geld interessiert war?

Alec lächelte verkniffen. An diesem Abend hatte er sie mit kühnen Liebkosungen verwirrt. Ihre Weiblichkeit hatte seinen Finger so fest umschlossen, dass es unmöglich gewesen war, noch tiefer in sie einzudringen. Und da hatte ihn ein flüchtiger Gedanke durchzuckt.

Welch Unsinn, sagte er sich. Aber hätte er das blutbefleckte Laken nicht gesehen, gemeinsam mit Maura, ihrem Onkel und dem Baron, könnte er fast meinen …

Sein Argwohn wuchs, und er begann sein Gedächtnis zu durchforschen. Fragmentarisch tauchten Erinnerungen auf und verschwanden wieder. Von Anfang an war er misstrauisch gewesen; in jener Nacht hatte etwas nicht gestimmt. Er stellte das Glas auf den Tisch und presste seine Hände an die Schläfen. Warum wusste er nichts von jenem Liebesakt? Als wäre sein Gedächtnis ausgelöscht oder in ein leeres Nichts verwandelt worden …

Nun versuchte er diese Leere zu füllen und sich an jede Einzelheit zu erinnern. Warum zum Henker entsann er sich nicht, wie er mit Maura geschlafen hatte?

Alecs Gedanken überschlugen sich. Wie war es

möglich, so etwas zu vergessen? Vor dem Maskenball hatte er mit Lord Preston ein Glas Whisky getrunken. Und als er am nächsten Morgen in seinem Bett erwacht war, an Mauras Seite, hatte er die Gedächtnislücken seinem Alkoholkonsum zugeschrieben.

Aber sollte er so betrunken gewesen sein, dass er sich nicht an die Entjungferung der Frau erinnerte, mit der er jetzt verheiratet war? Daran zweifelte er.

Sein Gehirn glich einem Spinnennetz. Schleierhaft und trotzdem undurchdringlich.

Entschlossen versuchte er es noch einmal.

Und dieses Mal – ah, dieses Mal! Heiße, wilde Küsse ... Dann hatte Maura sich entfernt, um Wein einzuschenken. Er hatte sein Glas geleert. Und sie ihres ...

Die Augen geschlossen, spürte er, wie seine Erinnerungen schärfer wurden.

Ex, hatte er gesagt. Und danach ...

Ja, er hatte Maura auf das Bett gezogen. Der süße Geschmack ihres Mundes, seine Zunge über den Knospen ihrer Brüste – jede Liebkosung eine glasklare Vision. Deutlich erinnerte er sich an seine Hand, die ihre um seinen Penis geschlungen hatte, einen Finger nach dem anderen. Ihre Berührungen, scheu und zögernd. Wie er sich vage entsann, war ihm ihr Zaudern seltsam erschienen, nachdem sie ihn zuvor so zielstrebig umgarnt hatte.

Und dann verblassten die Bilder in seinem Gedächtnis: ein schwarzes Nichts, bis zum Erwachen am nächsten Morgen.

Aber da tauchte noch etwas auf, ein flüchtiges, eigenartiges Gefühl, das er festzuhalten suchte. Maura, die an irgendetwas zerrte, an seinen Stiefeln, seinen Breeches …

Ja, die ganze Zeit hatte er es geahnt, und zwar mit gutem Grund. An der Sache war etwas faul. Und dafür musste Maura verantwortlich sein. Normalerweise übte der Alkohol keine so starke Wirkung auf ihn aus. Niemals hätte er einem Mädchen die Unschuld geraubt. Er war nicht betrunken gewesen.

Bis zu jenem letzten Glas Wein.

Alec erstarrte.

Bis zu jenem letzten Glas Wein.

»O Gott«, flüsterte er.

Auf einmal sah er es ganz klar vor seinem geistigen Auge, hörte die Gläser klirren. *Ex,* hatte er gesagt … Wütend stieß er einen obszönen Fluch aus. Ja, jetzt ergab das alles Sinn. Mauras Schüchternheit bei seinen intimen Berührungen, der Widerstand, bevor sie ihre Lippen unter den seinen geöffnet hatte.

Und nun wusste er, warum.

Die kleine Hexe hatte eine Droge in seinen Wein geschüttet!

Am nächsten Morgen stand Maura vor dem Frühstücksbuffet und füllte ihren Teller mit schottischem Haferbrei. Sie schüttete etwas Milch darüber, dann ging sie zum Tisch und setzte sich. Seltsam, zum ersten Mal war Alec *nicht* vor ihr im Speiseraum erschienen. Beinahe vermisste sie seine verwirrende Gegenwart.

Mrs. Yates betrat das Zimmer. »Ah, ich dachte mir, ich hätte Sie gehört, Eure Gnaden! Wie fühlen Sie sich heute Morgen?«

»Danke, Mrs. Yates, ausgezeichnet.« Maura blickte auf. Soeben hatte sie ihren Löffel in den Haferbrei tauchen wollen. Aber nun zeigte sie damit auf Alecs leeren Stuhl. »Haben Sie Seine Gnaden heute Morgen schon gesehen?«

»Er ist wieder nach Glasgow gefahren, Eure Gnaden. Und er hat mir aufgetragen, Ihnen mitzuteilen, er werde übermorgen zurückkommen. Also müssen Sie sich keine Sorgen machen.«

Sofort klopfte Mauras Puls schneller. Am liebsten hätte sie sich die Hände gerieben oder wäre jubelnd umhergesprungen. Endlich erhielt sie die Gelegenheit, auf die sie so lange gewartet hatte. Nach Herzenslust konnte sie den Kreis des Lichts suchen, ohne alle paar Sekunden über die Schulter zu spähen um herauszufinden, ob Alec in ihrer Nähe war. Sie würde überall ausgiebig herumstöbern.

»Dann werde ich Zeit finden, meinen Plan in die Tat umzusetzen«, erklärte sie leichthin. »In ein paar Räumen möchte ich einige Änderungen vornehmen. Also seien Sie nicht erstaunt, wenn Sie mich durch das Haus wandern sehen.«

»Sehr wohl, Eure Gnaden.« Die Haushälterin knickste. »Wenn Sie Hilfe brauchen, läuten Sie einfach.«

»Vielen Dank, Mrs. Yates«, antwortete Maura und schenkte ihr ein strahlendes Lächeln. »Ja, das werde ich tun.«

Am Ende des nächsten Tages war sie völlig erschöpft. Unter sämtlichen Betten und Sesseln hatte sie nachgesehen, jedes Kissen abgetastet, ohne genau zu wissen, was sie zu entdecken hoffte. Sie hatte in alle Schränke geschaut, hinter alle Gemälde und Wandteppiche, hatte jeden einzelnen Winkel nach Anzeichen abgesucht, die auf ein geheimes Versteck hinweisen könnten.

Im zweiten Stock des Originalflügels befand sich ein großer Raum, den schale, feuchte Luft und schwaches Licht erfüllten. Die Fenstervorhänge waren fest geschlossen. Dieses Zimmer erforschte Maura genauso gründlich wie die übrigen.

Offenbar war es sehr lange nicht benutzt worden. Sie wirbelte Staub auf und musste husten. Mit zusammengekniffenen Augen sah sie sich um, von einem sonderbaren Gefühl erfasst ... Woran es liegen mochte, wusste sie nicht. Sie empfand keine Angst, erkannte nur, dass hier etwas anders war. Als sie den muffigen Geruch wahrnahm, rümpfte sie die Nase.

Wenn dieser Raum wieder wohnlich gestaltet werden sollte, entschied sie, brauchte er eine neue Tapete und neue Möbel ... Dann hielt sie mitten in ihrem Gedankengang inne. Falls das jemals geschehen sollte, wäre sie längst nicht mehr Alecs Frau und hätte nichts mit der Beschaffung der neuen Einrichtung zu tun. Ein seltsamer Schmerz erfasste ihr Herz, ein Gefühl der Leere, das sie sich nur widerwillig eingestand.

Dann wäre Alecs Gemahlin – wer immer sie auch sein mochte – die echte Duchess. Nicht sie. Nicht

Maura O'Donnell. Oh, es war völlig sinnlos, darüber nachzudenken. Trotzdem ließen sich die Fantasiebilder nicht verscheuchen – eine andere Frau, die nackt auf seinem Bett lag, deren Schulter er zärtlich streichelte. Mit seinen Händen und Lippen, mit seiner Zunge würde er diese unbekannte Frau erregen, so wie *sie* in der Nacht, nachdem er ihr die Seidenstrümpfe gekauft hatte.

Am Tag vor ihrer gemeinsamen Fahrt nach Glasgow hatte er Maura von den Selkies erzählt. Scherzhaft fragte sie, ob er eifersüchtig wäre, wenn sie sich in einen Selkie-Mann verlieben würde. *Sogar sehr eifersüchtig,* hatte er in ernsthaftem Ton erwidert.

Und jetzt verspürte sie selbst heiße Eifersucht, während sie sich Alec beim Liebesspiel mit einer anderen Frau vorstellte. Rasende Eifersucht!

Diese Emotion erschien ihr wie ein körperlicher Schmerz, der ihre Brust verengte und den sie kaum ertrug. Langsam richtete sie sich auf. Erst jetzt merkte sie, dass sie sich instinktiv zusammengekrümmt hatte.

Was bedeutete diese Qual? Viel zu heftig rauschte das Blut in ihren Ohren, ihre Kehle schnürte sich zu. Nein, sie durfte Alec nicht lieben. Das würde sie sich nicht gestatten.

Denn er war viel zu gefährlich für ihr törichtes Herz.

Ein Grund mehr, um den Kreis des Lichts möglichst schnell zu finden und heimzukehren.

Nach Irland. Dorthin gehörte sie. Nicht nach

Schottland. Nicht zu Alec McBride, dem Duke of Gleneden.

Und dann …

O Gott, sie hatte nicht daran gedacht … Nein, bis zu diesem Moment hatte sie es gar nicht wirklich begriffen gehabt …

Sie entsann sich, wie Alec ihr vom langen Todeskampf seines Vaters erzählt hatte. Bei der Erinnerung an den letzten Tag ihres eigenen Vaters, an seinen letzten leidvollen Atemzug, unterdrückte sie nur mühsam einen Schmerzensschrei. Kaltes Grauen stieg in ihr auf.

Ohne jeden Zweifel verfolgte der Fluch, der den Clan McDonough peinigte, auch die McBrides.

Was sie früher empfunden hatte, war im Grunde gar keine Qual gewesen. Nein, was echte Qualen waren, erkannte sie erst jetzt. Die unumstößliche Gewissheit, dass Alec sterben würde – viel früher, als er eigentlich sollte. Warum oder wann oder wie, konnte niemand sagen.

Wegen des Fluchs.

Es sei denn, sie fand den Kreis des Lichts.

Nur vage merkte sie, wie sie aus dem Zimmer taumelte. Und ehe sie wusste, wie ihr geschah, stand sie vor dem Wunschbrunnen. Hier fand sie Trost und Frieden, wie Alecs Mutter. Die Umgebung war nicht sonderlich pittoresk. Aber die Szenerie gefiel ihr, und sie wanderte fast jeden Tag zu der Lichtung.

Zu ihrer Verblüffung war der Brunnen zur Hälfte mit Wasser gefüllt. An der Oberfläche spiegelten sich Sonnenstrahlen. Wie mochte es dazu gekommen sein? Es war Maura ein Rätsel. Weder an diesem Tag noch am Vortag hatte es geregnet. Und das Gras auf der Lichtung war knochentrocken.

Maura sank zu Boden und lehnte sich an die steinerne Einfassung des Brunnens. Mit bebenden Händen zog sie den kostbaren Beutel aus der Tasche ihres Rocks und umklammerte ihn.

Darin verwahrte sie die Erde und die winzigen Kiesel vom McDonough-Land, die sie am Tag ihrer Abreise gesammelt hatte. Ihrer Heimat zuliebe war sie nach Schottland gefahren.

Wie ein Messer schnitt ein brennender Schmerz durch ihre Brust.

Nach *Irland* gehörte sie. Nicht nach Schottland, wo sie unter einer dunklen Wolke aus Lug und Trug und Schuldgefühlen lebte.

Sie versuchte an ihre Heimat zu denken. An das Castle McDonough. An Jen. Die zahnlose Nan. An Patrick den Kraushaarigen. An die alte Kirche hoch oben auf dem Hügel, in die Heiden und Christen gleichermaßen gegangen waren, um ihre Religion auszuüben.

An den Ort, wo der Kreis des Lichts einst so hell geleuchtet hatte.

Doch sie sah nur Alec und seine eisblauen Augen, die sie verdammten, weil sie ihn nicht rettete.

Zur selben Stunde öffnete Alec in Glasgow ein kleines Eisengatter und folgte einem Backsteinweg. Auch das

Haus bestand aus verwitterten Backsteinen, so wie all die anderen in der schmalen Straße.

An der Haustür betätigte er dreimal den Messingklopfer. Schwere Schritte näherten sich, die Tür wurde geöffnet.

»Euer Gnaden!«, grüßte der Mann freundlich. Ende vierzig und kräftig gebaut, mit breiten Schultern und einem dicken, muskulösen Hals, war er etwa einen halben Kopf kleiner als Alec. »Kommen Sie nur herein, Euer Gnaden.«

»Ersparen wir uns die Formalitäten, Thomas«, mahnte Alec lächelnd. »Hier sind wir beide allein.«

»Alte Gewohnheiten legt man nur sehr schwer ab. Ihren Bruder nenne ich immer noch 'Colonel', Sir.«

Thomas Gates hatte unter Aidans Kommando beim Highland Regiment gedient.

Nachdem Alec den kleinen Flur betreten hatte, schloss Thomas die Haustür.

»Ich bin immer noch erstaunt, dass Sie in Schottland geblieben sind, statt nach Indien zurückzukehren«, erklärte Alec, woraufhin Thomas grinste.

»Meine Pension genieße ich viel lieber als die verdammte Hitze in Indien.«

Alec zog zwei würzig duftende Zigarren aus seiner Westentasche. »Haben Sie Lust?«

Lachend nickte Thomas. »Allerdings. Ein bisschen früh am Tag. Aber ich habe da was, das genau dazu passt.«

In seinem kleinen Salon füllte der Hausherr zwei Brandyschwenker. Alec lehnte sich in einen bequemen Sessel zurück, und sie unterhielten sich angeregt.

Als die Zigarren fast niedergebrannt waren, sagte Alec: »Wie ich höre, haben Sie einen Posten bei Scotland Yard abgelehnt.«

Thomas zuckte die Schultern. »Nun, ich bin lieber mein eigener Herr. Zum Glück kann ich mir die Aufträge aussuchen, die ich annehme.«

»Aus diesem Grund bin ich hier.«

»Das habe ich mir gleich gedacht«, betonte Thomas und lachte wieder. »Meine hässliche Visage kann Sie unmöglich an meine Tür gelockt haben.«

Alec streifte einen Aschenkegel von seinem Zigarrenstummel. Nun verschwendete er keine Zeit mehr mit belangloser Konversation. »Ich möchte sie um einen Gefallen bitten, Thomas. Falls Sie keine anderen Verpflichtungen haben, könnten Sie nach Irland reisen?«

»Nach Irland?«, wiederholte Thomas sichtlich überrascht. »Und zu welchem Zweck?«

»Ziehen Sie ein paar unauffällige Erkundigungen ein. Die Bezahlung ist gut.« Nach einer kurzen Pause fügte Alec hinzu: »Immer wieder hat Aidan erzählt, in seinem Rücken habe es keinen besseren Mann gegeben als Sie. Und wenn er Ihnen vertraut hat, bin ich auch dazu bereit.«

»Was?« Thomas warf ihm einen scharfen Blick zu. »Beinahe hört sich das so an, als ginge es um Leben und Tod.«

»Nein. Aber die Angelegenheit erfordert wirklich äußerste Diskretion.«

»Heutzutage gilt das für den Großteil meiner Arbeit. Nun, schon seit vielen Jahren. Und Sie müssen wissen – für die Familie des Colonels tue ich alles. Aber was soll es schon in Irland zu finden geben, abgesehen von einem Übermaß an Wind und Regen?«

Gegen diese Beschreibung ihres Heimatlands hätte Maura entrüstet protestiert, dachte Alec trocken. Ein schwaches Lächeln umspielte seine Lippen, während er sich an ihren Ärger erinnerte, der seinen Ansichten über Irland galt. Doch dann dachte er an ihr Täuschungsmanöver, und sein Lächeln erlosch sofort – ebenso wie Thomas' Lächeln, der die ernste Miene seines Besuchers beobachtete.

»Äußerste Diskretion …«, wiederholte er leise. »Worum geht es?«

Reglos saß Alec da und starrte geistesabwesend vor sich hin.

Thomas runzelte die Stirn. »Euer Gnaden? Äußerste Diskretion in welcher Sache?«

Nun gelang es ihm, Alecs Aufmerksamkeit wieder auf sich zu lenken. »Tja, es geht um eine Dame, Thomas. Um die ehemalige Lady Maura O'Donnell.« Nach einem tiefen Atemzug ergänzte der Duke: »Meine Gemahlin.«

Fünfzehntes Kapitel

Spät am nächsten Nachmittag kehrte Alec nach Gleneden zurück. Voller Ungeduld – er weigerte sich, das Gefühl Sehnsucht zu nennen – bereitete er sich auf das Wiedersehen mit seiner Frau vor. Aber im Arbeitszimmer erwartete ihn sein Verwalter mit Papieren, die unterzeichnet werden mussten.

Ganz zuoberst auf der Post, die sich inzwischen angesammelt hatte, lag ein Brief von seiner Mutter, den er nur zögernd öffnete. Von Gewissensbissen geplagt, nahm er sich vor, ihr zu schreiben. Es war an der Zeit … Nein, es war sogar höchste Zeit, entschied er und stellte sich vor, wie sie erstaunt die zierlichen Lippen kräuseln würde, wenn sie von seiner Heirat erfuhr. Zweifellos würde sie sich schon bald auf ihre subtile Art erkundigen, wann er einen Erben zu zeugen gedenke.

Lächelnd verließ er das Arbeitszimmer. In der Halle rief er nach Mrs. Yates. Nein, seit dem Lunch hatte die Haushälterin Ihre Gnaden nicht mehr zu Gesicht bekommen.

Da meldete sich ein Dienstmädchen zu Wort. »Vor einer Weile habe ich Ihre Gnaden auf der Terrasse gesehen, Euer Gnaden.«

Alec ging ins Freie. Vielleicht war Maura zum See gewandert oder zur Bucht ausgeritten.

Wo zum Teufel mochte sie stecken?

Inmitten dieses Gedanken ließ ihn ein verblüffender Anblick innehalten.

Außerhalb des Hofs, an der Stelle, wo der abfallende Rasen eben wurde, saß Maura unter einer Eiche.

Drängende Ungeduld. Sehnsucht. Verlangen. All diese Emotionen erfüllten seine Brust. Seufzend sagte er sich, wie wenig er wusste. Zu viel verheimlichte ihm seine schöne Irin. Und zwar mit voller Absicht.

Doch das spielte in diesem Moment keine Rolle.

Im Rhythmus seiner Herzschläge entstand ein eigenartiges Stocken. Nur Maura würde so am Boden sitzen, ohne zu bedenken, dass das Gras ihr Kleid beflecken könnte. Vor ihr hockten einige Kinder der Dienstboten im Halbkreis.

Maura wandte ihm den Rücken zu. Lautlos trat er näher und legte einen Finger an seine Lippen, als ein kleiner Junge ihn entdeckte.

O Gott, wie zauberhaft sie aussah ... Alecs Blut erhitzte sich. Lächelnd neigte sie sich zu einen kleinen Mädchen mit lockigem Haar und Apfelbäckchen hinab, das auf ihren Schoß gekrochen kam.

Die Kinder starrten sie hingerissen an.

Ebenso wie Alec. Sie erzählte eine mythische, magische Geschichte. Und als sie zum Ende gelangte, schrien die Kinder, sie wollten noch eine hören.

Maura warf ihr offenes Haar über die Schultern. Nur ein schlichtes Band hielt es aus ihrem Gesicht.

Fasziniert lauschte Alec ihrer melodischen Stimme mit dem irischen Akzent. »Auf dieser Welt gibt es einen Ort«, begann sie, »wo der Wind das Meer und den Himmel trifft, und der Himmel der Erde begegnet …«

»Schottland«, fiel er ihr ins Wort, um seine Anwesenheit zu bekunden.

»Irland«, widersprach sie und wandte sich zu ihm. »Vielleicht solltest *du* erzählen, wie diese Geschichte weitergeht, mein Gemahl.« Ihre Augen glitzerten herausfordernd. Aber ihre Stimme klang zuckersüß.

Alec musterte die Kinder. »Oh, ich glaube, Ihre Gnaden kann viel besser Geschichten erfinden.«

Irritiert versteifte sie sich. Verdammt, wie meinte er das?

»Und außerdem sind Ihre Gnaden viel hübscher als ich, nicht wahr?«

Eifrig nickten die Kinder, und einige kicherten.

Alec lehnte eine Schulter an den Eichenstamm und verschränkte die Arme. »Nun will ich mich nicht mehr einmischen, meine Duchess. Bitte, du solltest fortfahren.«

Das tat sie. Geflissentlich ignorierte sie ihn. Nur mit halbem Ohr lauschte er ihren Worten. Während sie sprach, ließ er sie nicht aus den Augen. Am Ende der Geschichte fragte sie ihr Publikum: »Wer von euch möchte mit Elfenstaub bestreut werden?«

Jubelnd hoben alle Kinder ihre Hände.

Mauras Gelächter erinnerte Alec an silberne Glöckchen. Sie griff in die Tasche ihres Rocks und zog einen Samtbeutel hervor. Wie er sich vage entsann, hatte er ihn ein paarmal auf ihrer Kommode liegen sehen. Sie gab vor, etwas herauszunehmen. Dann bewegte sie ihre Fingerspitzen. »So meine Täubchen, jetzt tragt ihr Mäntel aus Elfenstaub, die euch beschützen und wärmen und glücklich machen werden.«

»Noch eine Geschichte, Eure Gnaden!«, bettelte ein kleines Mädchen, das jüngste Kind des Stallmeisters.

»Morgen, Greta.« Maura wischte sich die Hände an ihrem Rock ab. »Das verspreche ich dir.«

Alec half seiner Frau auf die Beine. »Und ich? Bin ich es nicht wert, mit deinem Elfenstaub bestreut zu werden?«

Inzwischen waren die Kinder davongerannt.

»Ich glaube, du bist durchaus fähig, auf dich selbst zu achten«, erwiderte sie kühl.

»O Maura, wie schmerzlich du mich kränkst!«

Verächtlich seufzte sie und entzog ihm ihre Hand.

Auf dem Weg zum Haus entschuldigte er sich: »Tut mir leid, dass ich nach Glasgow gefahren bin, ohne dich über meine Reisepläne zu informieren. Hoffentlich verzeihst du mir.«

»Da gibt es nichts zu verzeihen. Ich vermute, du musstest dich um deine Geschäfte kümmern.«

»Welch ein Glück, dass ich mit einer so großzügigen Ehefrau gesegnet bin. Konntest du die letzten Tage auf angenehme Weise verbringen?«

»Ja.«

Die knappe Antwort ärgerte ihn. »Erzähl mir davon.«

»So sehr ich es auch bedaure, es gibt nichts zu erzählen.«

»Oh, irgendetwas wird dir sicher einfallen.«

Abrupt blieb sie stehen und wandte sich zu Alec. Seine sonderbare Miene verwirrte sie. Ihr Herz krampfte sich zusammen. »Stört dich etwas?«

»Meine liebe Gemahlin, in deinem Haar hängen Spinnweben.« Mit behutsamen Fingerspitzen entfernte er die zarten Netze. »Oder ist es Elfenstaub?«

Erbost schlug sie seine Hand weg. Dieser verdammte Mann! Musste er denn alles bemerken?

Doch er hatte seine Musterung noch nicht beendet. »Und ich glaube ...« Er entfernte etwas aus den Falten ihres Rocks. »Ja, ich habe Recht. Farnwedel kleben an deinem Kleid. Mit Grashalmen hatte ich gerechnet. Aber Farn ... Ganz gewiss kein Elfenstaub.«

Wollte er sie necken oder verspotten? Bei Alec war sie sich da niemals sicher.

Sie fuhr sich mit der Zunge über die Lippen. »Heute Vormittag bin ich beim Wunschbrunnen gewesen.«

»Auch dort wächst kein Farn. Nur Gras.«

»Ein paarmal habe ich den Waldweg verlassen«, verteidigte sie sich. Die ganze Umgebung des Brunnens hatte sie abgesucht, bis zum Ufer des Sees. »Und heute Nachmittag habe ich mit den Kindern gespielt ... Ach ja, heute Morgen war ich auf dem Dachboden. Da müssen die Spinnweben in mein Haar geraten sein.«

»Auf dem Dachboden?«

Mauras Ärger wuchs. Verlangte er, dass sie Rechenschaft über jede einzelne Minute der vergangenen Tage ablegte? Beim Himmel, dazu ließe sie sich gewiss nicht zwingen.

Schon gar nicht, da sie an diesem Morgen Murdoch getroffen hatte ...

Letzte Nacht war sie in Alecs Arbeitszimmer geschlichen. Die Banknoten, die er erwähnt hatte, lagen tatsächlich in einem Schubfach des Schreibtisches auf der rechten Seite. Fast das ganze Geld nahm sie an sich und steckte es in die Tasche ihres Morgenmantels. Am Morgen hatte sie es Murdoch gegeben, der es ins Castle McDonough bringen sollte. Sie hoffte, ihre Suche nach dem Lichtkreis würde beendet sein, wenn der treue Diener das nächste Mal nach Schottland zurückkehrte. Immer schwerer belastete das Täuschungsmanöver ihre Seele. Und sie fürchtete jeden Tag, Alec käme hinter den Grund ihres Aufenthalts in Gleneden.

Das durfte nicht geschehen. Und es würde auch nicht geschehen, gelobte sie sich.

Sie hob das Kinn. »Als ich mich auf dem Dachboden umsah, habe ich ein paar schöne Silberstücke entdeckt. Die würde ich gern reinigen lassen und in einem der Salons aufstellen, wenn du nichts dagegen hast.«

»Warum sollte ich?« Alecs blaue Augen funkelten. »Immerhin bist du die Herrin dieses Hauses.«

Forschend schaute sie ihn an. Wie meinte er das? Dann wurde ihr bewusst, wie albern ihre Unsicherheit war. Ja, *natürlich* war sie die Herrin des Hauses.

Zumindest vorerst ...

»Übrigens«, fügte Alec hinzu, »ich habe Madame Rousseaus Laden besucht. Zu meiner Freude hatte sie schon einige Kleider fertiggestellt. Nun müssten sie in deinem Schrank hängen.«

»Ich habe meine Seidenstrümpfe, Alec. Wie du dich vielleicht entsinnst, war das alles, was ich mir in diesem Geschäft ausgesucht habe.«

»Was für eine genügsame Frau ich geheiratet habe … Aber du musst wirklich nicht sparen. Und ich wäre ein miserabler Ehemann, würde ich nicht den Wunsch verspüren, meine Gemahlin mit Geschenken zu überhäufen.«

Da sie an der niedrigen Ziegelmauer des Kräutergartens standen, drang ein würziges Aroma in Mauras Nase. Dann trat Alec näher an sie heran, und sein Duft siegte.

»Soeben habe ich etwas festgestellt, Irin. Hier sind wir ganz allein.«

O ja, sie hatte allen Grund, Argwohn zu schöpfen. Der Glanz in seinem Blick ermahnte sie zu besonderer Vorsicht. Weil der Boden leicht anstieg, befanden sich ihre Augen auf gleicher Höhe. »In der Tat, wir sind allein«, bestätigte sie.

»Dann sollten wir einander auf die richtige Art begrüßen.«

Wieder einmal gelang es ihm, ihre Herzschläge zu beschleunigen.

»Hast du mich vermisst, Irin?«

Was hatte er vor? Beinahe fehlten ihr die Worte. »Ähm, ja, gewiss.«

Jetzt trat Alec noch einen Schritt näher und betrachtete ihren Mund. »Trotz deiner seltsamen Gefühle in der Nacht vor meiner Abreise?«

»J-ja.«

»Der Unterton in deiner Stimme lässt mich zweifeln«, sagte er heiser. »Überzeuge mich.«

O Gott, wenn er so dicht vor ihr stand, konnte sie nicht klar denken. »Was ...?«

»Überzeuge mich, dass du dich über meine Rückkehr freust.«

»Ich freue mich über deine Rückkehr.« Wie gestelzt das klang! Verstört erschauerte sie. Nicht einmal eine Handbreit trennte sie von ihm.

»Nein«, protestierte er entschieden. »Das ist nicht die Art Begrüßung, die ich mir erhofft habe. Komm schon, Liebling, oder willst du mich in tiefe Verzweiflung stürzen? Gönnst du mir keinen Kuss?«

Liebling? Maura blinzelte. Plötzlich erschien er ihr wie ein Tiger, der sich an seine Beute heranpirschte. Ein sehr hungriger Tiger.

Oh, wäre sie bloß die Jägerin und nicht die Beute!

Nach einem tiefen Atemzug stellte sie sich auf die Zehenspitzen und hauchte einen Kuss auf seine Wange. Mehr wagte sie nicht, denn er roch zu verführerisch nach Seife und Sandelholz. Doch auf einmal wollte sie seinen Mund auf ihrem spüren, alle Vernunft und Vorsicht vergessen, nur noch diese Sehnsucht stillen, die sie in Alecs Nähe stets erfasste. Und ebenso, wenn sie von ihm getrennt war ...

Er umfing ihre Taille, und sie musste eine Hand auf seine Brust legen, um das Gleichgewicht zu halten.

»Damit hast du mich nicht überzeugt«, tadelte er. »Was muss ich tun, um meine Frau in meine Arme zu locken – um ihre bereitwillige Hingabe zu erreichen?«

Maura konnte kaum atmen. Unsicher starrte sie ihn an. Etwas an seiner Miene beunruhigte sie.

»Leg deine Arme um meinen Hals, Irin. Küss mich so wie damals in Irland, klammere dich an mich, so wie in jener Nacht.«

Beinahe gehorchte ihr ihre Stimme nicht. »Du spielst mit mir«, flüsterte sie.

»Niemals. Errege ich dich nicht mehr so wie in jener Nacht? Was hat sich seither verändert?« Forschend glitt sein Blick über ihr Gesicht.

Sie bemühte sich, möglichst ausdruckslos zu wirken. Aber das gelang ihr nur, indem sie die Lider senkte. Und da schaute sie direkt auf seine sinnlichen Lippen.

»Aye, Maura, du lässt mir keine Wahl: Ich muss *dich* überzeugen.«

In ihrem Innern schienen sich Flammen zu entzünden. Mit einiger Mühe brachte sie hervor: »Und wie willst du das schaffen, Schotte?«

»Erst einmal mit einem Kuss«, flüsterte er, bevor er seinen Mund auf ihren presste.

Allein schon dieser Kuss genügte, um ein heißes Verlangen in ihr zu entfachen. Und, aye, ihre Arme schlangen sich willig um seinen Hals. Wie aus eigenem Antrieb öffneten sich ihre Lippen, sein warmer Atem mischte sich mit ihrem. Der Kuss brannte wie Feuer. Herrlich. Verlockend. Ihre Knie wurden weich, und sie kannte nur mehr einen einzigen Gedanken – diese drängende Sehnsucht. Und doch ermahnte sein eigenartiges Verhalten sie zu verstärkter Wachsamkeit.

Entschlossen löste sie ihren Mund von seinem. »Warum küsst du mich so?«

»Warum lässt du es zu?«, konterte er.

»Du wolltest mich nicht heiraten«, erinnerte sie ihn bedrückt.

»Was noch lange nicht bedeutet, deine Anwesenheit in meinem Bett würde mir missfallen.«

Etwas in ihrem Herzen schien zu zerbrechen. »Soll ich mich jetzt geschmeichelt fühlen? Ein eifriger Bräutigam bist du gewiss nicht gewesen.«

»Während du geradezu übereifrig unsere Hochzeit angestrebt hast.«

Maura wurde blass. »Darf ich dich daran erinnern, dass du es warst, der … der …«

»Deine Jungfräulichkeit geraubt hat?«

»Aye.« Beklommen verstummte sie. In alle Richtungen schweiften ihre Gedanken, ihre Gefühle. Aus verschiedenen Gründen wagte sie es nicht, Alecs Blick zu begegnen. Erstens geriet sie in tiefste Verlegenheit. Und zweitens fürchtete sie, er könne die Lüge in ihrem Gesicht lesen. Wieder einmal wurde sie von ihrem Gewissen geplagt. Doch das durfte ihre Mission nicht gefährden, es ließ sich ohnehin nicht ändern. Und es änderte auch nichts an dem Verbrechen, das der Schwarze Schotte vor so vielen Jahren begangen hatte. Für immer hatte er sämtliche Bewohner des McDonough–Lands ihres Lebensbluts beraubt. Deshalb hatte sie sich einen Weg nach Gleneden gebahnt. Großer Gott, sie musste Alec einfach zwingen, ihr zu vertrauen! Wenn ihr das misslang, wäre all die Mühe vergebens gewesen. Ohne den Kreis des Lichts konnte sie nicht abreisen.

»Ich will dich in meinem Bett umarmen, Maura«, erklärte er entschlossen. »Mit Ausnahme jener Nacht in Irland, jener *einzigen* Nacht«, betonte er, »hast du dich stets verweigert.«

In ihren Wangen brannte das Blut wie Feuer. Jetzt ehrlich zu sein, verlangte einen hohen Preis, den sie nicht zahlen konnte. Die Erkenntnis drohte ihr alle inneren Kräfte zu rauben. Zweifellos würde Alec sie hassen, wenn er von dem Täuschungsmanöver erfuhr, und das würde sie in tiefste Verzweiflung stürzen.

Mit gutem Grund war sie stets vorsichtig gewesen. Wie aufmerksam er sie die ganze Zeit beobachtet hatte, wusste sie. Immer wieder beschlich sie die Befürchtung, er könne ihre geheimsten Gedanken erraten.

»Irre ich mich, Maura?«

Schweigend senkte sie die Wimpern.

»Schau mich an.«

Sie versuchte ihre Arme von seinem Hals zu nehmen. Doch er drückte Maura nur noch fester an sich.

»Warum meidest du mein Bett? Du sagtest, ich hätte dir nicht wehgetan«, erinnerte er sie. »Oder doch?«

Sie schüttelte den Kopf.

»Habe ich dich erfreut?«

Sie biss sich auf die Lippen, wagte nicht zu sprechen, richtete ihren Blick auf seine Wange.

»Wenn nicht, entschuldige ich mich. Für eine Frau kann der erste Liebesakt schwierig sein, das weiß ich. Wenn er für dich eine Qual war, bedauere ich es.«

Gepeinigt presste sie die Lippen zusammen.

»Wie ich zugeben muss, erinnere ich mich nicht daran«, fuhr Alec fort. »Und das ist mir furchtbar peinlich. Ich bitte dich, erzähl mir von jener Nacht. Vielleicht hilft das meinem Gedächtnis auf die Sprünge, und ich kann meinen wenigen Erinnerungen neue hinzufügen.«

Unwillkürlich starrte sie wieder in sein Gesicht. O Gott, dachte sie in plötzlicher Panik, weiß er über die Droge Bescheid?

»Damals hast du mich genauso begehrt wie ich dich. *Das* habe ich nicht vergessen, Irin. Und jetzt weckst du meine Zweifel an meiner Liebeskunst. Würdest du mir einen neuen Versuch erlauben – damit ich alles wiedergutmachen kann?«

Maura fühlte sich gefangen im ausweglosen Netz der Fallstricke, die sie sich selbst zu verdanken hatte. »Verspottest du mich, Schotte?«

»Keineswegs, ich möchte nur herausfinden, warum du mir immer wieder ausweichst. Dein Benehmen verwirrt mich.«

»Warum?« Nur mühsam entrangen sich die Worte ihrer verengten Kehle.

»Nun, erst umgarnst du mich, dann entziehst du dich mir ...« Keine Sekunde lang ließ er ihr Gesicht aus den Augen. »Beinahe gewinne ich den Eindruck, ich hätte eine ganz andere Frau geheiratet.«

Die Fäuste gegen seine Brust gestemmt, wollte sie sich von der Umarmung befreien.

Ohne Erfolg. Mit seinen breiten Schultern, jeder Zoll der hochmütige Duke, glich er einer steinernen Festung – unbesiegbar.

»Gib deinen Widerstand auf«, bat er leise.

Stöhnend schüttelte sie den Kopf.

»Gegen ein kleines Gerangel hätte ich nichts einzuwenden.« Nach einer kurzen Pause fügte er mit seidenweicher Stimme hinzu: »Im Bett oder außerhalb.«

Mit weit aufgerissenen Augen schaute sie ihn an. »Alec ...«

»Ich bin ein Mann, Irin, kein Junge. Und ich kenne die Flammen der Leidenschaft – auch das Verlangen, das *du* verspürst, Duchess. Was du verbergen willst, verraten deine Lippen. In all unseren Küssen habe ich deine Sehnsucht gespürt. In der Hitze deines Körpers, im Tau zwischen deinen Schenkeln, in deinen atemlosen kleinen Seufzern. Was du mir so gern freiwillig schenken würdest, möchte ich nicht rauben.«

Allmählich verlor sie die Fassung. Es kam ihr vor, als wäre sie in einen Irrgarten geraten, in dem sie sich dahin und dorthin wandte, ohne einen Ausweg zu finden.

»Wie lange wirst du mich noch abweisen?«, fragte er und ließ sie los.

»Ich ... ich weise dich nicht ab.«

»Oh, doch.«

Maura trat zurück. Instinktiv tastete sie nach dem Beutel in der Tasche ihres Rocks, zog ihn hervor, umklammerte ihn mit zitternden Fingern und wünschte, er möge ihr Kraft geben. »Können wir dieses Gespräch morgen fortsetzen? Es war …«

»Ach ja, ich weiß. Ein langer, ermüdender Tag. Oder vielleicht sind deine Kopfschmerzen zurückgekehrt.« Diesmal verspottete er sie ohne jeden Zweifel. »Lauf davon, Irin. Lauf noch einmal davon. Aber es wird nicht lange dauern, bis ich dich einfange.«

Krampfhaft schluckte sie. Als sie sich umdrehte, blieb ihr Schuh im Saum ihres Rockes hängen, und sie wäre gestürzt, hätte Alec nicht nach ihrem Ellbogen gegriffen.

Irgendwie entglitt ihr der kleine Samtbeutel und fiel ins Gras.

Alec bückte sich, hob ihn auf und wog ihn in seiner Hand. Neugierig hob er die Brauen, erstaunt über das Gewicht. »Vielleicht brauche ich auch ein bisschen Elfenstaub.« Er löste die Verschnürung, obwohl sie versuchte ihn daran zu hindern.

Aber dann schien alles in ihr zu gefrieren. Wie aus weiter Ferne beobachtete sie, wie er den Beutel öffnete und den Inhalt auf seine Handfläche schüttete. Erde und winzige Steine rieselten zwischen seinen Fingern hindurch auf den Boden.

Und er lachte. *Er lachte.*

»Also, wenn das nicht der sonderbarste Elfenstaub ist, den ich je gesehen habe …«

Sechzehntes Kapitel

Über Mauras bebende Lippen drang ein halberstickter Laut. Unglücklich starrte sie ihn an. »Zum Teufel mit dir, Alec McBride …« In ihrer Stimme schwang ein Schluchzen mit. »Du verdammter Schotte!«

Mit einem Mal ertrug sie es nicht länger. Ehe ihr richtig bewusstwurde, was sie tat, raffte sie ihre Röcke und stürmte zum Haus. Leichtfüßig sprang sie über eine Wurzel. So geschickt war Alec nicht. Hinter sich hörte Maura einen Fluch. Ein kurzer Blick über die Schulter bestätigte ihre Vermutung. Tatsächlich, er strauchelte.

In der Halle angekommen, rannte sie die Treppe hinauf. Ihre Füße schienen zu fliegen.

Lauf davon, Irin. Lauf noch einmal davon. Aber es wird nicht lange dauern, bis ich dich einfange.

Diese Worte beschleunigten ihre Flucht. Noch hatte er sie nicht eingeholt. Doch ihr Vorsprung schmolz. Polternd näherten sich seine Schritte auf den Stufen. Mauras Lungen drohten zu bersten.

Endlich erreichte sie ihr Zimmer. Sie taumelte durch die offene Tür, versuchte sie zu schließen …

Zu spät. Alec stieß die Tür mit seiner Schulter auf und warf sie hinter sich zu.

Dann wandte er sich zu Maura, die mitten im Zimmer stand. Zornig und anklagend erwiderte sie seinen fragenden Blick.

»Maura!« Der Klang seiner Stimme verriet seine Verwirrung, seine Bestürzung. »Was ist denn passiert?« Er ging zu ihr. »Warum bist du davongelaufen? Das war doch nur eine Handvoll Erde mit ein paar Steinchen.«

Als er nach Maura griff, schlug sie seine Hand weg. »Nein!« Beinahe schrie sie ihn an. »Es war ein Stück meiner Heimat – ein Stück meines Herzens.«

»Das verstehe ich nicht.«

Da stürzte sie sich auf ihn. Mit beiden Fäusten trommelte sie gegen seine Brust. »Es war Irland – das Land meines Vaters – *mein* Land!«

»Das McDonough-Land?« Nun erkannte er, was sie meinte. Er umfasste ihre Handgelenke, und sie riss sich wütend los.

»Aye! Schon wieder hast du uns bestohlen. Aber ich schwöre dir, das war das letzte Mal, du elender Schwarzer Schotte!«

Aus ihren Gliedern wich alle Kraft. Sie sank zu Boden. Verzweifelt schlang sie die Arme um ihre angezogenen Knie, wiegte sich hin und her. Ihre Schultern bebten. Doch sie weinte nicht.

Hilflos starrte Alec auf sie hinab. Irgendetwas in seiner Brust verengte sich, und es schmerzte ihn, Maura so unglücklich zu sehen.

»Um Himmels willen, Maura!« Er kniete nieder und nahm sie in die Arme. Trotz ihres Widerstands zog er sie an sich – seine schöne irische Rose.

Als sie sich gegen ihn stemmte, umschlang er sie noch fester, aber sanft und behutsam.

»Hör mir zu, Duchess.« Sein Atem bewegte die Haare an ihrer Schläfe. »Tut mir leid. Beruhige dich, meine Süße. Dachtest du denn, du würdest nie mehr nach Irland zurückkehren? Natürlich wirst du dein Volk wiedersehen. Wann immer du willst. Du musst es mir nur sagen, und ich werde dafür sorgen.«

Obwohl er sie zu trösten versuchte, schienen seine Worte die gegenteilige Wirkung auszuüben. Sie zog sich in ihr Inneres zurück. Das sah er nicht, er spürte es nur.

Und dann brach sie in Tränen aus, ein trockenes Schluchzen erschütterte ihren ganzen Körper und schnitt wie ein Messer in Alecs Herz.

Während des Sturms, der in ihr tobte, hielt er sie fest, bis sie erschlafft an seiner Schulter lehnte. Seine Kehle war wie zugeschnürt.

Lange Zeit verharrten sie in dieser Haltung; Maura in seinen Armen, ihre Wange an seinem Hals.

Schließlich seufzte sie leise. Alec ergriff eine kleine Faust und küsste die Fingerknöchel. Als Maura sich bewegte, hob er den Kopf, schaute sie an, und sein schwaches Lächeln erstarb.

Ihr Haar hatte sich aus den Nadeln gelöst und hing in schwarzer, glänzender Fülle auf ihren Rücken hinab. Bei diesem Anblick stockte ihm der Atem.

Einen Arm etwas fester um Mauras Taille gelegt, stand er mit ihr auf.

Innerhalb weniger Sekunden änderte sich alles. Leidenschaft verdrängte den Beschützerinstinkt, Begierde den Wunsch zu trösten.

Zwischen ihnen schien die Luft zu knistern.

Langsam, ganz langsam senkte er den Kopf, ihre Lippen fanden sich – und verschmolzen. Mauras Hände berührten seine Brust, leise stöhnte sie. Allmählich steigerte er die Glut des Kusses.

Ihre Lippen teilten sich. Wie eine Blume unter der Sommersonne öffnete sich ihr Mund. Alle Fasern seines Seins strebten der Erfüllung entgegen. Doch er zügelte sein Verlangen, obwohl er nur mehr einen einzigen Wunsch kannte – in sie einzudringen, tief und hart. In seinem Gehirn drehte sich alles. Und er wusste es plötzlich. Sein Leben lang hatte er auf diesen Kuss gewartet – auf diese Frau.

Diesmal war es Alec, der seine Lippen von den ihren löste.

Außer Atem, die Augen geschlossen, ließ sie ihr Kinn auf die Brust sinken. Das Haar verdeckte ihr Gesicht, und Alec strich seidige Strähnen hinter ihr Ohr.

Dann glitt sein Daumen über ihre Wange. »Öffne die Augen, Maura, lass mich dich sehen.« Seine Stimme klang sanft und gebieterisch zugleich.

Zögernd schaute sie auf, zu seinem Mund, und es dauerte sehr lange, bis sich ihr Blick weiter nach oben wagte – bis ihre und seine Augen ineinander tauchten.

Jetzt konnte sie ihm nicht mehr ausweichen.

Von der Macht seiner Züge gebannt, schwankte Maura. Mittlerweile war ihr Zorn verflogen, schmerzhafte Sehnsucht erhitzte ihr Blut. Sie war es leid – so leid, sich ständig vor ihm in Acht zu nehmen, ihr Verlangen zu bekämpfen. Ja, sie *wollte* sich hingeben, eingefangen und festgehalten werden – und ihm gehören.

Diesem Mann wollte sie gehören, Alec McBride, dem Schwarzen Schotten.

»Als ich erklärt habe, ich möchte dich in meinem Bett umarmen, ist das keine Lüge gewesen«, beteuerte er. »Ich begehre dich, Irin. Und will dich besitzen. Jetzt.« Forschend betrachtete er ihr Gesicht. Trotz der Tränenspuren auf den Wangen war sie ihm noch nie schöner erschienen. »Und du willst es auch. Sag es mir.«

»Ja«, wisperte sie zitternd. Und dann bekräftigte sie in entschiedenem Ton: »Ja, Alec, ich begehre dich.«

Kaum hatte sie das Geständnis ausgesprochen, wurde sie auch schon hochgehoben. Ihre Füße verließen den Boden, und sie spürte die angespannte Härte in seinem Bizeps, als er sie herumschwang und küsste. Aber seine Schritte führten nicht zu ihrem Bett.

Stattdessen trug er sie zu seinem.

Mit einem Stiefelabsatz schloss er die Verbindungstür. Ohne seine Lippen von ihren zu trennen, stellte er sie auf die Beine. Ungeduldig öffnete er die Knöpfe ihres Kleids. Jedes bisschen Haut, das er entblößte, streichelte er.

In einem fernen Winkel ihres Bewusstseins erkannte sie, dass sie ihm Einhalt gebieten sollte. Zu viel stand auf dem Spiel, und sie durfte ihre Mission nicht so verantwortungslos dieser blinden Leidenschaft opfern.

Aber in diesem Moment war ihr der Kreis des Lichts egal, ihre Entschlusskraft besiegt, jeder Widerstand unmöglich. Alec zu küssen, war ein tückisches, gefährliches Vergnügen. Fast sündhaft. Es betörte sie wie eine Droge. Und sie wünschte sich noch mehr. Von diesem Mann konnte sie gar nicht genug bekommen.

Sein Mund glitt davon. Leise verfluchte er die hinderliche Kleidung, die er Schicht um Schicht entfernte.

»All deine Kleider werde ich verbrennen, Irin, das schwöre ich dir«, klagte er, streifte das Hemd von ihren Schultern und küsste die vollen, vom Korsett emporgeschobenen Rundungen ihrer Brüste. »Von jetzt an musst du dich nicht mehr um deine Kleidung bemühen. Hiermit erlasse ich dieses Gesetz.«

»Oh, hältst du dich für den König?«

»Aye, und du bist meine Königin, meine Piratenkönigin.«

»Und du mein Piratenkapitän«, hauchte sie und lachte atemlos.

Nachdem der letzte Unterrock zu Boden gefallen war, bückte sich Alec, um Mauras Strümpfe hinabzuziehen. Dabei streichelte er ihre Knie und schaute auf. »Sehr schön, diese neuen Seidenstrümpfe. Das Geschenk eines glühenden Bewunderers?«

»Vielleicht sollten Eure Gnaden diese Frage selbst beantworten.«

»Oh, aye.«

Er lachte leise. In seinen Augen tanzten silbrige Lichter. So schön leuchteten sie, so klar und blau, wie reines Kristall. »Gewiss ein Bewunderer, der in Flammen steht.«

Ihr Herz flog ihm entgegen. Wie reizvoll, dieses scherzhafte Geplänkel war!

Nun erhob er sich, betrachtete ihren Körper, und die Silberlichter seiner Augen verwandelten sich in feurigen Glanz. Maura errötete von den Zehen bis zum Haaransatz. Wie sie erst jetzt bemerkte, schien immer noch die Sonne des Spätnachmittags ins Zimmer und hüllte ihre Nacktheit in goldenen Schein.

Nervös wollte sie näher zu Alec treten.

Aber er schüttelte den Kopf. »Nein, meine Liebste, lass dich ansehen.«

Meine Liebste. Wenn er es bloß ernst meinte!

Während sein Blick langsam über ihre Gestalt wanderte, schluckte sie. Ein anzügliches Lächeln umspielte seine Lippen. »Wie schade, dass ich keine Geduld aufbringe …«

»Was?« Maura blinzelte verwirrt, und sein Lächeln vertiefte sich.

»Vor nicht allzu langer Zeit hast du mir anvertraut, du würdest es lieben, nackt um ein Feuer herumzutanzen, meine Piratenkönigin. Das würde ich gern sehen. Aber es würde zu lange dauern, ein passendes Feuer zu organisieren.«

Maura unterdrückte ein Stöhnen.

Lachend schlüpfte Alec aus seinem Hemd. »Von dieser Verpflichtung entbinde ich dich. Zumindest für heute.«

Genauso hastig, wie er sie entkleidet hatte, zog er sich selbst aus. Dann trug er sie zum Bett und legte sie darauf. Die Breeches glitten an seinen Beinen hinab.

Von Sonnenstrahlen übergossen und vergoldet, stand er da.

Nichts blieb der Fantasie überlassen.

Schneller und schneller pochte Mauras Herz, und ihr Mund wurde so trocken wie eine Wüste. Alec McBride, der Duke of Gleneden, war gewiss kein Mann, den man ignorieren konnte. Ob man es wollte oder nicht, er besaß eine machtvolle Ausstrahlung, die ungeteilte Aufmerksamkeit erforderte. Seit ihrer ersten Begegnung auf Lord Prestons Maskenball spürte sie immer wieder die Vibrationen dieser schieren, explosiven Energie.

Und in nacktem Zustand wirkte er noch viel imposanter.

Er war perfekt proportioniert – wie auch der Beweis seines Verlangens, der sich an ihre Hüfte drückte, als er an ihrer Seite ins Bett sank. Erschrocken rang sie nach Luft.

Nun erlosch sein Lächeln. »Schau mich an, Irin.«

Ihre Wangen brannten. Unsicher erwiderte sie seinen Blick. Mit seinem Daumen zeichnete er die Konturen ihres Mundes nach.

»Tagelang habe ich mir eingeredet, ich würde dich nicht begehren, Duchess, und – *das* hier nicht brauchen.« Nun presste er sich noch fester an ihre Hüfte und schlang seine Finger in ihr Nackenhaar. »Aber ich war ein Narr, ich habe mich geirrt.« Seine Stimme sank zu einem Flüstern herab. »So maßlos erregst du mich, du quälst mich, du folterst mich.«

Jedes einzelne Wort war ein Echo ihrer eigenen Gefühle.

Jetzt küsste er sie wieder. Zunächst ganz sanft – oh, so zärtlich, dann mit wachsender Glut, mit fiebrigem Hunger. Und dieser verzehrende Kuss zwang sie beide schon nach wenigen Sekunden, Atem zu schöpfen.

»Wie exquisit du bist ...« Er umfasste eine ihrer Brüste, spielte mit der Knospe, spreizte die Finger. Nach einem halberstickten Seufzen nahm er die rosige Spitze in den Mund.

Über Mauras Haut rannen wohlige Schauer, ihre Brüste schwollen an. Alec duldete keine Verlegenheit, keine Scheu – nur süßes Entzücken. Selbstvergessen grub sie ihre Finger in sein dichtes Haar.

Als er nach einer Weile den Kopf hob, glühten seine Augen.

Seine Hand umfing ihre und zog sie hinab – immer tiefer. Dem selben Weg folgte Mauras Blick. Zuerst streiften ihre Fingerspitzen sein Brusthaar, seinen Bauch und schließlich das drahtige, dunkle Kraushaar zwischen seinen Schenkeln.

Mit sanftem Druck schloss er ihre Finger um seine

Erektion. Erstaunt spürte sie, dass seine Männlichkeit sich noch weiter erhärtete. Bei der Erkenntnis, wie sehr sie ihn erregte, wurde ihr fast schwindlig. Und doch – ein letzter klarer Gedanke ging ihr durch den Sinn, die Frage, ob sie es wagen durfte, was unweigerlich zu geschehen schien …

Aber auch diese Bedenken entschwanden, als Alec sie kühn und besitzergreifend zwischen den Beinen berührte und heiße Wellen in ihren Bauch jagte. Er streichelte ihre Schamlippen, in einem drängenden Rhythmus, der sie beinahe in den Wahnsinn trieb, liebkoste die winzige Perle im Nest der seidigen Löckchen. Und in irgendeinem fernen Teil ihres Bewusstseins wunderte sie sich, weil ihr Körper diese schockierenden erotischen Zärtlichkeiten so hemmungslos genoss.

Ihr stockte der Atem. »O Alec«, keuchte sie, »Alec …«

»Beruhige dich, Liebes«, flüstert er an ihrem Mund. »Lass dich berühren, lass dich beglücken.«

Stöhnend wand sie sich umher, schmiegte ihre Brüste an ihn.

»Aye, so ist es gut. Halt dich nicht zurück, lass es einfach geschehen.«

Irgendetwas in ihrem Innern verkrampfte sich, pulsierte fast schmerzhaft, bis sie von einer süßen Erlösung durchströmt wurde. Nur vage hörte sie ihren eigenen Schrei.

Als Mauras Verstand zurückkehrte, sah sie Alecs Körper über ihrem. Zu beiden Seiten ihrer Schultern stützte er sich auf das Kissen. Sein Knie spreizte ihre Schenkel, die heiße Spitze seiner Erektion tauchte zwischen die feuchten Fältchen ihrer Weiblichkeit. Unwillkürlich zuckte sie zurück. Das Gesicht an seinem Hals, fühlte sie, wie er den Druck verstärkte, wie sich die Öffnung langsam weitete, und sie versuchte instinktiv, die Beine zusammenzupressen.

»Alec …« Sein Name war ein halberstickte Wispern. »Bitte – wir haben nicht …«

»Ja, ich weiß.« Er hob den Kopf und schaute sie an. »Vertraust du mir, Irin?«

Zitternd sog sie den Atem in ihre Lungen. »Aye«, antwortete sie hilflos. »Aye.«

Er zog sich zurück, und sie sah die glänzende Spitze seines Penis. Dann wurde ihr Blick auf sein Gesicht gelenkt, die angespannten Züge, die mühsame Beherrschung. An seinem Hals traten starke Sehnen hervor.

Da erkannte sie, wie schwer ihm die Selbstkontrolle fiel. Überwältigende Gefühle schnürten ihr die Kehle zu und bewirkten die endgültige Kapitulation.

»O Alec!«, rief sie. »Alec!«

Von ebenso heftigen Emotionen erfüllt, holte er tief Atem und verschmolz endlich mit ihr. So heiß war sie, so eng umgab sie die Spitze seiner Erektion. Er versuchte sich zurückzuhalten und langsam vorzugehen. Aber sobald sie die bebenden Lippen öffnete, war es um ihn geschehen.

Mit einem heiseren Schrei drang er in sie ein und spürte, wie das jungfräuliche Fleisch zerriss. Sein

Kuss erstickte Mauras leises Schluchzen. Von einem fast primitiven, besitzergreifenden Trieb übermannt, vereinte er sich mit ihr. Endlich gehörte sie ihm. Nur ihm allein.

So tief wie nur möglich in ihr versunken, küsste er ihre Mundwinkel. Ihre Wangen. Ihre Halsgrube. Seine Hände suchten und fanden ihre, die Finger schlangen sich ineinander.

Während sie eine vollkommene Einheit bildeten, küssten sie sich. Mauras Lebensatem gehörte ihm – und seiner ihr. Und bei jedem Atemzug, bei jedem Herzschlag bewegte er sich in ihrem Schoß.

Aus ihrer Kehle rang sich ein leiser, schwacher Laut – eine flehende Bitte. Alecs Lippen glitten wieder über ihren Hals. Und dann glaubte sie zu verbrennen. In ihren Adern tobte ein wildes Fieber, in ihrem Herzen ein Chaos. Sie stürzte in einen Abgrund, schwebte wieder empor, zu einem schwindelerregenden Gipfel reiner Lust.

Diesmal war sie nicht allein.

Siebzehntes Kapitel

Über Mauras Körper erstarrt, auf beide Hände gestützt, immer noch außer Atem, erkannte Alec die Wahrheit. Soeben hatte sich sein Verdacht bestätigt.

Bis zu diesem Tag war sie jungfräulich gewesen.

Er streckte sich neben ihr aus und wartete, bis sich sein Puls verlangsamte. Dann stieg er aus dem Bett. Wortlos ging er zum Waschtisch und goss Wasser in eine kleine Schüssel. Sein Blut schien immer noch zu kochen. Nicht vor Leidenschaft. Nicht vor Begierde. Sondern vor Zorn über einen niederträchtigen Betrug.

Er legte einen Lappen über den Rand der Schüssel und kehrte damit zum Bett zurück, griff unter Mauras linke Kniekehle und hob ihr Bein hoch.

Ihre Schenkel spannten sich an. Mit einer schwachen, ruckartigen Bewegung versuchte sie ihn abzuwehren.

Da umschlossen seine Finger ihr Knie noch fester. Schweigend schüttelte er den Kopf und setzte sich auf die Bettkante.

Der Lappen berührte empfindsames weibliches Fleisch.

Halberstickt schrie sie auf, und Alec musterte ihr

Gesicht. »Geht es dir gut?«, fragte er und strich zerzaustes dunkles Haar aus ihrer Stirn.

»Aye«, flüsterte sie.

Alec widmete sich wieder seiner Aufgabe. Behutsam wusch er die Innenseiten ihrer Schenkel und entfernte die Spuren des Liebesakts. Diese sanften Gesten bildeten einen krassen Kontrast zu seinen verhärteten Kinnmuskeln. In Mauras Wangen brannte prickelnde Röte. Irgendwie erschien ihr seine Fürsorge noch intimer als zuvor der wachsende Druck seiner kraftvollen Männlichkeit in ihrem Schoß. So unglaublich tief war er in sie eingedrungen …

Schließlich stand er auf. Als würde seine Nacktheit keine Rolle spielen, trug er die Schüssel zum Waschtisch und ging in Mauras Zimmer. Von wirren Gedanken heimgesucht umklammerte sie das Laken. Schon nach wenigen Sekunden kam er zurück und warf das Nachthemd, das sie über ihren Wandschirm gehängt hatte, auf das Bett. Während sie aufstand und hineinschlüpfte, nahm er seinen Morgenmantel aus dem Schrank neben dem Fenster. Dann drehte er sich um.

Fünf Schritte von Maura entfernt, blieb er stehen und starrte sie an. Sie wollte den Blick abwenden. Doch sie konnte es nicht. Inzwischen war sein Organ erschlafft, immer noch mit ihrem Blut benetzt.

Sie holte tief Atem, und er lächelte freudlos.

»Setz dich bitte dorthin.« Er zeigte zum Kamin und zog seinen Morgenmantel an.

Beklommen gehorchte sie.

In einem fernen Winkel ihres Bewusstseins registrierte sie den höflichen Klang seiner Stimme. Aber dieser Eindruck täuschte, das sollte sie bald erkennen.

Sie beobachtete, wie Alec vor den Kamin trat. Der Rhythmus ihres Pulses beschleunigte sich. Mochte dieser Mann bekleidet sein oder auch nicht – seine Nähe beunruhigte ihr Herz immer wieder. Gegen ihren Willen wurde ihr Blick auf die dunkle Brustbehaarung gelenkt, die der Morgenmantel entblößte. Erneut bemühte sie sich wegzuschauen.

Doch es gelang ihr nicht, und das Wissen, dass er unter diesem Mantel nackt war, wirkte erregend und entnervend zugleich. Ihre Verwirrung überraschte sie. Damit hatte sie nicht gerechnet, sondern geglaubt, der Liebesakt würde sie von sämtlichen Hemmungen befreien.

Zögernd schaute sie zu Alecs Gesicht auf und sah ein kühles Lächeln. Da wurde ihr bewusst, dass er ihre Verlegenheit bemerkte – und genoss.

Maura befeuchtete sich mit der Zungenspitze die Lippen. So unverschämt war er. Und so attraktiv mit seinem wohlgeformten muskulösen Körper, den breiten Schultern.

»Wie ich gestehen muss, meine liebe Duchess«, begann er in mildem Ton, »bin ich ziemlich erstaunt. Vielleicht kannst du mir helfen, ein Rätsel zu lösen. In der Tat, außer dir gibt es niemanden, der mir zu helfen vermag. Anscheinend habe ich ein einzigartiges Wunder vollbracht und meiner Frau *zwei Mal* die Tugend geraubt.«

Erfolglos versuchte sie ihr Zittern zu bezwingen. Alecs Wut verbarg sich hinter einer seidenweichen Maske.

»Weißt du nichts zu sagen, meine Teure? Wie gut, dass ich mich an deine Worte am Abend deiner Ankunft in Gleneden erinnere! Damals hast du mir mitgeteilt, die Blume sei schon gepflückt worden – und sie könne nur *einmal* gepflückt werden. Verzeih mir, wenn ich mich nicht auf den genauen Wortlaut besinne. Jedenfalls schienst du mir mit besonderem Vergnügen zu erklären, ich solle mich nicht verpflichtet fühlen, dir eine Nacht voll ehelichen Glücks zu bieten.«

Oh, dieser übertrieben höfliche Ton ... Und er hatte ihren Wortlaut ganz genau wiederholt.

Die Hände hinter dem Rücken gefaltet, fuhr Alec fort: »Von dieser *Pflicht,* wie du es nanntest, hast du mich entbunden, Duchess. Und jetzt sag mir, wie kam es, dass dich die Reise, die du als zauberhafte kleine Piratin in Irland begonnen hast, nach Gleneden und erneut in mein Bett führte – und dass zum zweiten Mal ein Laken mit jungfräulichem Blut befleckt worden ist?«

Bebend rang sie nach Luft. »Alec ...«

»Bin ich ein Glückspilz? Oder ein Idiot, übertölpelt von meiner Gemahlin, die behauptete, ich hätte ihr ein Unrecht zugefügt? Zumindest weiß ich jetzt, warum sie meine Annäherungsversuche seit unserer Ankunft in Schottland abgewiesen hat. Weil ich nicht herausfinden sollte, dass ich in Wirklichkeit niemals mit ihr geschlafen hatte. Und auch kein anderer Mann.« Er lachte höhnisch. »Vielleicht muss ich mich sogar glücklich schätzen. Diesmal erinnere ich mich wenigstens daran.«

Maura wagte seinen Blick zu erwidern – ein Fehler. In seinen hellblauen Augen funkelte ein stürmisches Licht. Erst jetzt erkannte sie das ganze Ausmaß seines Zorns. Beinahe wünschte sie, er würde sie anschreien, denn das wäre erträglicher als diese frostige Fassade. Ihr Blick schweifte zur Tür, die in den Flur führte, dann zur Verbindungstür.

»Denk nicht einmal daran«, warnte Alec.

Ohne mit der Wimper zu zucken, strafte sie ihn mit einem stummen, alten irischen Fluch.

»Wie ich annehme, hast du meinen Gedächtnisschwund verursacht?«

Maura presste die Lippen zusammen.

Ungeduldig stieß er hervor: »Ich wurde mit einer Droge betäubt. Das weiß ich, Maura. Also erzähl mir, wie du es angestellt hast.«

Statt zu antworten, betrachtete sie ihr Nachthemd und glättete die Falten.

»Schau mich an, Irin.« Seine Stimme klang gefährlich leise. »Wie hast du es bewerkstelligt?«

Beinahe erlag sie der Versuchung, ihm zu erklären, er solle zur Hölle fahren. »Mit einer Kräutermischung. Die bekam ich von der zahnlosen Nan.« Sie reckte das Kinn. »Damit du einschläfst.«

Es herrschte ein langes, drückendes Schweigen.

»Die zahnlose Nan?«, explodierte er schließlich. »*Die zahnlose Nan?* Was bedeutet das? Bin ich ins Mittelalter zurückversetzt worden?«

Aus ihren Augen schienen Funken zu sprühen. »Mit solchen Dingen kennt die zahnlose Nan sich aus – mit heilsamen Tränken und Kräutern. Großer Gott, *sie* hätte ich holen lassen sollen, als mein Vater todkrank war, nicht den Arzt.« Noch während Maura sprach, legte sich ein dunkler Schatten wie ein Leichentuch auf ihre Seele. Auch Nan hätte das Unheil nicht verhindern können, denn der Earl wäre so oder so gestorben.

Dem Fluch machtlos ausgeliefert …

Dass Alecs Gedanken in die gleiche Richtung wanderten, tröstete sie nicht. »Ist dein Vater wirklich tot?«

»Glaubst du, ich würde lügen, wenn es um das Andenken meines Vaters geht?«, fragte sie bitter.

Alec schlenderte zum anderen Ende des Kamins und wieder zurück. Dann blieb er stehen und verschränkte die Arme vor der Brust.

»Und deine Mutter? Vermutlich ist sie gar nicht mit Lord Prestons verstorbener Frau verwandt gewesen.«

»Sie wurde zu Grabe getragen, als ich noch ein kleines Kind war.«

»Hast du den Baron erst vor dem Maskenball kennengelernt?«

Maura nickte.

»Also hast du ihn belogen, was die Verwandtschaft

seiner Frau betraf, weil du eine Einladung zu dem Ball ergattern wolltest?«

»Aye.«

»Dann ist unsere Begegnung an jenem Abend kein Zufall gewesen?«

»Da du alle Antworten zu kennen scheinst – was glaubst du denn?«

In seinem Kinn zuckte ein Muskel. Falls sie ihn herauszufordern trachtete, war dies der falsche Zeitpunkt.

»Offenbar suchst du jemanden, dem du die Schuld an alldem geben kannst«, fügte sie hinzu. »Nun, du hast dein Ziel erreicht.«

»Hast du auch bezüglich deiner Identität gelogen?«

»Nein!« Empört sprang sie auf. »Ich bin Lady Maura O'Donnell. Und mein Vater war der Earl.«

Alec knirschte mit den Zähnen. McBride, dachte er. Jetzt heißt sie nicht mehr Maura O'Donnell, sondern Maura McBride.

»Und dein Onkel Murdoch? Beim Himmel, er ließ dich hierherfahren, allein mit mir, ohne zu wissen, was für ein Mann ich bin?«

Maura dachte an ihren Butler, der nicht allzu weit entfernt auf sie wartete, im benachbarten Dorf. Vorsichtshalber würde sie das für sich behalten. Alec starrte sie an, bis das Schweigen an ihren Nerven zehrte.

»Irgendetwas scheinst du zu verbergen, Duchess. Was? Welche Rolle hat er in diesem Drama gespielt?«

Unwillkürlich wich sie seinem Blick aus.

»Heraus mit der Sprache, Irin!«, befahl er in scharfem Ton.

»Murdoch ist nicht mein Onkel«, gestand sie widerstrebend. Die nächsten Worte wählte sie sehr sorgfältig. »Schon seit Jahren – lebt er bei meiner Familie.«

»Er lebt also bei deiner Familie, wie? Gleich wirst du mir noch erzählen, er sei der Familienbutler!«

Errötend senkte sie die Wimpern.

»Verdammt!«, fluchte er. »Stimmt das etwa tatsächlich?«

Eine Bestätigung brauchte er nicht. Deutlich genug verriet Mauras Miene die Wahrheit.

»Mit List und Tücke hast du mich zu dieser Heirat getrieben«, warf er ihr vor. »Warum, Maura? Weil es so amüsant war, einen Narren aus mir zu machen?«

»Glaub, was du willst. Aber so war es nicht. Ganz sicher nicht.«

Alec lachte spöttisch. »Und wie war es dann? Beim Allmächtigen, ich habe keine Ahnung, was ich denken soll! Du hast mich getäuscht, Maura, und belogen. In welchem Ausmaß, weiß ich noch immer nicht. Warum fiel deine Wahl ausgerechnet auf mich, Duchess? Warum hast du dich im Ballsaal an mich herangemacht? Zweifellos ist es mein gutes Recht, eine Erklärung zu verlangen.«

Bedrückt wandte sie den Kopf zur Seite. Aber er packte sie unsanft an den Schultern. »Nein, diesmal weichst du mir nicht mehr aus.«

»Aye!«, rief sie. »Aye, ich habe dich getäuscht – und

mit unlauteren Mitteln zur Ehe gezwungen. Aber genossen habe ich es keineswegs.«

»Und was hat dich dazu bewogen? Ging es um *mich*? Wolltest du deine Zukunft mit mir verbringen? Gehörte das zu deinem Plan?«

Wie sehr sie sich schämte, wusste er nicht. Aber noch einmal vor die gleiche Wahl gestellt – sie würde wieder genauso handeln.

Alecs Lippen verzogen sich. »Offenbar nicht. Warum dann, Maura?«

Immer schwerer lag die Last der Schuld auf ihrer Seele. Doch sie zwang sich, seinem eindringlichen Blick standzuhalten, so gut sie es vermochte. »Ich musste dich einfach finden – und hierherkommen. Nach Schottland. Nach Gleneden.«

»Und ich war das Mittel zum Zweck?«

»Ja! Eine andere Möglichkeit habe ich nicht gesehen, um mich hier aufzuhalten, ohne dein Misstrauen zu erregen. Wegen des Schwarzen Schotten …«

»Wegen des Schwarzen Schotten!«, fiel er ihr ungeduldig ins Wort. »Das ist nur ein Spitzname, von albernen jungen Mädchen erfunden …«

»Nein, ich meine nicht dich, Alec, sondern den Piraten, den echten Schwarzen Schotten.« Sobald sie diese Worte aussprach, schienen sich ihre Adern mit Eis zu füllen.

Seine Augen verengten sich. Mit sanfter Gewalt drückte er sie auf ein kleines Sofa und setzte sich zu ihr. Sein Gesicht nahm einen grimmigen Ausdruck an. »Was zum Teufel soll das heißen, Maura? Das ergibt keinen Sinn.«

»In der Tat, was zum Teufel ...« Ihre Stimme drohte zu brechen. »Das Porträt im Erdgeschoss. James, der siebte Duke of Gleneden. Der den schwarzen Handschuh trägt. Du selbst hast gesagt, er sei ein unangenehmer Kerl gewesen. Und das war er auch. Wie infam – das ahnst du nicht einmal.«

Schweigend hörte er zu.

»Das alles wusstest du nicht. Dass er ein Pirat war. Niemand wusste es.«

»Unsinn, meine Vorfahren waren ehrenwert und respektabel ...«

»Mach dir nichts vor! Alle Familien haben Leichen im Keller.«

»Wenn niemand von James McBrides seeräuberischen Aktivitäten wusste – wieso bist du deiner Sache so sicher?« Seine Lippen bildeten einen schmalen Strich.

Auf einmal erschauerte sie. »Glaub mir doch, ich *weiß* es, Alec. Auch mein Vater wusste es. Deshalb kam ich hierher. Zu dir.«

Und dann erzählte sie ihm die Legende. Wie der Kreis des Lichts dem Clan McDonough zu Glück und Wohlstand verholfen hatte.

Wie der Schwarze Schotte zahllose Schiffe plünderte und seine Identität verbarg.

Wie er den Kreis des Lichts gestohlen hatte.

Sie schilderte auch, wie Randall O'Donnell gestorben war, der Earl, der den Lichtkreis an den Schwarzen Schotten verloren hatte. In ihrer Stimme schwang tiefer Schmerz mit. »Dieses Schicksal erlitt auch mein Vater. Und zuvor mein Großvater. Von einem Tag auf den anderen starben sie alle, ohne Vorwarnung. Völlig unerwartet. Seit der Zeit Randall O'Donnells, meines Ururgroßvaters.«

»Hast du das gemeint, als du sagtest, ich hätte dich bestohlen?«

»Aye.«

Alec schwieg.

»Zweifelst du an meinen Worten?«, flüsterte sie.

»Eine keltische Reliquie aus grauer Vorzeit? Die zweihundert Jahre lang niemand zu Gesicht bekommen hat – vorausgesetzt, sie hat tatsächlich existiert? Maura, glaubst du etwa an die Geschichten, die du den Kindern erzählst?«

Erbost starrte sie ihn an. »Daran würdest du nicht zweifeln, wenn du meine Heimat je gesehen hättest.«

Alec dachte an Thomas Gates. Bald würde er die ganze Wahrheit erfahren.

»Als der Schwarze Schotte den Lichtkreis stahl, wurde meine Familie verflucht, weil sie es versäumt hatte, den kostbaren Schatz zu hüten«, fuhr Maura fort. »Auch deine Familie wurde verflucht – von Randall O'Donnell, der in die Nacht hinaussegelte – nachdem der Schwarze Schotte den Kreis des Lichts geraubt hatte!«

»Schau dich um, Maura! Sieht es hier so aus, als seien die McBrides verflucht?«

»Behauptest du etwa, in deiner Familie sei niemals jemand erkrankt?«

»Nicht mehr und nicht weniger als in anderen Familien.«

»Und dein Vater? Du hast erzählt, er sei qualvoll dahingesiecht.«

»Mit deinem Lichtkreis hatte das nichts zu tun. Und – aye, meine Mutter verlor drei Kinder. Auch das war einfach nur Schicksal.« Ungeduldig winkte er ab. »Zufall. Pech. Mit einem Fluch hing es sicher nicht zusammen.«

»Du sagtest, deine Schwester und deine Cousine seien eines Nachts auf dem See in einen Sturm geraten. Vielleicht hätten sie sterben können.«

»Aber sie blieben am Leben. Das war ein ganz gewöhnliches Unwetter.«

»Auf seinem Sterbebett nahm mein Vater mir das Versprechen ab, den Kreis des Lichts zurückzugewinnen und nach Hause zu bringen. Damit unser Volk nicht länger leiden muss, damit das Land wieder grünt und blüht und die Menschen mit reicher Ernte beglückt. Hilf mir!«, flehte sie. »Hilf mir, so dass ich heimkehren und dem Fluch ein für alle Mal ein Ende bereiten kann!«

Alec stand auf. »Vielleicht hast du mich geheiratet, um eine alte keltische Reliquie zu suchen, die existieren mag oder auch nicht. Doch das ändert nichts an einer wesentlichen Tatsache – du bist meine Frau«, fügte er in arrogantem Ton hinzu. »Neulich habe ich dir erklärt, du dürftest nach Irland reisen, wann immer du es wünscht. Niemals würde ich dir das verwehren. Aber jetzt ist Gleneden Hall dein Zuhause, Maura.«

Unglücklich senkte sie den Kopf, ein heftiger Schmerz durchzuckte ihr Herz. »Nein, Irland ist meine Heimat. Irland. Nicht Gleneden.«

Nun entstand eine bedrohliche Stille, und es dauerte lange, bis Alec das Schweigen brach. »Auf welche Weise und warum wir geheiratet haben, spielt keine Rolle. Daran lässt sich nichts ändern. Ich bin dein Mann. Und du bist meine Frau.«

Maura schüttelte den Kopf. »Nein – nein ...«

»Was zum Geier ...« Er umfasste ihre Ellbogen und zog sie auf die Beine. »Heißt das, du hast mir noch mehr verheimlicht?«

Ihre Nerven schienen zu zerreißen, ihr Herz blieb beinahe stehen. »Aye«, wisperte sie.

Um dem lodernden Zorn in Alecs Blick zu entrinnen, schloss sie die Augen.

Doch es gab keine Zuflucht. Und es war sinnlos, diesen letzten Teil der Wahrheit zu verbergen.

»Nein, Alec«, gestand sie mit gepresster Stimme, »wir sind nicht verheiratet.«

Achtzehntes Kapitel

Jetzt war die Stille nur noch höllische Qual.

Alec ließ Maura los, und sie hob die Lider – unfähig, seinen Blick zu meiden. In seinen hellblauen Augen sah sie eine Kälte, die das Eis der Nordsee noch übertraf und Maura erschauern ließ.

Diesmal war es kein wohliger Schauer. Maura fror bis auf die Knochen und wappnete sich gegen die Verachtung des Mannes, der hoch aufgerichtet vor ihr stand – ganz der gebieterische Duke.

Zwischen zusammengebissenen Zähnen presste er hervor: »Wärst du bitte so freundlich, mir das zu erklären?«

Sie versuchte erst gar nicht, ihr Zittern zu bekämpfen. Verdammt, wie einschüchternd er wirken konnte, wenn er wollte! »Deacon O'Reilly … Den hat Murdoch aufgespürt. Und wir – ich habe ihn für die Trauungszeremonie bezahlt. Aber er war überhaupt nicht befugt, uns zu vermählen. Nachdem er die Kirche bestohlen hatte, ist er seines Amtes enthoben worden.«

Darauf gab Alec keine Antwort, und sie gewann den flüchtigen Eindruck, er wagte nicht zu sprechen, weil er seiner Stimme nicht traute.

Zweifellos war er wütend. Seine Lippen hatten sich gefährlich verdünnt. Und dieser stille Zorn erschien ihr noch schlimmer, als wenn Alec geschrien hätte. Nie zuvor hatte ein beredtes Schweigen ihre Nerven so gepeinigt.

»So weit hätte es nicht kommen sollen …«, flüsterte sie.

Sein Blick schweifte zum Bett hinüber und blieb an den Blutflecken hängen. »Offensichtlich nicht«, fauchte er.

Von seinem grausamen Spott schmerzlich getroffen, zuckte sie zusammen. »Zunächst dachte ich, es wäre ganz einfach, den Kreis des Lichts zu finden, und ich würde spätestens nach einer Woche ins Castle McDonough zurückkehren. Und ich hatte mir überlegt, du könntest meine Abwesenheit mit der Behauptung erklären, ich sei auf der Fahrt nach Irland gestorben.«

Nun schienen seine Augen zu brennen, erneut trat Schweigen ein. Reglos stand Maura da, während Alec zum Fenster ging. Sein Profil erinnerte sie an eine steinerne Maske, und sie hatte das Gefühl, er ringe um seine Selbstbeherrschung. Schließlich wandte er sich ihr zu.

»In dieser Situation gibt es nur eine einzige Möglichkeit: Wir müssen umgehend heiraten.«

»Wie bitte?«, flüsterte sie entgeistert.

»Sobald es arrangiert werden kann.«

In ihrem Kopf drehte sich alles. »Du willst mich heiraten?«

»Was ich *will*, steht nicht zur Debatte, sondern lediglich, was geschehen *muss*.«

Maura versteifte sich. »Besten Dank für diese Information, Euer Gnaden!«

»Natürlich bleibt uns nichts anderes übrig.« Seine Stimme nahm einen scharfen Klang an. »Das weißt du genauso gut wie ich.«

»Gar nichts weiß ich. Glaubst du, nur weil du der Duke of Gleneden bist, müsste ich alle deine Anordnungen befolgen? Ganz sicher nicht, Schotte!« Heißer Zorn verdrängte alle Vorsicht. »Wenn du auch der Herr von Gleneden bist, Alec McBride – *mein* Herr bist du nicht. Offenbar hast du etwas Wichtiges vergessen. Ich bin nicht deine Frau. Und ich werde es niemals sein.«

»Also lehnst du meinen Heiratsantrag ab?«

»Ach, ist das ein Heiratsantrag gewesen? Ich habe es eher für einen Befehl gehalten. Erwartest du etwa, ich würde mich geschmeichelt fühlen? Nicht deinetwegen bin ich hierhergekommen, sondern um den Kreis des Lichts zurückzuerobern, den dein Ahnherr, der verdammte Schwarze Schotte, gestohlen hat!«

»Mit mir ins Bett gehen würdest du also, mich heiraten aber nicht?«

Entrüstet starrte sie ihn an. Musste er alles in den Schmutz ziehen?

»Ah, das sollte ja auch nie passieren, nicht wahr?«

»Allerdings nicht. Ein Grund mehr, warum wir es vergessen müssen«, erwiderte sie leise, mit der schmerzlichen Realität konfrontiert. »Ich gehöre nach Irland. Denn mein Clan braucht mich, seit dem Tod meines Vaters mehr denn je.« In bitterem Ton fuhr sie fort: »Und du hast deine Aversion gegen diese Ehe nicht gerade verheimlicht, als wir im Garten des Barons standen. Deshalb solltest du dich im Grunde freuen, dass wir nicht verheiratet sind, dass ich nicht hinter deinem Titel und deinem Reichtum oder irgendetwas sonst her bin, das dir …« Abrupt verstummte sie.

Sein Blick schien sie zu durchbohren. »Hast du das Silber entwendet? Mrs. Yates hat mir mitgeteilt, einige Sachen würden fehlen.«

Wortlos senkte sie die Lider.

»Lieber Gott, du hast es wirklich getan!«

»Nur ganz wenige Stücke … Aus dem Dachboden und ein paar Zimmern. Und das Taschengeld, das du mir versprochen hast … Nichts, was du jemals vermissen wirst. Wir brauchen das Geld dringender als du.«

»Lass mich raten, wie du das geschafft hast.« Er hob die Brauen. »Murdoch bringt die Beute in deine Heimat?«

Da eine Lüge sinnlos war, nickte sie. »Er hält sich in der Nähe auf. Also lässt er mich, entgegen deinen Vermutungen, keineswegs im Stich.«

Die angespannte Atmosphäre war fast greifbar, und Alec lachte sarkastisch. »Oh, einfach großartig! Meine Frau – die niemals meine Frau war – ist eine dreiste Diebin!« Nach einer kurzen Pause fügte er hinzu: »Bald werde ich die ganze Wahrheit erfahren – ob dein Land wirklich so unfruchtbar ist, wie du es behauptet hast.«

»Was zum Teufel soll das heißen?«

»Meine Süße, sicher verstehst du, dass die Umstände unserer Hochzeit meinen Argwohn erregt haben und gewisse Nachforschungen erforderlich machten.«

Fassungslos griff sie sich an die Kehle. »Du hast jemanden nach Irland geschickt, der mich ausspionieren soll?«

»Als Spionage würde ich es nicht bezeichnen, eher als Wahrheitssuche.«

Maura war zu wütend, um zu sprechen.

Langsam glitt sein Blick über ihren Körper. »Falls es dir nicht bewusst ist: Es wäre möglich, dass du meinen Erben unter deinem Herzen trägst.«

»Deinen Erben! Muss ich dich noch einmal daran erinnern? Wir sind nicht verheiratet.«

»Und das ist der Grund, weshalb wir das sofort nachholen sollten. Oder kennt die zahnlose Nan auch ein Mittel, das dieses besondere Problem lösen würde?«

Oh, wie grausam!

Mauras Atem stockte.

»Ganz einfach: Mein Erbe wird in dem Land aufwachsen, das du freundlicherweise eine feuchte, sumpfige Insel genannt hast.«

»Ist dir eigentlich klar, dass es mein gutes Recht wäre, dich noch heute hinauszuwerfen?«

Maura spürte, wie alles Blut aus ihren Wangen wich.

»Ja, Irin, anscheinend weißt du es.«

Ihr Zorn verebbte, ihre Lungen brannten. Trotzdem glaubte sie zu erfrieren, und sie konnte nur hilflos beobachten, wie er seinen Morgenmantel ablegte, in Breeches schlüpfte und ein Hemd ergriff.

»Bitte, Alec …«, würgte sie verzweifelt hervor. »Tu es nicht! Aye, ich habe dich getäuscht und belogen. Aber ich flehe dich an, lass mich hierbleiben und den Kreis des Lichts suchen. Hilf mir, ihn zu finden! Danach werde ich für immer aus deinem Leben verschwinden.«

Er schlüpfte in seine Stiefel und eilte zur Tür.

»Was hast du vor, Alec? Wohin gehst du?«

Die Stirn grimmig gerunzelt, drehte er sich um. »Da du nicht meine Frau bist, dürfte es dich wohl kaum interessieren, wohin ich gehe – oder was ich plane.«

Geräuschvoll fiel die Tür ins Schloss, und Maura brach in Tränen aus.

In seinem Arbeitszimmer umklammerte er die Lehne des Sessels hinter dem Schreibtisch. Mit gesenktem Kopf versuchte er die Hitze zu kontrollieren, die seinen Körper durchströmte, und holte tief Atem. Doch das konnte den Aufruhr der Emotionen nicht bezwingen.

Maura hatte Recht, dachte er, er sollte sich erleichtert fühlen, weil sie nicht verheiratet waren.

Skrupellos hatte sie ihn belogen und manipuliert. Und so war es, wie er vorhin betont hatte, sein gutes Recht, sie hinauszuwerfen.

Aber die Erkenntnis, dass sein Misstrauen begründet gewesen war, verschaffte ihm keine Genugtuung. Die sogenannte Hochzeit hatte nur stattgefunden, weil die schöne Maura eine mythische Reliquie aufspüren wollte, die vermutlich gar nicht existierte. Doch sein Zorn kämpfte mit einem wunden Herzen.

Ich gehöre nach Irland.

Nein. Hierher gehörte sie. Zu ihm.

Und sie hatte seinen Heiratsantrag abgelehnt – ihn zurückgewiesen.

Das traf ihn bis ins Mark, bis tief in seine Seele.

Beinahe glaubte er, sie sei eine irische Hexe, die ihn verzauberte, umgarnte, betörte …

Als hätte sie ihn in einen unentrinnbaren Bann gezogen!

Ja, das würde zu ihrer unsinnigen Begeisterung für diesen Kreis des Lichts passen, dachte er mit einem Anflug von Galgenhumor.

Eben erst hatte er begonnen, ihr zu vertrauen – und wenig später die Wahrheit erfahren.

Nicht *er* bedeutete ihr etwas, sondern dieser vermaledeite Lichtkreis. Er hatte keine Ahnung, warum sie an etwas derart Absurdes glaubte.

Aber sie hatte in seinen Armen gezittert und sich ihm so leidenschaftlich hingegeben. Diese Erinnerung weckte erneut Verlangen in ihm.

Ungeduldig fluchte er und eilte zum Stall hinaus.

Nun brauchte er einen langen Ritt, um wieder einen klaren Gedanken zu fassen.

Ehe es ihm bewusstwurde, erreichte er die Bucht, die er Maura an ihrem ersten Tag auf Gleneden gezeigt hatte, und kletterte über die Felsen zu einer Stelle hinab, an der er bequem sitzen konnte. Damals hatte er ihr erzählt, früher sei er oft mit Aidan hierhergekommen und sie hätten Piratenspiele getrieben.

Niemals hätte er sich träumen lassen, seine schöne Gemahlin würde sich einbilden, einer seiner Ahnherrn sei ein Pirat gewesen – der »Schwarze Schotte« genannt.

Oder dass sie nach Gleneden gekommen war, um einen Schatz zu suchen, die Beute dieses Seeräubers …

Was hatte sie gesagt?

Einen Fluch sollte man niemals auf die leichte Schulter nehmen, Schotte.

Sekundenlang rann ein eigenartiger Schauer durch seinen Körper.

Doch er schüttelte das Gefühl ab, betrachtete das Wasser und lauschte den plätschernden Wellen, die den Strand überspülten. Am Horizont glühte eine rote Sonne, und Alec beobachtete, wie sie im Meer versank. Für einen kurzen Augenblick glaubte er etwas zu erkennen, das er noch nie gesehen hatte: die verschwommenen Umrisse eines Piratenschiffs, das nach Südwesten segelte.

Nach Irland.

Viel später stand er auf, schwang sich wieder in den

Sattel und ritt zum Haus zurück. Dabei erinnerte er sich an Mauras Gesicht – in jenem Moment, in dem er ihr erklärt hatte, es sei sein gutes Recht, sie hinauszuwerfen.

So bleich, völlig verzweifelt – die schönen grünen Augen verdunkelt… Niemals würde er dieses Bild vergessen.

Er erforschte die stürmischen Gefühle seines Herzens. Ja, er würde ihr bei der albernen Suche nach ihrem kostbaren Lichtkreis helfen. Bis sie merkte, dass sie Legenden nicht mit der Realität verwechseln durfte. Und dann… und dann…

Das wusste er nicht. Nur eins wusste er – allein schon der Gedanke, sie gehen zu lassen, brach ihm fast das Herz.

Kurz vor Mitternacht betrat er ihr dunkles Zimmer. Auf leisen Sohlen trat er an ihr Bett.

Da bewegte sie sich. »Alec?«

Zerknirscht verfluchte er sich, als er ihre leise, von Tränen halberstickte Stimme hörte.

Er setzte sich auf die Bettkante. Trotz der Finsternis trafen sich ihre Blicke, und er streichelte ihre Wange. Nur eine ganz leichte Liebkosung.

»Wenn wir deinen Lichtkreis gesucht und gefunden haben, wirst du dann nach Irland zurückkehren?« Alec bemühte sich, möglichst ausdruckslos zu sprechen.

Die Wimpern gesenkt entgegnete sie leise: »Das muss ich.«

Sein Daumen strich über ihre Lippen. »Also gut.« Er stand auf und ging zur Verbindungstür.

»Alec?«

Zögernd drehte er sich um. »Ja?«

Sie stieg aus dem Bett und eilte zu ihm, schlanke Arme umfingen seinen Hals. »Danke«, wisperte sie.

Als sie sich auf die Zehenspitzen stellte und einen Kuss auf seinen Mund hauchte, rührte er sich nicht.

Doch es war ein Kuss, der bis in die verborgenen Tiefen seiner Seele drang.

Dann zog sie ihre Arme zurück, ihre nackten Fersen sanken zu Boden. Alec nickte ihr zu.

Ahnte sie, dass er seine ganze Selbstkontrolle aufbieten musste, um ihr Zimmer zu verlassen?

Vier Tage kamen und gingen. Eine Zeit steigender Temperaturen, steigender Hitze und einer Leidenschaft, die immer heftiger schwelte.

Jeden Augenblick schienen sich Flammen zu entzünden.

Denn beide wussten, was der andere empfand. Nachdem sie einander beglückt hatten, war die Sehnsucht unerträglich. Und unter dem selben Dach zu leben, jede Nacht zu schlafen, nur von einer einzigen Mauer getrennt …

Immer intensiver knisterte die Spannung in der Luft.

Hundertmal schalt Alec sich einen Narren. Warum hatte er nicht darauf bestanden, dass Maura ihn heiratete, wenn sie ihre Suche nach dem Lichtkreis fortsetzen wollte?

Doch dann hätte sie ihn womöglich verachtet, und das würde er nicht verkraften.

Unter solchen Umständen wollte er sie auch gar nicht für sich gewinnen. Wenn sie bei ihm blieb, musste sie sich freiwillig dafür entscheiden.

Sonst wären sie beide nur unglücklich. Thomas Gates hatte ihm geschrieben, die unerwartete Ankunft seiner Schwester und ihrer Kinder habe seine Reise nach Irland – zu den Ländereien der McDonoughs – verzögert. Bei der Lektüre des Briefs überlegte Alec, ob sein Entschluss, Thomas diesen Auftrag zu erteilen, übereilt gewesen war. Nein, sagte er sich, er musste die ganze Wahrheit erfahren.

Bedrückt und unsicher blickte er der Zukunft entgegen.

Und Mauras innere Unrast wuchs mit jedem Tag. Als könnte sie nicht erwarten, ihn zu verlassen … Aber nicht aus den Gründen, die er vermutete. Nicht nur wegen des Versprechens, dass sie ihrem Vater gegeben hatte, wollte sie den Lichtkreis finden.

Auch Alecs wegen.

Denn sie fürchtete, was geschehen könnte, wenn es ihr nicht gelang. Sie bangte um Alecs Sicherheit. Deshalb musste sie den Lichtkreis finden und den Fluch, der die beiden Familien verband, endlich entkräften.

Wenn Alec irgendetwas Schreckliches zustieße – sie wagte nicht, sich das vorzustellen.

Immer wieder erinnerte sie sich an die Nacht, in der er zu ihr gekommen und auf die Bettkante gesunken war. So sanft hatte er ihre Wange gestreichelt. Wann immer sie daran dachte, schlug ihr Herz schneller.

Aber wenn sie den Lichtkreis fand, musste sie nach Irland zurückkehren.

Und sie würde Alec nie wiedersehen.

Ein Grund mehr, sich ihm zu verweigern.

Ein Grund mehr, ihre eigene heiße Sehnsucht zu zügeln.

Dankbar für Alecs Hilfe, setzte sie die Suche beharrlich fort. Er kannte Gleneden so gut wie niemand sonst. Aber nach vier Tagen war der Kreis des Lichts noch immer nicht aufgetaucht.

Maura ließ sich nicht entmutigen. Obwohl die Dienstboten alle Regale in der großen Bibliothek leer geräumt hatten, kehrte sie eines Morgens in diesen Raum zurück. Während sie über die Täfelung neben dem Kamin strich, trat Alec zu ihr.

»Suchst du nach Geheimgängen oder verborgenen Treppen, Maura?«, fragte er ironisch.

Ohne ihn einer Antwort zu würdigen, starrte sie ihn ärgerlich an.

»Um Himmels willen, Maura, hör auf damit!«

Wütend fuhr sie zu ihm herum. »Der Lichtkreis ist hier!« Unerschütterlich hielt sie an ihrer Überzeugung fest. »Ich weiß nur nicht, wo.«

»Glaub mir, meine Ahnen waren sehr respektable Menschen.«

»Auch meine! Und keiner meiner Vorfahren war ein Pirat!«

»Nun, lass mich überlegen. Angenommen, du hast

Recht. Warum würde mein seeräuberischer Ahnherr – vorausgesetzt, in meiner Dynastie hat es einen solchen Schurken gegeben – einen so kostbaren Schatz verstecken? Würde er ihn nicht zur Schau stellen?«

Rebellisch hob sie das Kinn. »Etwas so Wertvolles wie den Kreis des Lichts? Sicher nicht. Sonst hätte jeder gewusst, wer der Schwarze Schotte ist – nämlich der Duke of Gleneden. Darüber habe ich lange genug nachgedacht, Alec.«

»Daran zweifle ich nicht, Irin.«

Obwohl ihr sein Einwurf missfiel, fuhr sie unbeirrt fort: »Wahrscheinlich verwahrte er den Kreis des Lichts an einer Stelle, an der er den Anblick ungestört genießen konnte.«

»Eine mythische Reliquie, die in den letzten beiden Jahrhunderten niemand zu Gesicht bekommen hat, deren Existenz nicht erwiesen ist …«

»Natürlich bedeutet dir der Kreis des Lichts nichts!«, zischte sie.

»Etwas anderes würde ich auch gar nicht erwarten. Jedenfalls ist er hier. Irgendwo. Das spüre ich bei jedem Atemzug. Hier in Gleneden!«

»Wenn du so sicher bist, warum hast du ihn dann noch nicht gefunden? Warum suchen wir ihn immer noch?«

»Du glaubst mir nicht. Du bestreitest sogar, dass es den Lichtkreis überhaupt gibt.«

»Verzeih mir, leider bin ich nicht mit dem Aberglauben der Iren gesegnet«, spottete Alec.

Mauras Augen schienen Feuer zu sprühen. Sie war zutiefst gekränkt und wollte an ihm vorbeigehen.

Doch er hielt sie am Ellbogen fest. »Großer Gott, Maura, tut mir leid. Das hätte ich nicht sagen dürfen.«

»Warum nicht?«, fragte sie kühl. »Selbstverständlich darfst du deine Meinung äußern. Und ich habe ein Recht auf meine Überzeugungen, nicht wahr? Bitte, nimm mir nicht übel, dass ich in deinem Haus alles auf den Kopf stelle. Wenn du mich jetzt entschuldigen würdest. Ich möchte eine Zeit lang allein bleiben.«

»Maura«, bat er leise, »Maura …«

Aber sie weigerte sich, ihn anzuschauen. Ungeduldig seufzte er. Und weil er merkte, wie mühsam sie um ihre Fassung rang, ließ er sie los.

Vielleicht hatte sie Recht, und sie brauchte wirklich einige Zeit für sich, um neue Kräfte zu sammeln.

Neunzehntes Kapitel

Am frühen Nachmittag beschloss Alec, nach seiner Frau zu sehen … Verdammt, er musste endlich aufhören, Maura seine Frau zu nennen!

Zum Mittagessen war sie nicht erschienen, und er – nun ja, er sorgte sich ein wenig um sie. Oh, wen wollte er zum Narren halten? Er machte sich sogar große Sorgen. Seit sie die Bibliothek verlassen hatte, plagten ihn heftige Schuldgefühle. Und wie er sich mittlerweile eingestand: Von dem Augenblick an, als sie sich auf dem Maskenball begegnet waren, musste er ständig an sie denken.

Leise klopfte er an die Verbindungstür zwischen den Schlafzimmern. Keine Antwort. Und er hörte auch nichts. Schließlich öffnete er die Tür und betrat den Raum. Keine Spur von Maura.

Er kehrte in sein eigenes Zimmer zurück. Eine Stunde würde er warten und dann die Dienstboten befragen.

Kaum hatte er diese Entscheidung getroffen, entdeckte er Maura auch schon, allein im Garten. Durch das Erkerfenster seines Schlafzimmers beobachtete er, wie sie umherwanderte. Sie trug keinen Hut. Das tat sie nur selten, während die meisten Frauen nicht wagen würden, ohne den Schutz eines Huts aus dem Haus zu gehen. Und sehr viele würden sich niemals ohne Schirm dem Sonnenschein aussetzen.

Alec lächelte. In dieser Hinsicht glich sie seiner Schwester. Auch Anne kannte keine Eitelkeit.

Und Maura war so unglaublich schön, dass es ihm regelmäßig den Atem verschlug.

Nun erlosch sein Lächeln, denn sie verschränkte die Hände hinter dem Rücken und senkte den Kopf. Auch ohne ihre Miene zu sehen, erriet er ihre nachdenkliche Stimmung. Oder vielleicht fühlte sie sich sogar niedergeschlagen …

In seiner Brust entstand eine seltsame Wehmut. Mauras Haltung erschütterte ihn. War sie so unglücklich? Seinetwegen? Weil sie miteinander geschlafen hatten?

Wie ein Messer durchfuhr dieser Gedanke sein Herz. Maura schien ziellos umherzuwandern. Hin und wieder trat sie gegen die Kiesel auf dem Pfad, der sich zwischen Blumenbeeten dahinwand. Niemals würde er vergessen, wie er ihre kostbare Heimaterde mit den winzigen Steinchen auf den Boden gestreut und wie schmerzlich er sie in jenem Moment verletzt hatte.

Neue Gewissensqualen peinigten ihn. Könnte er es doch ungeschehen machen, die Zeit zurückdrehen – alles, was er besaß, würde er dafür geben.

Aber die Zeit war unerbittlich.

Niemals vermochte er wiedergutzumachen, was er getan hatte.

Und dann rannte ein Kind zu Maura und ergriff ihre Hand. Ein zweiter kleiner Junge gesellte sich hinzu und nahm ihre andere Hand.

Immer mehr Kinder tauchten auf und umringten sie wie eine lebhafte Herde. Ein Mädchen, das bis zu ihren Hüften reichte, umklammerte die Falten ihres Rocks. Und alle zerrten sie dorthin, wo der Rasen abfiel.

Alec erinnerte sich, wie sie ihnen Geschichten erzählt hatte. Kein Wunder, dass sie »Ihre Gnaden« anbeteten ... Schon am ersten Tag hatte sie ihre Herzen gewonnen. Sie strahlte eine magische Anziehungskraft aus, die sich mit Worten nicht beschreiben ließ. Und immer wieder genoss er ihren geistreichen Witz; insbesondere, wenn sie einander mit boshaften Spitzen gegen die Schotten und Iren hänselten.

Sie glich keiner der anderen Frauen aus seiner Bekanntschaft. Und er begehrte sie wie keine andere.

Von einer unwiderstehlichen Macht getrieben, verließ er das Haus und ging in den Garten. Aber er näherte sich Maura und den Kindern nicht.

Jetzt pflückten sie Gänseblümchen, setzten sich alle ins Gras, und sie zeigte den kleinen Fingern, wie man Girlanden flocht. Die Mädchen strahlten vor Freude, als Maura ihre Köpfe mit Kränzen schmückte. Und die kleine Greta streifte einen Kranz über das Haar Ihrer Gnaden.

Maura begann zu singen. Ziemlich falsch und dadurch um so zauberhafter. Sie stand auf und führte eine irische Gigue vor.

Auch die Kinder sprangen hoch. Wie die Laubfrösche hüpften sie umher, kreischten und lachten. Maura schüttelte ihre Schuhe ab. Inzwischen hatte sich ihr Haar aus den Nadeln gelöst, rabenschwarze Locken flatterten im Wind, während sie tanzte. Dann fassten sich alle an den Händen und bildeten einen schwankenden Kreis. Schriller Jubel erfüllte die Luft.

Langsam trat Alec näher. Im Schutz des Eichenstamms beobachtete er das muntere Treiben – unfähig, seinen Blick von Maura abzuwenden, von Gefühlen bewegt, die er nie zuvor empfunden hatte. Lächelnd schaute er ihr zu, als sie ihren Gänseblümchenkranz aufhob, der zu Boden gefallen war, und ihn sich in schiefem Winkel auf den Kopf setzte.

Eines der Kinder entdeckte Alec. »Können Seine Gnaden auch tanzen?«

Man hatte ihn ertappt.

»Kommen Sie her, Euer Gnaden!«, rief Andrew, Mrs. Yates' jüngster Enkel. »Tanzen Sie mit uns!«

Alec hob die Brauen und streckte eine Hand aus. Anmutig tänzelte Maura zu ihm, umfasste seine Finger und führte ihn zu den Kindern.

Irgendwie gerieten sie in die Mitte der fröhlichen Schar. Alec umschlang Mauras Taille und wirbelte sie herum, bis ihr schwindlig wurde. Atemlos lachte sie und schaute zum Himmel hinauf.

Ganz fest drückte er sie an sich, und sie starrte in Augen voller blauer Flammen – voll inbrünstiger Sehnsucht.

Er wollte sie küssen.

Er wollte sie küssen.

Was dann geschah, wurde ihr kaum bewusst. Vage spürte sie, wie Alec an ihrer Hand zerrte, sie fortführte. Blindlings folgte sie ihm, bis er sie zu sich drehte und mit dem Rücken gegen den Stamm eines Baumes drängte.

»Alec, was – was tust du?«, stammelte sie.

»Was ich schon vor den Kindern tun wollte.«

Seine Augen glühten, seine heisere Stimme erregte sie wie nichts anderes je zuvor. In seinem Gesicht las sie unverhohlenen Hunger, und ihr Mund wurde trocken.

Rasend hämmerte ihr Puls. Mühsam rang sie nach Luft. In ihrem Innern tobte ein Konflikt. Sie konnte unmöglich … »Nein, Alec«, wisperte sie. »Nicht hier – wir dürfen nicht …«

»Das weiß ich.«

Die Worte waren ein heiseres, brüchiges Flüstern.

Er hörte nicht auf, sie zu küssen. Und sie wollte ihn auch gar nicht abwehren. In seinem Ungestüm spürte sie die gleiche verzweifelte Begierde, die ihr eigenes Blut erhitzte.

Zitternd vor Leidenschaft, schlang sie die Arme um seinen Hals. Immer fester presste er sie an sich. Durch seine Breeches spürte sie das Pulsieren seines Verlangens, ihre Knie wurden weich.

Der Kuss raubte ihr alle Kraft, und sie glaubte beinahe, in ihren Gliedern würden keine Knochen mehr existieren.

Später entsann sie sich nicht, wie sie durch den Hintereingang ins Haus gelangt waren. Alec küsste sie verzehrend, während er sie die Treppe hinauftrug. Mit einem Stiefelabsatz schloss er die Tür seines Schlafzimmers.

Seine und ihre Kleidung bildeten eine chaotische Spur zum Bett.

»Oh, meine Süße!«, stieß er hervor, als sie auf die Decke sanken. »Ich begehre dich so sehr!«

Seine Zunge spielte mit ihrer. Dann nahm er die erhärtete Knospe einer Brust in den Mund. Er umfasste ihre Hüften, rieb seine heiße Erektion zwischen ihren Schenkeln, über der taufeuchten, empfindsamen Perle, in der sich ihre Lust konzentrierte.

Behutsam teilten seine Fingerspitzen ihre Schamlippen. Sobald er in sie eindrang, trieb die Ekstase sie beide fast in den Wahnsinn. Überwältigt stöhnten sie, liebten sich wild und stürmisch. In rasendem Rhythmus strebte er dem Höhepunkt entgegen, und Maura klammerte sich lustvoll an ihn. Den Kopf in den Nacken geworfen, genoss sie ihre Erlösung. Danach lag er ermattet neben ihr und umfing sie mit einem Arm.

Er ergriff eines ihrer Handgelenke und küsste die Fingerknöchel. Dann drückte er ihre Hand gegen seine Brust und hielt sie fest. Ihre Wange auf seiner Schulter, schmiegte sie sich an seinen warmen Körper, kostete den stillen Frieden aus, der sie beide erfüllte.

Sie musste eingeschlafen sein. Denn das Nächste, was sie wahrnahm, war ein federleichter Kuss auf ihrem Mund. Ihre Lippen kräuselten sich. Ganz fest kniff sie die Augen zusammen.

»O Maura…« In der tiefen Stimme schwang verhaltenes Gelächter mit. »Mit gespitzten Lippen siehst du einfach hinreißend aus. Aber falls es dich nicht allzu sehr stört, würdest du mir dann ein bisschen deiner Zeit opfern?«

Nun musste sie ihren Lachreiz bekämpfen. Aber ihre Lider blieben geschlossen.

»Warum zwingst du mich immer wieder, dich zu wecken? Lass mich nachdenken.« Nach einem übertriebenen Seufzer fuhr er fort: »Hmmmm, ich glaube, jetzt kenne ich die Lösung: Vermutlich kann ich mir die Mühe, dich ständig zu wecken, nur ersparen, wenn ich dir einfach den Schlaf verwehre.« Blitzschnell nahm er ihre Hand von seiner Brust und legte sie auf einen muskulösen, behaarten Schenkel.

Da öffnete Maura die Augen. Zweifellos gehörte *das* zu seinen Körperteilen, die *nicht* schlummerten.

Als Alec sah, wie sie verblüfft nach Luft schnappte, lachte er.

»Was?«, fragte sie mit schwacher Stimme. »Schon wieder?«

»Endlich schenkst du mir deine ungeteilte Aufmerksamkeit«, neckte er sie.

Auf einen Ellbogen gestützt, betrachtete er ihren Körper. Maura errötete bis zu den Haarwurzeln, was bei ihm neues Gelächter hervorrief. Gebannt vom zärtlichen Glanz seiner blauen Augen, konnte sie kaum atmen.

Er neigte sich herab und küsste sie – diesmal nicht hungrig und fordernd, sondern so sanft, dass sich ihr Herz erwärmte.

»Heb deine Hand, Liebes«, bat er und richtete sich auf.

Verwirrt starrte sie ihn an, und er hielt ihre rechte Hand hoch.

»Such dir einen Finger aus.«

Immer noch erstaunt, blinzelte sie.

»Wenn du dich weigerst, werde *ich* die Wahl treffen, Irin.« Alec nahm ihren Mittelfinger in den Mund, befeuchtete ihn mit seiner heißen Zunge und ließ ihn langsam zu ihrem Bauch hinabwandern.

Aber dort verharrte er nicht. Stattdessen schob er Mauras warmen, nassen Finger durch das dunkle Vlies, das ihre Weiblichkeit verbarg, zwischen die weichen Schamlippen, bis zu der empfindlichen Perle.

Ihr ganzer Körper zuckte, der Atem stockte in ihrer Kehle.

Nein, dachte sie bestürzt, o nein!

Instinktiv versuchte sie ihre Hand zu befreien. Doch er hielt sie fest.

»Alec!«, protestierte sie leise. »Ich … ich …«

»Pst«, murmelte er. »Alles ist gut. Denk nicht nach. Jetzt sollst du einfach nur fühlen.«

Von seiner Hand geleitet, bewegte sie den Finger, ließ ihn kreisen, folgte dem Rhythmus, verstärkte den Druck.

»Ja, so ist es richtig, meine Süße.«

Schockierend erotisch.

Unerträglich erregend.

Als sich ein zweiter Finger an dem Spiel beteiligte, benebelte ein wachsendes, verbotenes Entzücken Mauras Gehirn.

Sie begann zu stöhnen. »O Alec …«

»Schäm dich nicht«, flüsterte er. »Genieße es.«

Und sie konnte nicht anders, sie schwelgte in ihrer Lust.

Er beobachtete sie, und ihre Ekstase schürte seine eigene Glut.

»Bitte, Alec«, hauchte sie, »ich will …«

»Das?« Sein Finger glitt in sie hinein.

Die Augen geschlossen, wand sie die Hüften hin und her, um seinen Finger herum – um ihre eigenen.

Als er sie losließ, seufzte sie enttäuscht, öffnete die Augen und sah ihn über ihrem Körper, auf seine Arme gestützt. Blaues Feuer in den Augen.

Vor Erregung halb von Sinnen, schrie sie auf, als er sich mit ihr vereinte. So tief wie möglich drang er in sie ein. Ganz enthemmte Begierde, zügellose Leidenschaft.

Schon nach wenigen Sekunden fand Maura eine explosive Erfüllung.

Und dann begann es noch einmal. Bei jeder Bewegung, bei jedem Herzschlag erschauerte sie. Ihr Stöhnen steigerte Alecs Verlangen. Sein Kuss war gierig, sein Körper hungerte. Bald spürte sie, dass sein Höhepunkt unmittelbar bevorstand. Während er sich in ihr ergoss, umklammerte sie seine bebenden Schultern.

Erschöpft sank er neben ihr auf den Rücken und zog sie an sich.

Maura schmiegte ihre Wange an seine Halsgrube. Sie konnte ihn nicht ansehen. Und sie wusste nicht, ob es ihr jemals wieder gelänge, jemandem in die Augen zu schauen. »O Alec«, klagte sie, »ich begreife nicht, wie ich …«

Da lachte er wieder und drückte sie noch fester an sich.

Maura erwachte und streckte sich langsam. Leicht benommen erkannte sie, dass sie die Nacht in Alecs Bett verbracht hatte. Dann erinnerte sie sich vage an einen zarten Kuss auf den Mund, ein kehliges maskulines Gelächter. Sie entsann sich auch, wie sie die Lippen zusammengepresst hatte, nicht bereit, aus einem wundervollen Traum emporzutauchen.

In diesem Traum war Alec bei ihr gewesen. *Wo sollte er denn sonst sein?,* fragte eine autoritäre Stimme in diesem Traum. Sie wanderten an einem irischen Strand entlang. Hoch oben auf der Klippe ragte das Castle McDonough auf. Alec lachte über eine kleine Gestalt, die Maura nicht sah, obwohl sie sich darum bemühte. In irgendeiner schleierhaften Ecke ihrer Traumwelt überlegte sie, warum Alec einen Stock wie ein Schwert umherschwang. Aber sie war glücklich. Oh, viel glücklicher denn je …

Das maskuline Gelächter hallte weiter durch ihren Traum. Widerstrebend spürte sie, wie ihr Bewusstsein zurückkehrte. Und sie hasste es, diese schöne, perfekte Welt zu verlassen. Niemals würde sie dieses betörenden Lachens müde werden. Als es verstummte, war sie in ihre Traumwelt zurückgekehrt. Und war dort genauso beglückt wie zuvor gewesen.

Schließlich stand sie auf und begann mit ihrer Morgentoilette. Im Frühstückszimmer teilte Mrs. Yates ihr mit, ihr Gemahl sei mit seinem Verwalter ausgegangen. Einerseits war Maura enttäuscht, andererseits dankbar. Nach den hemmungslosen Spielen wusste sie nicht, wie sie ihm gegenübertreten sollte. Gleichzeitig sehnte sie sich nach ihm, wollte sich in seine Arme werfen, als gäbe es keine einzige Sorge auf dieser Welt.

Und das war wirklich albern. Da ihr keine andere Beschäftigung einfiel – wo sie den Lichtkreis suchen sollte, wusste sie nicht, denn sie hatte überall nachgesehen –, studierte sie noch einmal die Familienchronik.

Die Lektüre brachte sie auf keine neuen Gedanken. Sie schloss den Lederband und verließ die Bibliothek. Auf dem Weg durch das Haus kam sie an den Familienporträts vorbei und blieb stehen. Wie magisch wurde ihr Blick vom Bild des siebten Dukes of Gleneden angezogen. Erbost verfluchte sie ihn. Doch sie hoffte, wenn sie sein Gesicht lange genug anstarrte, würde sich ihr das Geheimnis des Lichtkreises offenbaren.

So wie jedes Mal, wenn sie das Gemälde sah, erschauerte sie, und ihre Nerven flatterten. Mit aller Macht kehrte das sonderbare Gefühl zurück, der Kreis des Lichts müsse sich in Gleneden befinden.

Und hier hing das Porträt des Schwarzen Schotten, von dem sonst niemand wusste, und schien sie zu verhöhnen.

Nach einer Weile kehrte sie ihm den Rücken und schlenderte in den Garten hinaus. Der Tag war warm, und so hatte sie keinen Schal um ihre Schultern gelegt. Fast unbewusst wanderte sie zum See, setzte sich ans Ufer und schlang die Arme um die angezogenen Knie.

In der Morgensonne schimmerte das Wasser azurblau, sanfte Wellen bildeten silbrige Ornamente. Auf der anderen Seite erhoben sich dicht bewaldete Hügel.

Seufzend legte sie sich ins Gras, die Hände neben dem Kopf, und schaute zu dünnen Schleierwolken empor.

Ringsum herrschte tiefer Friede. Ein makelloses Idyll.

Aber Mauras Seele war keineswegs friedlich gestimmt, sondern von Sorge und Zweifeln geplagt.

So müde fühlte sie sich. Die Suche nach dem Kreis des Lichts war ergebnislos verlaufen. Würde sie doch noch einen Erfolg erzielen? Oder hatte Alec Recht? Jagte sie einem Phantom hinterher?

Bevor ihr Vater gestorben war, hatte sie ihm versprochen, den Lichtkreis zu finden. Würde sie ihr Wort halten? Inzwischen glaubte sie kaum noch daran. Wie sollte sie diesen silbernen Ring aufspüren, den sie nie gesehen – den in zweihundert Jahren *niemand* gesehen hatte?

Allmählich schwand ihre letzte Hoffnung dahin, von schmerzlicher Resignation verdrängt.

Nicht nur das Wohl des McDonough-Landes stand auf dem Spiel.

Auch ihr Herz schwebte in Gefahr.

Von Anfang an hatte sie befürchtet, Alec würde ihren Seelenfrieden bedrohen und ihr Herz brechen. Oh Gott, warum hatte sie jemals geglaubt, diesem Mann widerstehen zu können?

Schon bei ihrer ersten Begegnung im Ballsaal, beim Anblick des attraktiven Piraten, hätte sie wissen müssen: Es gab kein Entrinnen.

Er hatte ihr Herz gestohlen, ihren Körper und ihre Seele erobert.

Doch sie konnte ihn nicht lieben. Das wagte sie nicht. Entschieden bestritt er die Existenz des Lichtkreises. Gewiss, er hatte ihr bei der Suche geholfen. Aber nicht, weil er an die Macht der Reliquie glaubte …

Und wenn sie den Kreis des Lichts nicht fand, würde Alec sterben.

Ohne jeden Zweifel – er würde *sterben*.

Diesen Verlust würde sie nicht ertragen, ebenso wenig den Gedanken, er könnte einen ebenso langen, qualvollen Todeskampf erleiden wie sein Vater.

Und dieses Schicksal bräche über ihn herein, wenn sie den Lichtkreis nicht aufspürte.

Ein zweiter Fluch, den sie entkräften musste.

Da unterbrach auf einmal Alec ihre beklemmenden Gedanken.

»Hängst du Tagträumen nach?«, fragte er und streckte sich neben ihr aus.

Maura starrte zum Himmel hinauf. Zögernd wandte sie sich zu ihm, und er zeichnete eine zarte Falte zwischen ihren Brauen nach. »Was bekümmert dich, Irin?«

In ihren Augen brannten Tränen. Wortlos schüttelte sie den Kopf.

»Vielleicht sollte ich dich mit Elfenstaub bestreuen.« Lächelnd schwenkte er seine Finger vor ihrem Gesicht hin und her.

Aus ihrer Kehle drang ein schwacher Laut, halb Lachen, halb Schluchzen. Hingerissen betrachtete sie die silbernen Pünktchen in seinen klaren blauen Augen, und sein zärtlicher Blick vertiefte ihre Wehmut. Mit zitternden Fingern strich sie über seine Wange.

Da seufzte er selbstironisch. »Offenbar ist mein Elfenstaub nicht so wirksam wie deiner.«

Mit einem leisen Aufschrei klammerte sie sich an ihn und presste ihr Gesicht an seinen Hals. »Alec!«, stieß sie hervor. »O Alec!«

Wie ein Messer schnitt der Schmerz, der in ihrer Stimme mitschwang, in sein Herz. Mit beiden Armen umfing er ihren bebenden Körper, und sie presste sich an ihn, als sei er ihr einziger Rettungsanker.

Was sollte er nur tun? Er durfte sie nicht auf Gleneden festhalten, ihr Weg war vorgezeichnet. Aber wie um alles in der Welt konnte er sie gehen lassen?

Zwanzigstes Kapitel

Fast eine Stunde lang lagen sie im Gras. Gedankenverloren beobachtete Alec die Sonnenstrahlen, die zwischen den Zweigen der Bäume funkelten. Und Maura wollte den tröstlichen Schutz seiner Arme nicht verlassen.

Aber es war unmöglich, die intime Nähe noch länger zu ignorieren. Das wurde beiden im selben Moment bewusst.

Unter seinem Kinn spürte er Mauras Scheitel. Ihre Hand lag auf seinem Hemd, direkt oberhalb der Hosenknöpfe. Plötzlich hielt sie den Atem an und fragte sich, was geschehen mochte, wenn sie ihre Fingerspitzen ein bisschen weiter nach unten bewegte …

Verwirrt zuckte sie zusammen und zog ihre Hand zurück, als sie seine Erektion spürte, und er brach in Gelächter aus. »Was soll ich machen?«, murmelte er in anzüglichem Ton. »Ist es etwa meine Schuld, dass du mich so sehr erregst? Noch dazu in diesem bemerkenswerten Ausmaß!«

»Oh, gib bloß nicht so an, Schotte.«

Voller Genugtuung registrierte er die Rückkehr ihrer Hand, was sein Verlangen noch steigerte.

»Irin?«

»Aye?«

»Willst du sehen, was du berührst?«

Siedend heiß stieg ihr das Blut in die Wangen.

»Ja, du kannst es nicht leugnen. Genau das wünschst du dir.«

Ungläubig schaute sie zu, wic er sich vor ihren Augen auszog. »Also wirklich, Euer Gnaden demonstrieren einen verwerflichen Mangel an Keuschheit«, tadelte sie sittsam.

»Du solltest meinem Beispiel folgen«, meinte er und half ihr sich aufzurichten. Mit geschickten, flinken Fingern knöpfte er ihr Kleid auf, streifte es über ihren Kopf und warf es ins Gras. Bald landeten Unterröcke, Schuhe und Strümpfe daneben.

Jetzt war sie ebenso nackt wie er. Lächelnd kniete er an ihrer Seite. »Alec ...«, wisperte sie. Doch es fiel ihr schwer zu sprechen, während seine Zunge aufreizende Kreise um die Knospen ihrer Brüste zeichnete. Mühsam schluckte sie. »Hier draußen ... im Freien ...«

Er zog sie ebenfalls auf die Knie, umfasste ihre Schultern, und seine Zunge glitt über ihren Hals.

»Vielleicht das Bootshaus ...«, wisperte sie.

»Nächstes Mal, Irin.« Ein lockender Kuss verschloss ihr den Mund und raubte ihr den Atem. Als sich heiße Zungen duellierten, entschwanden Mauras klare Gedanken. »Fass mich an, mein Liebes«, bat er heiser und führte ihre Hand zu seiner Brust.

Ihre Finger gruben sich in das dichte dunkle Kraushaar. Dann erforschten sie die Konturen seiner breiten Schultern, schlangen sich in sein Nackenhaar und strichen über die glatte, straffe Haut. Wie wundervoll er sich anfühlte … Sie wollte nicht nachdenken, wollte sich einfach nur in diesem Moment verlieren, in ihren Emotionen – in *ihm*.

Vage nahm sie wahr, wie er mit ihr hinabsank. Ebenso wie er lag sie auf der Seite. Der Sonnenschein hatte das Gras erwärmt. Und Alec wärmte *sie*.

Er streichelte die feinen, rosigen Fältchen unter ihrem Schamhaar. Als er feuchte Hitze spürte, drehte er sich auf den Rücken, hob Maura hoch und setzte sie rittlings auf seine Hüften. Die Spitze seiner Erektion presste sich in die seidigen Löckchen.

Die Gesichtszüge vor Begierde angespannt, flüsterte er heiser: »Verführ mich. Zähme mich. Nimm mich.«

Er schob sie weiter nach vorn, so dass er in sie eindringen konnte, hielt ihre Hüften fest und bestimmte den Rhythmus, bis sie sich dem Tempo anpasste.

Und dann bewegte sie sich immer schneller, atemlos, stöhnend. Exquisite Ekstase und fieberheiße Leidenschaft entzündeten ihr Blut. Die Hände auf Alecs Brust gestützt, richtete sie sich auf. Fasziniert betrachtete sie die Stelle, wo sie sich vereinten – unfähig, den Blick loszureißen. Ihre Hüften hoben und senkten sich. Nun übernahm er wieder die Kontrolle, drang möglichst tief in sie ein, bis sie glaubte, er würde sie vollends ausfüllen. Eng und vibrierend umschloss ihre Weiblichkeit sein angeschwollenes Fleisch.

Alec biss die Zähne zusammen und hatte das Gefühl, sie würde ihn zerschmelzen – verbrennen. »Ja, Irin, o ja. So ist es gut.«

Ganz fest drückte er sie an seine Brust. Sie schloss die Augen, während die Erfüllung ihren Körper erschütterte. Gleichzeitig spürte sie auch seinen Höhepunkt.

Am frühen Nachmittag schloss Alec die Tür seines Arbeitszimmers. Maura hatte erklärt, sie werde vor dem Tee schlafen. Kurzfristig hatte er sich gefragt, ob er ihr dabei Gesellschaft leisten sollte, und sich dann anders entschieden.

Die Regeln hatten sich geändert, das Spiel hatte sich geändert – die Liebeslust hatte alles geändert. Keinesfalls würde er sie bedrängen. Stattdessen musste er seine ganze Überzeugungskraft aufbieten, damit sie freiwillig bei ihm blieb.

Sie durfte ihn nicht verlassen.

Niemals.

Er wollte sie heiraten.

Und diesmal eine richtige Ehe führen.

Aus den richtigen Gründen.

Alec neigte zu vorsichtigem Optimismus, denn Mauras Lippen konnten nicht verhehlen, was sie empfand. Nein, die Art, wie sie seine Liebkosungen erwiderte, verriet ihm, was in ihrem Herzen vorging. Wenn sie auch versuchen mochte, ihre Emotionen zu verbergen – er wusste es besser. Natürlich bestand die Möglichkeit, dass sie eigensinnig auf ihrem Standpunkt beharren würde. Damit rechnete er sogar. Gewiss, sie konnte sehr halsstarrig sein, seine schöne Lady.

Irgendwie musste er Mittel und Wege finden und sie umstimmen.

Er verstand, dass sie sich ihrem Clan und ihrem Land verpflichtet fühlte.

Aber sie gehörte zu ihm.

Früher oder später musste sie das erkennen. Möglichst bald, wenn es nach ihm ginge. Am besten sofort.

Er schlenderte in die Richtung der Halle. Wie um seinen Weg zu beleuchten, strömten die Strahlen der Nachmittagssonne durch die Fenster des Korridors.

Und dann erlosch das Sonnenlicht, so plötzlich, als wäre eine Kerzenflamme ausgeblasen worden.

Alec blieb stehen, schaute zum Himmel auf und sah eine einzelne dunkle, bedrohliche Wolke, die sich vor die Sonne geschoben hatte. Seltsam, er hätte schwören können, dass diese Wolke vor wenigen Sekunden noch nicht da gewesen war.

Während ihm dieser Gedanke durch den Sinn ging, spürte er, wie sich seine Nackenhaare sträubten. Wäre er abergläubisch, würde er sich fragen, ob sich eine Gestalt von hinten an ihn herangepirscht hatte und ihn ihr frostiger Atem anwehte.

Eine unheimliche Gestalt.

Wenn er an solchen Unsinn glauben würde …

Doch daran glaubte er nicht, ermahnte er sich energisch. Dass er überhaupt so etwas erwog, musste an seinen Gesprächen mit Maura über Flüche und alte Reliquien liegen.

Er wandte sich vom Fenster ab und wollte weitergehen.

In dem Moment wurde ihm bewusst, wann das Sonnenlicht erloschen war: Als er das Porträt des siebten Dukes of Gleneden erreicht hatte.

Alec starrte das Bild an. Wie er seiner Irin erklärt hatte, war ihm dieser Ahnherr schon immer widerwärtig erschienen.

Kein Wunder, dass Maura ihn verabscheute.

Aber Alec hatte noch nie das boshafte Glitzern in den gemalten Augen von James, dem siebten Duke of Gleneden, wahrgenommen. Beinahe glaubte er, sein Vorfahr verhöhne ihn.

Und dieses Gefühl verstärkte sich. Mit jedem Atemzug. Mit jedem Herzschlag.

Mit zusammengekniffenen Augen erwiderte er James McBrides stechenden Blick.

Irgendetwas störte ihn. Doch was mochte hier nicht stimmen?

Aufmerksam betrachtete er das Porträt. James McBride stand neben einer breiten, rustikalen Feuerstelle, einen gestiefelten Fuß arrogant auf dem steinernen Rand des Herds.

Das betreffende Zimmer hatten Alec und Maura erst vor wenigen Tagen durchsucht. Es glich einer Miniaturversion der großen Halle, die Wände weiß getüncht, teilweise mit Holz getäfelt, und hatte eine Balkendecke. Kurz nachdem Robert Bruce den ersten Duke of Gleneden geadelt hatte, war dieser Raum als Kontor eingerichtet worden.

Anscheinend war dort in all den Jahren seit Robert Bruces Ära nichts verändert worden. Und ganz sicher nicht, seit James McBride dort gestanden hatte, die Lippen zu einem höhnischen Lächeln verzerrt. Diesen Duke umgab eine Aura tolldreister Kühnheit.

Kurz entschlossen stieg Alec die Stufen zum zweiten Stock hinauf und ging zu dem Raum, der am Ende des Korridors lag. Er öffnete die Tür und trat vor den Kamin. Schon vor den Lebzeiten seines Großvaters hatte man das Zimmer nicht mehr benutzt.

Weil es zu gefährlich gewesen war, in diesem Kamin ein Feuer zu entfachen.

Von seltsamen Gefühlen erfasst, hielt Alec an der Stelle inne, an der James, der siebte Duke of Gleneden, für das Porträt posiert hatte. Genauso wie James stellte er einen Fuß auf den steinernen Rand.

Unter seiner Sohle bewegte sich ein Ziegelstein. Verblüfft kniete Alec nieder. Sein Puls beschleunigte sich. In seinen Ohren rauschte das Blut. Tatsächlich, der Ziegel hatte sich gelockert, der Mörtel war brüchig geworden.

Er versuchte den Ziegelstein hochzuheben. Erfolglos zerkratzte er sich die Fingerspitzen. Doch er gab seine Bemühungen nicht auf. Im Bann einer unerklärlichen, unsichtbaren Macht schaute er sich um und suchte nach einem Werkzeug, mit dem sich der restliche Mörtel entfernen ließe. Schließlich ergriff er einen anderen Ziegel, der aus der Einfassung des

Herds gefallen war. Damit schabte er den Mörtel weg, der den lockeren Stein umgab.

So! Endlich geschafft! Was Alec antrieb, wusste er nicht. Eine fremde Macht schien Besitz von ihm ergriffen zu haben. Ungeduldig legte er den Ziegel beiseite und schob die Hand in die Öffnung.

Da lag etwas.

Sofort pochte sein Herz schneller. Großer Gott, hatte Maura Recht? Konnte das ihr Lichtkreis sein?

Vorsichtig zog er den Gegenstand heraus. Ein kleines Buch mit zerfetzter Bindung und vergilbten Seiten. Er schlug es auf – und hielt den Atem an. Ein Tagebuch.

Das Tagebuch des siebten Dukes of Gleneden.

Maura wanderte zum Wunschbrunnen. Vergeblich hatte sie zu schlafen versucht, denn ihre Gedanken gönnten ihr keine Ruhe. Und sie drehten sich ausschließlich um Alec. Ein Kuss. Eine Berührung. Ein Blick aus diesen faszinierenden blauen Augen, und sie zitterte vor Sehnsucht. Wie sie ihre Schwäche verachtete und wie sehr sie verzweifelte, weil sie längst erkannt hatte, was diese Momente in seinen Armen bedeuteten …

Schmerzlich krampfte sich ihr Herz zusammen. Für sie bedeutete das Glück ihrer Liebeslust die ganze Welt. Wenn es um Alec ging, besaß sie keinen eigenen Willen, keine Widerstandskraft.

Ihren Gefühlen für ihn misstraute sie. Zu sehr wurden sie von ihrem Verlangen geprägt.

Von heißer Leidenschaft. O ja, süße Qual erfüllte ihre Gedanken.

Und reine Liebe ihr Herz.

Doch das wollte sie nicht gestehen. Nein, nicht ihm. Obwohl sie ihren Körper hingab, besaß sie immer noch ihren Stolz.

Für immer konnte sie nicht in Gleneden bleiben.

Und sie durfte die Suche nach dem Kreis des Lichts nicht aufgeben.

Sie musste das Versprechen halten, das sie dem Vater gegeben hatte. Und sie wurde in Irland gebraucht.

Um sich zu beruhigen und sich von ihrem Kummer abzulenken, hatte sie einen Gedichtband aus der Bibliothek mitgenommen. Auf der Lichtung angekommen, legte sie das Buch auf die steinerne Bank. Warum Alec dieser beschauliche Ort missfiel, verstand sie nicht. Sie fand dieses Fleckchen Erde geradezu zauberhaft. Nun, vielleicht fehlte ein bisschen Farbe. Maura malte sich aus, wie wundervoll es wäre, würden Rosen ihren Duft verströmen.

Lächelnd trat sie zur Einfassung des Brunnens. Sie trug keine Münzen bei sich, die sie hineinwerfen könnte, um sich etwas zu wünschen. Doch sie schloss die Augen, holte tief Atem und dachte an ihren sehnlichsten Wunsch.

Auf einmal wurde sie sich einer unheimlichen Stille bewusst. Das Sonnenlicht erstarb. Erstaunt blickte sie auf und sah eine dicke schwarze Wolke.

Sie setzte sich auf den Brunnenrand. Zu spät merkte sie, dass die Steine nicht stabil waren. Unter ihrem Gewicht verlagerten sie sich, und sie schwankte. Schreiend fiel sie in den Brunnenschacht.

Mit einiger Mühe erhob sie sich und taumelte. Ihr Kopf schmerzte, alle Knochen taten ihr weh. Mit zusammengebissenen Zähnen beschwichtigte sie ihre Nerven. Sie musste sich glücklich schätzen, denn sie war nicht ernsthaft verletzt. Nur ein paar blaue Flecken und Schürfwunden. Es hätte schlimmer ausgehen können. Aber sie wusste, dass sie nicht aus eigener Kraft aus dem Brunnenschacht klettern konnte. Denn der Rand befand sich etwa fünf Meter hoch oben. Und die Wände waren mit glitschigem Moos bedeckt.

Sie rief um Hilfe, und das Echo ihrer Stimme kehrte zu ihr zurück.

Nein, sie fürchte sich nicht, sagte sie sich. Zumindest jetzt noch nicht. Bis sie vermisst wurde, konnte sie einfach nur abwarten. Es war ohnehin sinnlos, sich heiser zu schreien, wenn niemand in der Nähe war.

Eine Stunde später war die dunkle Wolke vorbeigezogen.

Trotzdem sah Maura nicht allzu viel. Sie schaute hinab, und da spürte sie es …

Wasser drang in ihre Schuhe. Innerhalb weniger Sekunden umspülte es ihre Fußknöchel. Zum ersten Mal empfand sie ernsthafte Angst.

Das Wasser stieg.

Erschreckend schnell.

Immer noch verwundert ging Alec zu einem Stuhl am Fenster und setzte sich. Keine Macht der Welt hätte ihn daran hindern können, die Aufzeichnungen seines Ahnherrn zu lesen. Behutsam blätterte er in den Seiten des Tagebuchs. Mehrere hatten sich aus dem Einband gelöst.

Und dann fand er eine Eintragung, die sein Interesse weckte.

Zunächst hasste ich meinen Vater, weil er darauf bestand, dass ich in seine Fußstapfen trete und in der Marine Seiner Majestät diene. Es widerstrebt mir, irgendjemandem zu dienen. Aber sobald ich zur See fuhr, gewann ich eine wichtige Erkenntnis: Das Meer liegt mir im Blut. Und ich fand bestätigt, was ich schon immer gewusst hatte. Ich liebte die Gefahr, das Risiko, ich sehnte mich nach Macht, und sie wurde mir geschenkt. Immerhin bin ich ein Duke.

Und ein Pirat. Außerdem ein Schurke.

Wie grenzenlos amüsiere ich mich, wenn die Damen tuscheln und schaudernd über den Schwarzen Schotten reden – wenn sie einander erzählen, dieser kühne Verbrecher plündere die Schiffe zwischen Irland und Schottland! Natürlich ahnen sie nicht, dass der Schwarze Schotte ihnen vielleicht am Dinnertisch gegenübersitzt. Oder direkt neben ihrem Ellbogen. Der Schwarze Schotte ist ein Mann mit zwei Gesichtern. Ein Mann mit zwei Facetten. Und niemand weiß, wer er ist – ein Aristokrat, ja sogar ein Duke!

Alec hielt den Atem an. Also hatte es tatsächlich einen Piraten gegeben, den man den Schwarzen Schotten nannte. Und Maura hatte Recht, dieser Mann war sein Ahnherrn gewesen. Gespannt las er weiter.

Niemand weiß es. Nicht einmal meine schöne Gertrude. Weder meine Tochter Willa noch meine Söhne Gerald und Robert.

Sein Blick glitt über die Seite und blieb an einem Absatz hängen, der ihm ins Auge sprang.

Inständig sehne ich mich nach Macht und Reichtum. Nach dem Prickeln der Gefahr. Meine Schiffsbesatzung ist mir treu ergeben. Genauso wie ich gieren diese Männer nach Geld und Gut. Aber ich habe von einem ganz anderen Schatz gehört, einem mystischen keltischen Kreis. Angeblich schwebt er in der Luft und dreht sich aus eigener Kraft, Tag und Nacht. Man sagt, er habe dem Clan McDonough viele Jahrhunderte lang zu Glück und Wohlstand verholfen. Diesen mysteriösen Kreis will ich mir aneignen, das habe ich mir gelobt. Gewiss wird er mich mit Reichtümern überhäufen. Und ein Mann kann niemals genug besitzen.

Heiliger Himmel, dachte Alec und überflog die nächsten Zeilen, bis er wieder einen bedeutsamen Abschnitt fand.

Der Kreis des Lichts gehört mir. Aber ich habe einen schrecklich Preis dafür bezahlt. Als ich ihn zum ersten Mal berührte, schrie ich vor Schmerz auf. Ich brannte. Wie Feuer brannte ich. Für alle Zeiten werde ich die Narbe an meiner Hand verfluchen. Welch ein grauenvoller Anblick! Ich muss sie verstecken, diese Hand, die den Lichtkreis erobert hat – damit niemand erfährt, dass ich der Schwarze Schotte bin.

Das Tagebuch enthielt weitere beklemmende Aufzeichnungen.

Zweifellos ist der Kreis verflucht. Gertrude musste sterben. Als sie die Treppe hinabstürzte, hörte ich ihr Genick knacken. Mein Sohn – mein Junge! – wurde von einer Welle erfasst, während er den Strand entlangging. Und meine süße Willa ertrank im Wunschbrunnen, der jetzt verdorrt ist. Diese Tragödien hängen mit dem Kreis des Lichts zusammen. Das weiß ich. Alle, die ich liebe, stürzt er ins Verderben. Den jungen Robert habe ich nach England geschickt, denn ich will ihn nicht auch noch verlieren.

Nun kenne ich nur mehr eine einzige Freude: meine Abenteuer, die ich in der Gestalt des Schwarzen Schotten erlebe. Der Kreis des Lichts strahlt eine entsetzliche Schönheit aus. Trotzdem kann ich mich nicht von ihm trennen. Doch ich ertrage es nicht mehr, ihn zu betrachten, weil ich ihn hasse, nachdem er mir so viel angetan hat. Er übt eine Macht auf mich aus, der ich nicht zu entrinnen vermag.

Und später:

> *Endlich ist es vollbracht, ich habe den Kreis des Lichts vergraben – meinen Triumph, meinen Fluch. Wo er sich befindet, weiß ich. In Sichtweite von Gleneden Hall. Ich kann ihn weder betrachten noch berühren. Aber ich weiß, er ist da, und er gehört mir für immer.*

Alec schloss das Tagebuch und stand auf. Also musste er Maura Recht geben; der Fluch, der beide Familien bedrohte, existierte tatsächlich.

Wo hatte James den Kreis des Lichts vergraben?

Er eilte in die Halle hinunter und rief nach Mrs. Yates.

»Euer Gnaden, ich glaube, sie ist zum Wunschbrunnen gegangen.«

Zum Wunschbrunnen.

In dem James McBrides Tochter ertrunken war.

Einundzwanzigstes Kapitel

Längst hatte Maura beschlossen, nicht mehr abzuwarten, ob sie vermisst wurde.

Sie schrie und schrie, bis ihre Kehle schmerzte, und ihre Angst steigerte sich zu wilder Panik.

Inzwischen umspülte das Wasser ihre Taille, mit grässlichen gurgelnden Geräuschen. So schnell wie zuvor stieg es nicht mehr hoch, aber dennoch unaufhaltsam. Und eisig. Maura erschauerte. Vor Kälte. Vor Furcht. Sie versuchte, bei klarem Verstand zu bleiben. Trotzdem stöhnte sie immer wieder. Ihre Zehen spürte sie kaum noch. Aus ihren Beinen entwich allmählich jegliches Gefühl. Obwohl sie tapfer dagegen ankämpfte, schluchzte sie. Würde sie auf diese grauenhafte Art sterben? Nein. Nein …

In schierer Verzweiflung bot sie ihre letzten Kräfte auf. »Alec!«, schrie sie.

»Maura!«

Verwirrt starrte sie nach oben. War sie dabei, den Verstand zu verlieren?

Alecs Gesicht erschien in der Öffnung des Brunnens, voller Angst und Sorge.

Jetzt vergoss sie Freudentränen. Er war endlich hier! Bei ihr!

»Gleich lassen wir eine Leiter hinunter.« Er wandte sich ab. »Beeilt euch!«, hörte sie ihn rufen.

Und dann glitt eine Leiter herab. Maura zitterte so heftig, dass sie die Sprossen kaum umfassen konnte.

»Halt dich fest, Liebste, ich komme zu dir!«

Sekunden später wurde ihre Taille von einem starken Arm umfangen, und sie klammerte sich an Alec, während er die Leiter hinaufstieg. Am Brunnenrand halfen ihr zwei Stallburschen hinauszuklettern.

Einer der Jungen legte ihr eine Decke um die Schultern, und sie zog sie vor der Brust zusammen.

»Diesen verdammten Brunnen lasse ich wieder zumauern!«, stieß Alec hervor und drückte sie an sich. »Beim Himmel, gleich morgen.«

»Alec! Alec!«, unterbrach sie ihn und rückte ein wenig von ihm ab, um ihn anschauen zu können. »Anscheinend wusstest du, dass ich in den Brunnen gefallen bin. Wieso?« Verwundert schüttelte sie den Kopf.

»Das erzähle ich dir später, Liebes. Jetzt bringe ich dich erst einmal ins Haus und …«

»Nein, Alec, es geht mir gut. Wirklich. Sag es mir! Jetzt gleich!«

Resignierend führte er sie zu der steinernen Bank, und sie setzten sich. »Die ganze Zeit hattest du Recht, Irin.«

»Womit?« Was er erklären würde, ahnte sie bereits; wenn sie auch nicht wusste, warum sie es erwartete.

»James McBride ist der Schwarze Schotte gewesen. Und er hat den Kreis des Lichts gestohlen, der deinem Clan gehörte.«

»Also glaubst du mir?«, wisperte sie.

»Oh, aye, ich glaube dir.« Die Stirn grimmig gefurcht, berichtetet er, wie er vor James McBrides Porträt gestanden und dann – von einer seltsamen Macht getrieben – das Zimmer betreten hatte, das auf dem Bild zu sehen war. »Dort habe ich James' Tagebuch gefunden. Und darin schilderte er, der Kreis des Lichts habe seine Hand verbrannt und eine hässliche Narbe hinterlassen.«

»Aus diesem Grund trägt er einen Handschuh auf dem Gemälde«, warf Maura ein.

»Ja, offensichtlich. Kurz nachdem er sich den Lichtkreis angeeignet hatte, stürzte seine Frau die Treppe hinab und brach sich das Genick. Einer seiner Söhne wurde in der Bucht, aus der James davonzusegeln pflegte, von einer Welle ins Meer gerissen. Und seine Tochter fiel in diesen Brunnen und ertrank. Deshalb erriet ich, wo ich dich finden würde, Maura. Warum ich das sofort wusste, kann ich dir leider nicht erklären.«

Seine Stimme klang zutiefst bewegt.

»James schrieb in seinem Tagebuch, er habe den Lichtkreis in der Sichtweite von Gleneden Hall vergraben. An einer Stelle, wo ihn weder er selbst noch andere Leute jemals wieder berühren würden. Er glaubte, diese mythische Reliquie übe eine so starke Macht auf ihn aus, dass er sich nicht endgültig von ihr trennen könnte.«

»Also liegt der Lichtkreis nicht im Haus«, sagte sie langsam. »Aber in Sichtweite …«

»Ja. Allerdings hat sich die Landschaft in den letzten zweihundert Jahren verändert. Er könnte überall sein.« Alecs Augen verdunkelten sich. »Wie auch immer, ich lasse den Wunschbrunnen zumauern. Zweifellos ist er verflucht! Meine Mutter hat ihn geliebt, ebenso meine Großmutter – und jetzt du. Trotzdem herrscht hier eine unheilvolle Atmosphäre. Oft genug pflanzte meine Mutter Rosen rings um den Brunnen. Doch sie verwelkten und verdorrten jedes Mal. Mein Vater lachte sie aus und erzählte ihr, seine Mutter und seine Großmutter hätten auch schon Rosen gepflanzt. Stets seien sie eingegangen. Hier gedeihe nichts.«

Maura lächelte. Natürlich würde sie nicht gestehen, dass sie ebenfalls darüber nachgedacht hatte, wie gern sie Rosen rings um den Brunnen pflanzen würde.

Jäh erlosch ihr Lächeln, und Alec bemerkte ihre sonderbare Miene.

»Was ist los?«

Schweigend schüttelte sie den Kopf. Ihre Gedanken überschlugen sich.

»Warum starrst du so seltsam vor dich hin, Maura?« Seine Augen verengten sich. »Glaubst du, James hat den Kreis des Lichts in der Nähe des Brunnens vergraben?«

»Nicht in seiner Nähe …« Verblüfft holte sie Atem. »*Im* Brunnen.« Sie streifte die Decke von ihren Schultern, sprang auf und lief zu den zwei Stallburschen, die gerade die Leiter hochzogen. »Nein, lasst die Leiter bitte wieder hinab!«, rief sie. »Und würde einer von euch eine Schaufel holen?«

»Eine Schaufel?« Alec stand auf. »Meine Süße, das muss warten. Das Wasser …«

Als sie nach unten zeigte, verstummte er.

Seufzend ging er zu ihr. Nach allem, was sie durchgemacht hatte, wollte er ihre Launen geduldig ertragen. Er trat an ihre Seite, spähte über den Brunnenrand …

… und erstarrte. Der dunkle Schacht war knochentrocken.

»Da unten liegt der Lichtkreis«, hauchte Maura. »James hat ihn im Brunnen verscharrt. Verstehst du es denn nicht? Deshalb wächst hier nichts, deshalb füllt sich der Brunnen auf geheimnisvolle Weise immer wieder mit Wasser, das anschließend genauso mysteriös versickert.«

»Wie ist das möglich?« Ungläubig hob Alec die Brauen.

»Das Wasser müsste den Lichtkreis schon längst ruiniert haben.«

»Nein«, erwiderte Maura entschieden. »Weil er nicht hierher gehört. Er will heimkehren. Nach Irland. In die Kirche des heiligen Patrick auf dem Grund und Boden der McDonoughs.«

Nun kam der Stallbursche mit der Schaufel zurück, und sie griff danach. Aber Alec war schneller und nahm sie an sich. Bevor er Maura wieder anschaute, entließ er die beiden Jungen.

In seinen blauen Augen schienen Blitze zu zucken. »Du wirst da nicht hinabsteigen.«

»Dann musst *du* den Lichtkreis suchen.« Obwohl sie bis auf die Haut durchnässt war, spürte sie die Kälte nicht.

Sie beobachtete, wie Alec die Leiter hinabstieg und zu graben begann.

»Hast du ihn gefunden?«, rief sie nach einer Weile. »Siehst du ihn?«

»Nein, verdammt! Hier gibt es zu viele Steine!« Er wollte die Suche aufgeben. Doch da stieß die Schaufel gegen etwas Hartes.

Eine kleine Metallkassette unter dem Arm, kletterte er die Leiter hinauf.

Maura wartete aufgeregt, bis er sich über den Brunnenrand geschwungen hatte.

Dann stellte er die Kassette auf die Bank, und Maura hob den Deckel. Ein kleiner Silberring schimmerte, und sie wollte danach greifen.

»Nein, Maura! Rühr den Kreis nicht an! Bedenk doch, er hat James' Hand verbrannt!«

»Das muss ich nicht befürchten«, flüsterte sie. »Sieh doch!« Sie hatte den Lichtkreis bereits aus der Kassette gehoben. Vorsichtig umfasste sie ihn mit beiden Händen und spürte eine sonderbare Wärme, die in ihren ganzen Körper strömte, eine machtvolle Energie.

Da begann der Lichtkreis zu glühen. Langsam schwebte er aus ihren Händen empor. In seinen Tiefen schienen alle Farben der Welt zu glänzen, wirbelten durcheinander und änderten sich mit jeder Sekunde.

»Oh, mein Gott, ein Wunder«, flüsterte Alec.

»Aye, Schotte.« Sie lächelte ihn an. »Ein himmlisches Wunder.«

Wieder im Haus, sorgte Alec dafür, dass seine schöne Irin von ihrer Zofe gebadet wurde und eine Mahlzeit einnahm. Sie war völlig erschöpft. Aber sie strahlte über das ganze Gesicht – beinahe so wie ihr kostbarer Kreis des Lichts, der in seiner Kassette auf dem Fenstersims lag.

Maura trank ihren Tee. Dann stellte sie die zierliche Porzellantasse auf die Untertasse, erhob sich und ging zu Alec, der am Fenster stand. Er schlang einen Arm um ihre Taille.

Mit einer Fingerspitze zeichnete er die Konturen ihres Mundes nach. »Seit wir den Wunschbrunnen verlassen haben, hörst du gar nicht mehr zu lächeln auf.«

Da sein Kinn auf ihrem Scheitel lag, sah er den Schatten in ihren Augen nicht, genauso wenig wie das Ersterben des Lächelns, das er soeben erwähnt hatte.

Sie umfasste seine Hand und zog ihn zum Bett. Zielstrebig öffnete sie die Schärpe seines Morgenmantels und streifte ihn von seinen Schultern.

»Nein, Maura, du hast …«

Eine Fingerspitze auf seinen Lippen beendete den Protest.

Entschlossen drückte sie ihn auf die Bettkante,

schlüpfte aus ihrem eigenen Morgenmantel und sank auf Alecs Knie hinab.

Sein Blick verschleierte sich. »Irin …«

»Bist du nicht bereit, Schotte?« Ein schmaler Finger glitt durch sein Brusthaar, über den Bauch, tiefer hinab.

Nun fehlten ihm die Worte. Nur ein schwacher Laut entrang sich seiner Kehle.

»Bedeutet das ein Nein?« Eine kleine feminine Hand stieß Alec nach hinten, so dass er auf dem Bett lag. »Kannst du etwa nicht?«

Maura setzte sich rittlings auf seine Hüften und umklammerte seine Schultern. Zwischen ihren schlanken weißen Beinen spürte sie, wie sich der Beweis seiner Manneskraft regte. Aye, er war bereit – und willig.

Aufreizend presste sie die Schenkel zusammen und rieb sie an seiner Erektion; eine erotische Liebkosung, die ihm den Atem raubte.

»Wie ich sehe, ist meine Piratin zurückgekehrt.« Starke Hände hoben Mauras Hüften ein wenig hoch. So tief wie nur möglich drang er in sie ein. »Der Pirat hier hat sie schmerzlich vermisst.«

Aye, die Circe aus Irland verzauberte ihn erneut. Ihr Haar hing herab, ein schwarzseidener Vorhang, der seine Brust kitzelte.

Welch ein unbeschreibliches Glück … Maura verführte und verlockte ihn, ergriff Besitz von seinem Körper und seiner Seele, bis sein Blut zu brennen schien. Wild und hemmungslos liebten sie sich. Alec stöhnte heiser. Immer wieder explodierte er in ihrem

Schoß, während die Dunkelheit hereinbrach und der Kreis des Lichts glühte.

Danach hielt Alec seine geliebte Piratin in den Armen … Es widerstrebte ihm, sie loszulassen. Bis in die Nacht umschlang er sie, bis er vor Erschöpfung einschlief.

Und als er am Morgen erwachte …

… war sie verschwunden.

Auf dem Kissen lag ein Brief, neben dem Ehering, dem Familienerbstück, das er an ihren Finger gesteckt hatte. Ungläubig blinzelte er und begann zu lesen.

Lieber Schotte,

für immer werde ich in Deiner Schuld stehen. Ich hoffe, Du verzeihst mir, dass ich in Dein Leben getreten bin, und Du wirst verstehen, warum es so wichtig war. Nun wünsche ich Dir eine glückliche Zukunft, Schotte, und ich weiß, Du wirst auch mir alles Gute vergönnen.

Mit freundlichem Gruß, Maura.

Wütend stürmte er ins Kutschenhaus. Wie ihm ein Stallknecht mitteilte, hatte Maura bei Tagesanbruch einen Wagen und einen Kutscher angefordert. Wohin sie gefahren war, ahnte Alec: nach Stranraer. Dort würde sie an Deck eines Schiffs gehen, das Irland ansteuerte. Verdammt, ihr Vorsprung betrug drei Stunden.

Wenn er Glück hatte, würde er sie trotzdem einholen, bevor das Schiff davonsegelte.

Bedauerlicherweise wurde er jedoch nicht vom Glück begünstigt, sondern vom Pech verfolgt. Während er nach Stranraer ritt, verlor sein Pferd einen Huf, und er musste bei einem Schmied anhalten. Hinzukam, dass auch noch der Himmel seine Schleusen öffnete. Nass bis auf dic Haut, erreichte Alec den Hafen.

Als jemand seinen Namen rief, drehte er sich um, erkannte Thomas Gates und eilte zu ihm unter ein schützendes Vordach.

»Welch ein erfreulicher Zufall, Euer Gnaden! Ich wollte gerade zu Ihnen fahren. Vor kurzem bin ich aus Irland zurückgekehrt, mit Neuigkeiten über Ihre Gemahlin.« Ehe Alec zu Wort kam, fügte Thomas hinzu: »An ihrer Identität gibt es keinen Zweifel – sie ist tatsächlich Lady Maura, die Tochter des verstorbenen Earls O'Donnell. Ich besuchte das Schloss, schaute mich auf dem McDonough-Land um und sprach mit einigen Pächtern. Ich muss gestehen, so etwas habe ich noch nie zuvor gesehen. Dieses Land ...«

»... liegt brach?«, ergänzte Alec.

»Aye«, bestätigte Thomas. »Und die Pächter erklärten, das hänge mit einem Fluch zusammen. Eine alte keltische Reliquie ...«

»Der Kreis des Lichts.«

Erstaunt hob der ältere Mann die Brauen. »Allem Anschein nach brauchen Sie meine Dienste gar nicht, Euer Gnaden.«

Alec lächelte grimmig. »Nun, meine Frau hat beschlossen, mich in ihre Geheimnisse einzuweihen.

Wenn es Ihnen nichts ausmacht, Thomas – darf ich Ihnen das Honorar bei meiner Heimkehr zahlen? So seltsam es auch anmuten mag, aber ich muss mit dem nächsten Schiff nach Irland fahren und meine Frau zurückholen.«

Mitfühlend schüttelte Thomas den Kopf. »Da werden Sie eine Zeit lang warten müssen. Vorhin hörte ich jemanden sagen, das letzte Schiff sei soeben ausgelaufen. Erst in zwei Tagen wird wieder eins Kurs auf Irland nehmen.« Er schaute zum Himmel hinauf. »Angeblich braut sich ein schlimmer Sturm zusammen.«

Alec fluchte so ausgiebig und laut, dass man seine Stimme über das Meer hinweg bis nach Irland hören mochte.

Zumindest hoffte er das.

Zu Hause.

An der Spitze der Landzunge, an dem Ort, wo der Wind dem Meer und dem Himmel begegnete und der Himmel mit der Erde zusammentraf, wo der Kreis des Lichts über einem steinernen Altar schwebte – aus eigener Kraft …

Alle, die sich eingefunden hatten, betrachteten staunend das silbrige Licht, das die Kirche von St. Patrick erfüllte und die Nacht erhellte. Beglückt jubelten sie und nannten das Ereignis ein göttliches Wunder.

Inmitten der begeisterten Schar starrten die zahnlose Nan und Patrick der Kraushaarige den Lichtkreis an. Und auf den Stufen von Castle McDonough standen Maura, Murdoch und Jen.

Freudestrahlend faltete die Haushälterin die Hände, und Murdoch neigte ehrfürchtig den Kopf.

Jen wandte sich zu Maura und nahm sie in die Arme. »Oh, mein liebes Kind, Sie haben es geschafft!«

Murdoch berührte Mauras Schulter. »Ja, Mylady. Ihr Vater wäre so stolz auf Sie.«

»Aye, gewiss ...« Mehr brachte sie nicht hervor. Sie lächelte. Aber ihre Kehle war wie zugeschnürt.

Seit sie in dem Dorf bei Gleneden angekommen war und sich im Gasthaus schluchzend an die Brust des Butlers geworfen hatte, hatte sie keine neuen Tränen vergossen.

Sie erwähnte Alec nicht. Und Murdoch stellte keine Fragen. An Bord des Schiffs, das Kurs auf Irland nahm, stand sie sehr lange im Heck. Bis Schottland aus ihrem Blickfeld verschwand.

So wie sie damals Irland hatte entschwinden sehen. Inzwischen hatte sich vieles geändert.

Alles.

Drei Tage später stand sie im Castle McDonough am Fenster ihres Zimmers und schaute hinaus. Gegen den grellen Sonnenschein musste sie ihre Augen mit einer Hand abschirmen.

Ein schwaches Lächeln verzog ihre Lippen. Drei Tage, dachte sie. Erst vor drei Tagen war der Kreis des Lichts heimgekehrt, und schon hatte er ein Wunder vollbracht. Überall leuchteten die Wiesen und Weiden in saftigem Grün, und die Felder verhießen eine reiche Ernte.

Was sie ihrem Vater gelobt hatte, war geschehen. Sie hatte den Lichtkreis nach Hause gebracht.

Aber ihr Herz …

Das war wohl in Schottland geblieben, fürchtete Maura. Sie seufzte.

Die Tür flog auf, und Jen eilte mit weit aufgerissenen Augen ins Zimmer.

»Was gibt's, Jen?«, fragte Maura erschrocken. »Hoffentlich nichts Schlimmes?«

»O Lady Maura, *er* ist da!«

»Wer?«

»Der Schwarze Schotte – er wartet unten. Und er ist ganz anders, als ich ihn mir vorgestellt habe. Falls Sie mich fragen, dieser Gentleman besitzt kein schwarzes Herz. Ganz im Gegenteil, ich finde ihn sehr charmant.«

Sekundenlang stockte Mauras Puls, und dann pochte ihr Herz umso schneller.

»Beeilen Sie sich, meine Liebe, ziehen Sie sich um!«, drängte Jen wie ein aufgeregtes Schulmädchen. »Und danach werde ich Sie hübsch frisieren.«

Eine Viertelstunde später stand Maura auf dem Treppenabsatz, und Jen drückte ihre Hand.

»Gehen Sie, Kindchen!«

Mühsam schluckte Maura. Sie zitterte so heftig, dass sie kaum einen Fuß vor den anderen setzen konnte. O Gott, Alec war hier!

Er wandte ihr den Rücken zu. Durch ein Fenster fielen Sonnenstrahlen in die Halle und vergoldeten seine kraftvolle Gestalt.

Kraft! Die fehlte ihr völlig. Während sie die Treppe hinabstieg, musste sie Halt am Geländer suchen. Auf der letzten Stufe angekommen, merkte sie, dass ihr kein einziger weiterer Schritt gelingen würde.

Da drehte er sich um. Er lächelte nicht. Ernst und eindringlich begegneten seine blauen Augen Mauras Blick.

Das Schweigen dauerte eine halbe Ewigkeit, ihr Magen krampfte sich zusammen. Wie gelähmt stand sie da, konnte ihren Weg weder fortsetzen noch umkehren.

Und da lächelte er.

»Guten Tag, Irin.«

Maura öffnete den Mund. In ihrem Hals schien ein Kloß zu stecken, und sie brachte keinen Ton hervor. Sie hatte gehofft und gebetet, Alec würde ihr nach Irland folgen. Und sie *musste* wissen, ob sie ihm etwas bedeutete, ob er sie genauso brauchte sie sie ihn. Ob er sie so sehr liebte wie sie ihn. Dass er hier war, konnte nur einen Grund haben …

Den Kopf schief gelegt, fragte er leise: »Sicher weißt du, was mich zu dir geführt hat, nicht wahr, Irin?«

In ihren Augen brannten Tränen.

»Um die Frau heimzuholen, die in mein Bett gekrochen ist … und die mein Herz niemals verlassen hat.«

Als sie ein Schluchzen unterdrückte, ging er zu ihr, umfasste ihre Taille und hob sie von der Stufe. Atemlos klammerte sie sich an ihn.

Einen Finger unter ihrem Kinn, zwang er sie, ihn

anzuschauen. »Ich liebe dich, Irin. Und ich würde gern herausfinden, ob du die Gefühle dieses unverschämten Schotten erwiderst. Da tust du doch, oder?«

Überwältigende Emotionen verengten ihre Kehle.

»Erst einmal würde es genügen, wenn du einfach nur nickst«, neckte er sie.

Sogar mehrmals nickte sie, bevor sie an seine Brust sank und ihr Schluchzen nicht mehr länger zu bekämpfen vermochte.

»Weine nicht, Irin«, bat er und küsste die Tränen von ihren Wangen. »Ich liebe dich über alles, meine Süße.«

»Alec?«, flüsterte sie und schlang die Arme um seinen Hals.

»Ja, Liebste?«

»Willkommen auf meiner feuchten, sumpfigen Insel«, begrüßte sie ihn und schenkte ihm ein zittriges Lächeln.

Epilog

Sie heirateten in der Kirche auf dem Hügel. Über dem Altar glänzte der Kreis des Lichts.

Etwa vier Jahre später spielte ihr Sohn Connor am Strand unterhalb von Castle McDonough. Seine zweijährige Schwester Madeline – oder Maddy, wie die Eltern sie nannten – schlief auf einer Decke, das Hinterteil in die Luft gereckt.

Das Zuhause der Familie war Gleneden. Doch einen Teil des Sommers verbrachte sie stets in Irland.

»Nehmt euch bloß in Acht!«, rief Connor und schwang einen Stock wie ein Schwert. »Ich bin ein Pirat!«

Nach einem übertriebenen Seufzer wandte Alec sich seiner Frau zu, die barfuß durch den Sand wanderte. »Hast du ihm von Grace O'Malleys Piratentagen erzählt?«

Mit gespielter Empörung hob sie die Brauen. »Hast du ihm grausige Geschichten vom Schwarzen Schotten erzählt?«

»Das liegt ihm nun mal im Blut«, sagte er grinsend, während er sich erhob. »Connor!«

Der Junge kam zu ihm gerannt. Mit schwarzen

Haaren und blauen Augen war er das Ebenbild seines Vaters.

»Hör zu, ich erzähle dir eine Geschichte«, begann Alec. »Vor vielen Jahren ankerte ein Piratenschiff in dieser Bucht.«

Connor zeigte mit seinem Stock auf das Meer. »Da, Papa!«

»Genau an dieser Stelle, mein Sohn. Und der Pirat verliebte sich in die Lady, die damals im Schloss da oben wohnte.« Alec wies auf das Castle McDonough, das am Ende der Klippe emporragte. »Und als er diese schöne Lady sah …«

Blitzschnell fuhr er herum und zog Maura in seine Arme. »… da küsste er sie, und zwar so!«

Alec verschloss die süßen Lippen seiner Frau mit einem langen, hingebungsvollen Kuss, den er erst beendete, als eine beharrliche Kinderstimme zum zweiten Mal fragte: »Und was ist dann passiert, Papa?«

»Nun, der Pirat ging an Bord seines Schiffs, in einem Arm eine Kassette voller Juwelen, im anderen die schöne Lady, die er geküsst hatte.«

»Juwelen!«, flüsterte Connor. »Meinst du, so was könnte wirklich einmal geschehen, Papa?«

Zärtlich schaute Alec in Mauras Augen, die voller Belustigung funkelten. »Mein Junge«, sagte er leise, »ich glaube, das ist es schon.«